AF190290

Zartbitter

Geschichten von Nachtschwärmern,
Traumtänzern und Pechvögeln

Anthologie

Engelbert Gottschalk

Engelbert Gottschalk

Zartbitter

Geschichten von Nachtschwärmern,
Traumtänzern und Pechvögeln

Fantasy-Erzählungen

Impressum

Bibliografische Information der Deutschen Nationalbibliothek:
Die Deutsche Nationalbibliothek verzeichnet diese Publikation in der
Deutschen Nationalbibliografie; detaillierte bibliografische Daten sind
im Internet über http://dnb.dnb.de abrufbar.

© 2019 Engelbert Gottschalk

Lektorat: Gertrud Dupré-Höffken; Verlag der Schatten (bei der
Erzählung „Der Pechvogel")
Korrektorat: Steffi Offergeld

Herstellung und Verlag: BoD – Books on Demand, Norderstedt

ISBN: 978-3-7504-1877-6

Inhaltsverzeichnis

Der Bettler

Mit einem Lächeln im Gesicht und einer dampfenden Tasse
Cappuccino vor mir auf dem Stehtisch relaxte ich in einem
Café am Rande der Amsterdamer Altstadt und wartete auf
den Abendzug nach Duisburg. *Wow! Drei*
Verpackungsmaschinen für einen niederländischen Teeimporteur.
Mit dem Auftrag kann mein Betrieb bis zum Jahresende weiterlaufen,
dachte ich.

Ein Klick - die Erfolgsmeldung wanderte über „WhatsApp"
nach Duisburg zu meiner Frau und zu dem Prokuristen.
Morgen würde die Belegschaft auf den Blechen tanzen, denn
seit Monaten schwebte das Damoklesschwert der Insolvenz
über der Maschinenfabrik.

Da die Abfahrt des Zuges erst in zwei Stunden anstand,
verließ ich das Café und spazierte pfeifend durch die Stadt.
Wie ein Magnet zog es mich zum, dem zentralen Platz, den
ich aus der Jugendzeit in den späten 70er Jahren kannte, als
Horden von Hippies ihn zum Zentrum ihrer Bewegung
auserkoren hatten.

Beim Näherkommen bemerkte ich, dass auch heute einige
Freaks am Dam herumhingen. Einer kauerte vor dem
Nationalmonument und blickte zu mir rüber, als ich gerade
auf einer Bank Platz genommen hatte. Er wirkte ungepflegt,
mit dem abgetragenen Parka, dessen Kunstpelz von langem,
grauem Haar bedeckt war. Statt einer Jeans trug er violette
Shorts aus Samt, was ihm das Erscheinungsbild einer
Karikatur aus einer Comic-Serie verlieh.

Löchrige Turnschuhe setzten sich in Bewegung und steuerten auf mich zu: »Hey Kumpel, du siehst ziemlich zufrieden aus. Hast du im Lotto gewonnen?«

»Nein, nur ein gutes Geschäft, sonst nichts.«

»Oh, ein Businessman? Fällt da auch etwas für mich ab?« Er beugte sich zu mir herunter, machte mit den Fingern eine unmissverständliche Geste und sagte: »Money, money! Gib mir 20 Euro! Ich brauch was zum Rauchen.«

»Von mir bekommst du nichts! Such dir eine Arbeit, dann hast du Geld.«

»Blödmann, was sind 20 Euro für dich? Ich sehe es deinem blau gestreiften Anzug und den grau melierten Schläfen an, dass dieser Betrag für dich ein Klacks ist. Rück die Kohle raus, ehe ich mich an dir vergreife!«

»Lass mich in Ruhe, zieh Leine. Ich hasse Typen wie dich!«

»Das wirst du bereuen!«

Die Augen des Freaks funkelten. Seine Pupillen durchbohrten mich.

Um dem Blick auszuweichen, schaute ich zum „Königlichen Palast" mit dem von einer goldenen Spitze gekrönten Kupferdach. Sonnenstrahlen spiegelten sich in den vergitterten Fenstern der Untergeschosse.

Schnorrer! Hoffentlich verschwindet der Kerl bald.

Ich schaute mich um. Er war verschwunden, doch sein Körpergeruch lag noch in der Luft. Ich zog die Stirn in Falten und vergewisserte mich, ob er irgendwo herumlungerte.

Mein Magen knurrte.

Ich ging zum *Nieuwendijk*, wo ich in einem Imbiss zwei Backfischbrötchen erwarb. Vor dem Eingang standen einige Freaks herum, die mich misstrauisch beäugten.

Mit der vor Fett triefenden Papiertüte schlenderte ich zurück zum Dam, wo es nach Marihuana duftete. Die Wärme der untergehenden Sonne liebkoste mein Gesicht.

»Aha! Der Geschäftsmann, der kein Herz für Obdachlose hat. Zwei Brötchen? Kannst wohl den Hals nicht vollkriegen? Gib mir eins, ich bin hungrig!«

Ich erstarrte. *Wieder dieser blöde Kerl. Warum lässt er mich nicht in Ruhe? Behandle ihn wie Luft.*

»Hey, dich meine ich. Schau mich an!«

»Zisch ab, Vollidiot!«

»Was zu essen, aber dalli!«

Mir platzte der Kragen. Ich stand auf und trat ihm in den Allerwertesten.

Ein Schmerzenslaut, er taumelte und stürzte zu Boden.

»Schweinehund! Sieht so Nächstenliebe aus? Ich beleg dich mit einem Fluch. Du sollst in der Hölle schmoren.«

Er tötete mich mit Blicken, richtete sich auf, fixierte mich und murmelte einen Spruch in einer Sprache, die ich nie zuvor vernommen hatte. Er trottete zur *Rokin Straat* und schaute sich nach mir um. Mit geballter Faust drohte er mir, ehe er in der vor Menschen wimmelnden Altstadtgasse untertauchte.

Der Kerl hatte mich zur Weißglut gebracht. Da war was Dämonisches an ihm. Ein Hexer?

Ich verdrängte die unangenehme Begegnung und biss ins Brötchen. Es schmeckte bitter und ranzig.

Ein Windzug über dem Kopf streifte mich.

Ein gellender Schrei. Eine Möwe flatterte um mich herum und entriss mir den Snack.

Der Versuch, sie zu packen, scheiterte kläglich - der Vogel flog zum Königspalast, pickte den Fisch heraus und schlang ihn auf der Dachgaube herunter.
Zum Glück hatte ich ein zweites Brötchen. Ich nahm es aus der Tüte, fingerte nach einer Serviette und wischte mir das Öl von den Händen. Ein strenger Geruch strömte mir entgegen.
Kein zweites Mal, diesen Fisch bekommst du nicht.
Nichts passierte, aber ich wagte trotzdem nicht, hinein zu beißen.
Minuten verwandelten sich in Stunden.

Flügelschläge, die Luft vibrierte. Die Möwe hackte mir in den Daumen. Ich fuhr hoch und warf einen Stein nach ihr. Sie kreiste über mir und schrie sich heiser. Ich stopfte mir die komplette Fischbeilage in den Mund, denn es war offensichtlich, dass der Raubvogel es auf mich abgesehen hatte.

Über meinem Kopf tauchte ein Schatten auf, der sich rasch vergrößerte. Ich duckte mich weg und schützte den Rest des Brötchens, indem ich es an die Brust drückte. Von meiner Krawatte tropfte Speiseöl auf den Asphalt.

Der Schatten verschwand so schnell, wie er gekommen war. Ich fühlte mich sicher, jetzt da von dem Vogel weder etwas zu hören noch zu sehen war.

Ich hatte mich getäuscht: Aus dem Nichts heraus zog ein Gewitter auf und hüllte den Dam, der sich sofort leerte, in

Dunkelheit. Einsam und allein hockte ich vor dem Nationalmonument. Die Brötchentüte flatterte durch die Luft. *Da kommt Unheil auf mich zu.*

Eine Riesenmöwe düste heran und packte mich am Kragen meiner Anzugjacke.
»Lass los, Seedrache! Ein Albtraum! Aufwachen!«
Die Angst nahm mir die Sprache. Mit den Blitzen schoss sie in die Höhe und hielt mich fest mit ihren langen spitzen Krallen. Der Regen prasselte mir ins Gesicht, kalter Wind pfiff mir um die Ohren. Beim Blick nach unten sah ich, wie sich die Altstadt blitzschnell entfernte. Die Grachten legten sich wie ein Spinnennetz um den Dam, der wie ein Bauteil aus dem Legoland wirkte. Die Hafenanlagen mit ihren Containerschiffen und den rotierenden Kränen illuminierten die Nacht. Ich schlug mir auf die Stirn, um aufzuwachen. Vergeblich, es war kein Traum.

Hilflos baumelte ich unter dem Bauch des Tieres, dessen sich sanft im Luftstrom wiegende Schwingen Zeugnis ablegten von der Kraft, die der Vogel besaß. Meine Beine zitterten mit den Händen um die Wette.

Als Endfünfziger schloss ich mit dem Leben ab und dachte an meine Frau, die am Bahnhof mit meiner Tochter und einen großen Blumenstrauß in der Hand auf mich wartete. Würde sie den Betrieb weiterführen? War sie in der Lage, ihn allein durch wirtschaftlich schwierige Zeiten zu manövrieren?

Der Gewittersturm verzog sich, der Himmel klarte auf. Unter mir breitete sich die Stadt aus, deren Lichter mich blendeten. Die Konturen von Haarlem, Zandvoort und Amstelveen zeichneten sich ab. Wenig später lag mir der komplette Großraum von Amsterdam zu Füßen. Ich befand mich in der Gewalt einer Möwe, deren Flügelspanne es mit den größten Sauriern der Kreidezeit hätte aufnehmen können.

Hatte mir der Freak das Ungetüm auf den Hals gehetzt oder war etwas im Fisch gewesen, das mein Bewusstsein trübte?

Ich trommelte mit einer Faust gegen den Unterbauch des Vogels und kniff ihm in die Zehen. Die Riesenmöwe ignorierte meine Attacke und flog hoch zu den Sternen. Ich rang nach Luft und kämpfte mit der Ohnmacht. Ich sah eine Röhre, die sich wie eine Spirale drehte und sich nach hinten verjüngte.
Die Dunkelheit nahm mir die Angst. Eine wohltuende Wärme durchströmte mich.
Am Ende der Röhre flackerndes Licht, erst schwach, dann klar und grell. Im rasenden Tempo flog ich auf das Leuchten zu, versuchte, es mit den Händen zu ergreifen.
Rauch zog auf, er strömte in meine Lungen. Ich hatte das Gefühl, als ob sich ein Feuer in meinem Brustkorb befände, und hustete wie ein Tuberkulosekranker im Endstadium.

Ein Donnerschlag - ich spürte festen Boden unter den Füßen, Pflastersteine mit Unebenheiten, ein abgesenkter Bordstein.
Ich riss die Augen auf. Häuser, Straßenschilder, Neonlichter streichelten meine Seele.
»Ich bin frei wie ein Vogel.«
Meine Stimme klang ungewohnt brüchig, doch ich war

erleichtert, überhaupt ein Wort über die Lippen zu bringen.

»Wie bitte? Träumst du? Hör auf zu faseln! Lass mich mal ziehen!«

»Was? Wo bin ich? Was ist geschehen?«

»Wo du bist? Bei mir natürlich, auf dem Dam. Ha, ha, ha!«

»In Amsterdam? Aber die Möwe?«

»Habe ich zum Teufel gejagt. Die Mistviecher werden jeden Tag aggressiver.«

Ich senkte den Blick. Löchrige Turnschuhe wippten auf Beton. In ihnen steckten Füße mit nackten Beinen, die bis zur Samtshorts reichten. Der Träger roch nach Armut und Schweiß. Ich trat einen Schritt zurück, um mir das Gesicht des Freaks anzuschauen. Es wirkte verzerrt, wie bei Photoshop, wenn das Bild eines Menschen durch einen Filter verunstaltet wird.

»Mach dir nichts draus. Ich sehe es dir an, dass du den Stoff nicht verträgst. Ist gutes Dope, aber stärker als du es von früher her gewohnt bist.«

»Ich habe geraucht?«

»Aber ja, Witzbold! Geil, dass du mich eingeladen hast. Heutzutage halten sich nur Arschlöcher am Dam auf. Ist anders als in den 70ern. Du bist ein Pfundskerl. Ich mag dich!«

Er klopfte mir auf die Schulter und inhalierte den Rauch des Joints.

»Willst du noch mal?«

»Nein! Ich habe genug von dem Zeug.«

»Dann mach's mal gut, Kumpel.«

Er zwinkerte mit den Augen und schlenderte zu den Freaks, die an der Imbissbude herumgestanden hatten.

Ich hechtete zum Bahnhof und sprang in den Zug.
Flaches, von Wasseradern durchzogenes Land, zog an mir
vorbei. Kanadagänse schwebten schnatternd im
Formationsflug durch den Himmel und verschmolzen mit
dem endlosen Horizont. Das satte Grün der Wiesen und die
Kopfweiden, die sich wie auf eine Perlenschnur gezogen
aneinanderreihten, wiegten mich in Sicherheit.

Nach zwei Stunden Fahrt funkelte der Landschaftspark
Duisburg in der Ferne.

Endlich zuhause.

Der Serienkiller

Das Dahingleiten über den Asphalt mit dem monotonen Brummen des Motors wiegte mich in den Schlaf.
Mein Buch rutschte mir aus den Händen und fiel zu Boden. Ich bemerkte nicht, wie ein Regenschauer gegen die Windschutzscheibe prasselte.

Eine kehlige Stimme riss mich aus dem Dämmerzustand.
»Es ist eine grausam verstümmelte Leiche gefunden worden.«
Die Bemerkung des übergewichtigen Mitreisenden, der zwei Sitzreihen hinter mir im Bus die Tageszeitung studierte, trieb mir kalten Schweiß auf die Stirn.
»Ach, schon wieder«, sagte der Reiseführer lakonisch. »Wo hat die Leiche denn diesmal gelegen?«
»Man hat die Dame gestern Morgen aus der Elbe gezogen, gar nicht weit von hier«, sagte der Übergewichtige, der mir durch seine ungepflegte Kleidung und den penetranten Schweißgeruch unsympathisch war.
Hoffentlich treibt in dieser Gegend kein Frauenmörder sein Unwesen, dachte ich und stand kurz davor, auf die anstehende Wanderung im Elbsandsteingebirge zu verzichten.

Doch die Landschaft verzauberte mich und ich verdrängte das Unbehagen. Die Wälder mit ihren verschlungenen Wanderwegen und den monumentalen Felsen, die wie überdimensionale Grabsteine in den Herbsthimmel ragten, faszinierten mich.

Vor drei Wochen hatte ich in der Tageszeitung ein Reiseprospekt gefunden, in dem ein Busunternehmer eine einwöchige Rundreise während der Herbstferien durch den Freistaat bewarb.

Ein Aktivurlaub mit interessanten Ausflügen, dachte ich.

Als allein reisende Lehrerin Mitte fünfzig war ich es leid, in Ferienanlagen des Mittelmeers oder in Hotelkomplexen deutscher Seebäder am Katzentisch zu verkümmern.

Ich ersparte mir den Gang zum Reisebüro und buchte den Urlaub im Internet.

Ende Oktober ruckelte der Reisebus mit einer bunt gemischten Gruppe Richtung Sachsen.

Gleich zu Beginn der Fahrt fiel mir ein kindlich wirkendes Mädchen auf, das den ganzen Tag schweigend neben seiner Mutter auf dem Smartphone spielte.

Ein merkwürdiges Mädchen, dachte ich, schenkte ihr aber in der Folgezeit keine Beachtung.

Nach endlos langen Stunden auf engen Sitzbänken bezog ich ein Einzelzimmer am Stadtrand von Dresden und verbrachte den Abend im Kreis der Reisegruppe, die bis auf die Mutter mit ihrer Tochter vollständig zum Buffet angetreten war.

»Morgen erwartet uns der erste Höhepunkt der Rundfahrt, die Bastei im Elbsandsteingebirge«, versprach der Reiseführer.

Erwartungsvoll legte ich mich ins Bett und träumte von rauschenden Bächen, Schluchten und Tälern mit wildromantischen Wanderwegen.

Am besagten Tag stand zunächst eine Schiffstour auf der Elbe mit ausgiebigem Mittagessen auf der Agenda.

Nachmittags schraubte sich der Bus auf Serpentinen in die Höhe. Beim Blick aus dem Panoramafenster sah ich, wie der Fluss in der tief stehenden Sonne glitzerte und am Horizont mit der hügeligen Landschaft verschmolz.

An der Bastei angekommen schimpfte der Fahrer: »Mist! Mal wieder kein Parkplatz für Busse. Ich versuche es an der Märchenwelt.«

Er wendete den Bus und setzte uns vor den Toren der „Erlebniswelt Steinreich" ab. Die drei Kilometer bis zum Besichtigungspunkt an der Bastei legten wir zu Fuß zurück.

Ich suchte die Nähe des Übergewichtigen, der den Zeitungsartikel über die Frauenleiche studiert hatte, um Hintergründe zum Mordgeschehen in Erfahrung zu bringen. Der Unsympath reagierte nicht auf Fragen, sondern unterhielt sich stattdessen mit einer anderen Dame, die sein Interesse geweckt hatte.

An unserem Ziel, der Aussichtsplattform an den bewaldeten Quadersandsteinen, sagte der Reiseführer: »Sie haben gut eine Stunde für die Besichtigung. Treffpunkt ist spätestens um 18.30 Uhr am Parkplatz der Erlebniswelt«. Sofort verschwand er mit wehendem Mantel in einem Café.

Das ist knapp bemessen, dachte ich, denn mit meiner antiquarischen Leica M3 mit Messsucherkamerasystem, die ich von Großvater geerbt hatte, benötigte ich für

Aufnahmen mehr Zeit als mit einer modernen Digitalkamera.

Mein Hobby, die Landschaftsfotografie, nahm meine ganze Aufmerksamkeit in Beschlag. Es gab Motive, die man in dieser Form woanders nicht findet. Ich nutzte die tief stehende Sonne, um die Landschaft in warmen rötlichen Tönen abzubilden.

Um 17.45 Uhr bat mich ein chinesisches Hochzeitspaar, von ihnen Fotos auf der Aussichtsplattform zu schießen. Die Chinesen kicherten unentwegt, ließen sich erst von der Seite, dann von vorn aus unterschiedlichen Perspektiven mit ihrer Kamera ablichten.
Hätte ich diesem Fotoshooting bloß nicht zugestimmt.

Als alle Aufnahmen zur Zufriedenheit ausgefallen waren, kam das Pärchen auf mich zu und bedankte sich. Zur Belohnung überreichten sie mir eine Winkekatze mit großen schwarzen Augen und einem roten Bändchen um den Hals. Wieder wurde gekichert.

Die Zeit verstrich, der kleine Zeiger meiner Armbanduhr hatte die „Sechs" längst passiert. Es war ein Gebot der Höflichkeit, das Geschenk durch Verbeugungen und Händeschütteln angemessen zu würdigen.
Schließlich kletterten die Honeymooner in einen Geländewagen, dessen Fahrer mit Vollgas losbrauste.
Ein Graupelschauer peitschte über das Land, dessen Schönheit sich im Nebel verlor.
Die Aussichtsplattform hatte sich geleert, letzte Touristen brausten mit PKWS oder Reisebussen ins Tal.

Jetzt ist Eile angesagt, sonst reist die Gruppe ohne mich ab, dachte ich und orientierte mich beim Rückweg an dem Hinweisschild für die Erlebniswelt.

An einer Weggabelung verlangsamte ich meine Schritte. Das Hinweisschild für die Erlebniswelt zeigte auf den Boden. Vermutlich hatten Jugendliche es demoliert, um Touristen zu necken.
Rechts oder links, welcher Weg ist der Richtige.

Ich entschied mich für den Pfad, der sich ins Tal schraubte. Er endete nach dreihundert Metern im Nirgendwo. Nicht weit von mir entfernt raschelte es.
Oh Gott, da ist jemand.

Meine Knie wurden weich wie Butter, Dunkelheit umhüllte mich. Das Rascheln hörte nicht auf, sondern wurde lauter. Ich blieb stehen, das Stakkato des Regens wirkte wie ein Echo aus einer anderen Welt. Es war bitterkalt, am Wegrand verfaulten Kastanien, verstreut und müde, grinsend wie ein verschlagener Clown.

Ich suchte Schutz unter einer Eiche, hinter der sich ein Naturwald anschloss. Die Blätter rauschten zu Boden, als ob sie einem geheimen Kommando gehorchten.
Erst jetzt fiel mir auf, dass die Kamera fehlte. Stattdessen baumelte die Winkekatze an meiner Schulter. Ich hatte die Leica in der Eile an der Bastei liegengelassen.
Mist! Warum passieren ausgerechnet mir solche Missgeschicke.

Schritte ertönten, die rasch näherkamen. Jemand kam auf mich zugestürmt. *Huch, der Frauenmörder!*

Von Panik überwältigt floh ich in den Wald. Zweige brachen unter meinem Gewicht, die Lunge brannte.
Die Angst betäubte den Schmerz, verlieh mir neue Kräfte.
Ich rannte weiter und bahnte mir einen Weg durch das Unterholz. Dünne Äste kratzten über die nackten Knie.
Eine Wildsau huschte an mir vorbei und verschwand grunzend im Gebüsch. Die Winkekatze fiel von der Schulter auf den Boden und zerbrach. Kugelrunde dunkle Augen des beim Aufprall von der Figur abgetrennten Kopfes starrten mich an.

Der Wald nahm an Dichte zu. Ich bewegte mich nicht von der Stelle, in der Hoffnung, eins zu werden mit den Baumstämmen, die selbst den Orkanwinden standhielten.
Der Herzschlag dröhnte in den Ohren, die Atmung – stoßweise, unkontrolliert. Der Regen prasselte auf mich herab, bis die Empfindung auf der Haut taub wurde.
Nichts rührte sich.
Ist der Kerl weg oder habe ich ihn abgehängt?

Ich spürte etwas Nasses an meiner Wange - Tränen der Erleichterung. Die Beine gaben zitternd nach.
Erschöpft sank ich auf den Boden. Die Brille rutschte mir von der Nase. Es war mir egal. Ich hob sie nicht auf.
Das Adrenalin waberte in den Adern. Doch es ebbte ab, jetzt, da ich mich sicher fühlte.
Nach und nach spürte ich den Körper, die wunden Füße, die blutenden Knie, meine Lungenschmerzen. Ich war nicht in der Lage, klar zu denken, aber überglücklich, am Leben zu sein.

In diesem Moment brach hinter mir ein Ast. Ich reagierte wie in Trance. Ein kalter Gegenstand presste sich in den Rücken. Meine Pupillen verengten sich und ich versuchte, das Ding wegzudrücken. Vergeblich - es fühlte sich nach einer Pistole an, metallisch und kalt.

Das ist das Ende! Der Mörder vergewaltigt und massakriert mich.

Ich schloss mit dem Leben ab, wagte aber dennoch, mich umzudrehen.

Lachen und Weinen lagen nah beieinander: Die Kleine aus dem Bus stand hinter mir und überreichte mir schweigend die Leica.

Ein Stoßseufzer - ich fiel ihr in die Arme. Mein strahlendes Lachen malte Stolz in das Gesicht des Mädchens.

Die Kleine führte mich zurück zu der Erlebniswelt, wo die anderen Reisenden im Bus auf uns warteten.

Vor der Einstiegstür trippelte die Mutter mit den Füßen auf der Stelle und spielte mit ihrem Handy.

Als sie ihre Tochter wahrnahm, gestikulierte sie mit Armen und Beinen, schimpfte sie mit roboterhaften Gesten aus. Ich realisierte, dass meine Lebensretterin taubstumm war.

Wie konnte ich nur so töricht sein.

Der Motor tuckerte, der Busfahrer forderte uns auf, sofort einzusteigen. Er wunderte sich über meine verdreckte Kleidung und die blutenden Knie und sagte: »Um Himmels willen! Haben Sie sich mit den Sachsen angelegt?«

»Ach wo! Hab mich im Wald verlaufen, bin gestürzt. Die Angst im Kopf bestimmt das Bewusstsein.

Manchmal fürchtet man sich mehr vor dem, was sein könnte, als vor dem, was ist.«

Arm in Arm stieg ich mit dem Mädchen in den Bus und lud Mutter und Tochter zu einem Abendessen in einem chinesischen Restaurant ein.

Phobomania

Jan legte das rechte Ohr auf die Gleise und pinkelte vor Angst in die Hose. Bis auf das Vibrieren der Schienen war nichts zu hören. Mit 1,60 Meter für einen Sechzehnjährigen zu klein geraten, wirkte er wie ein Kind, das zum ersten Mal im Leben in eine brenzlige Situation geraten war.
»Mach schon oder willst du hier anwachsen?«, tönte es aus dem Hintergrund.

Vor einem Drahtzaun kauerte Nicki, der – obwohl ein halbes Jahr jünger – erwachsener wirkte, was nicht nur an der Körpergröße, sondern vor allem an der athletischen Figur lag.
»Warte, es ist zu früh«, entgegnete Jan und kaute an den Fingernägeln.
»Feigling! Ich wusste, dass du dich nicht traust.«
»Wie wäre es, wenn wir bei mir zu Hause Fortnite Battle Royal spielen?«
»Ach Bello, das ist viel zu langweilig! Immer diese ätzenden Überlebenskämpfe auf der Insel mit sinnlosem Geballere.«

Jan zuckte zusammen. Er hasste es, wenn sein Freund ihn Bello nannte. Er erinnerte sich nicht daran, wer von den Schülern ihn zum ersten Mal so tituliert hatte. Der Name war eine Anspielung auf eine Persönlichkeitsstörung, die ihn seit frühester Kindheit quälte: Sobald ihm Hunde zu nahekamen, geriet er in Panik, insbesondere dann, wenn sie pechschwarzes Fell trugen. Die Eltern hatten die Phobie verstärkt, indem sie ihm jeglichen Umgang mit den Vierbeinern untersagten.

Das eigentümliche Verhalten gegenüber Hunden blieb den Pennälern nicht verborgen. Sie nutzten den Schwachpunkt aus und gaben ihn mit der Namensgebung der Lächerlichkeit preis. Inzwischen war der Spitzname dermaßen eingefahren, dass die Schüler seinen richtigen Namen vergessen hatten. Statt zu antworten, brachte Jan nichts weiter als einen Seufzer heraus.

»Typisch, weil du Muffensausen hast, soll ich mich vor dem Computer zu Tode langweilen? Hau rein!«, fuhr Nicki ihn an.
Das Blut schoss Jan in den Kopf. Er sprang auf und spurtete über die Gleise: das erste, zweite, dritte bis zum Vierten. Ein Sprung auf das Gleisbett – mit dem Hosenboden landete er auf dem Schotter.
Noch mal gut gegangen.
»Na also, geht doch! Jetzt schnell zurück, dann hast du es geschafft, Bello.«
Wenn das so einfach wäre. Ich bin wirklich kein mutiger Junge, dachte Jan, während seine Knie mit den Händen um die Wette zitterten.

Die Jungen hielten sich an der Schnellbahnstrecke der Deutschen Bahn im Außenbereich ihrer Heimatstadt auf. Dort rasten Intercity-Züge mit einem Tempo von über 200 km/h vorbei. Was die Angelegenheit erschwerte, war die schlechte Einsehbarkeit der Gleisführung, denn keine 200 Meter vom Standort der Schüler entfernt befand sich eine lang gezogene Linkskurve. Selbst dem besten Läufer war es nicht vergönnt, sich beim Herannahen eines Zuges in Sicherheit zu bringen.

Jan blieb nichts anderes übrig, als zu Nicki zurückzukehren. Einerseits wies der Sicherungszaum an Jans Seite keine Lücke auf. Andererseits galt es, vor dem Freund nicht als Feigling dazustehen.

Die Jungen besuchten die zehnte Klasse eines Gymnasiums, standen kurz vor der Mittleren Reife. Während Nicki den Lernstoff mühelos bewältigte, hatte Jan Probleme, den Abschluss zu schaffen. Der Verbleib auf der Schule hing am seidenen Faden, zumal er die achte Klasse wiederholt hatte. Ihn ärgerte, dass Nicki faul war, selten Hausaufgaben machte und seine Eltern die schulischen Leistungen nicht kontrollierten. Er selbst nahm Nachhilfeunterricht, doch der Lerneifer führte nicht dazu, dass sich die Schulnoten verbesserten. Zudem war Nicki in der Klasse beliebt, hatte viele Freunde und stand im Mittelpunkt, während Jan eine Außenseiterrolle innehatte. Mit rotblonden gekräuselten Haaren wirkte er neben seinem Freund, dessen modische Frisur durch eine Haartolle akzentuiert wurde, wie ein Mauerblümchen an einem grauen Novembertag.

Grelles Scheinwerferlicht, Rauschen, Donnern, als ob tausend Kanonenkugeln durch die Luft flögen.
Wie in einer Windhose wurde Jan nach unten gerissen.
Er hielt sich beide Ohren zu, um nicht Gefahr zu laufen, einen bleibenden Hörschaden zu erleiden.
Sein Puls flatterte, der Körper bebte.
»Ha, ha, ha, der Thalys! In drei Stunden ist der Zug in Paris. Komm zurück! Ich schieß ein paar geile Fotos«, tönte es von der anderen Seite.

Nicki verbarg das schlechte Gewissen hinter gespielter Lässigkeit. Nach außen gab er sich rau, geizte nicht mit Selbstdarstellung. Im Innern war er sensibel, leicht zu verletzten und verfügte über eine ausgeprägte Empathie. Er sorgte sich, ob er dem Freund nicht zu viel zumutete. *Hoffentlich passiert nichts und der Angsthase kommt ohne Blessuren zu mir zurück.*

Unterdessen lag Jan wie ein Stein im Gleisbett, wo er leise vor sich hin wimmerte. *Sterben, um dem Freund zu imponieren? Warum habe ich mich auf dieses Wagnis eingelassen?*

Der Junge fasste sich ein Herz, legte das Ohr auf die Gleise, konzentrierte sich. Es war so still wie in einem Sarg inmitten eines Friedhofs.
Er spurtete los, rannte wie von Sinnen über die Schienen zur anderen Seite. Beinah wäre er über eine Bahnschwelle gestolpert.
Am Ende genoss er die Anerkennung des Freundes, der ihn abklatschte.
»Galaktisch, Bello! Ich stelle die Bilder heute Abend ins Netz. Ich bin stolz auf dich!«

Nicki atmete tief durch, heilfroh, den Freund in Sicherheit zu wissen. Er beschloss, ihm beim nächsten Mal eine einfachere Aufgabe zu stellen.

Als Jan in der Nacht nach Hause kam, warteten die Eltern auf ihn.
»Wo kommst du her? Wie siehst du überhaupt aus?«, fragte der Vater.

»Nichts Besonderes, wir haben gechillt, am Bahnhof.«

»Warst du wieder mit Nicki zusammen?«

»Ja, warum?«, fragte Jan und drückte sich an dem Vater vorbei in sein Zimmer.

Der Vater hielt ihn am Arm fest und sagte: »Ich mag den Burschen nicht. Er übt schlechten Einfluss auf dich aus.«

»Blödsinn! Der Typ ist voll in Ordnung.«

»Nein, das stimmt nicht«, sagte die Mutter. »Ich habe gehört, dass sein Vater eine Gefängnisstrafe verbüßt.«

»So what?«, entgegnete Jan. »Er kämpft für soziale Gerechtigkeit, hat sich bei einer Demo gegen einen Polizeieinsatz zur Wehr gesetzt. Ich wünschte, ihr hättet seinen Mut.«

»Los, ab unter die Dusche und anschließend ins Bett! Ich möchte nicht, dass du morgen im Unterricht einschläfst. Deine Noten sind alles andere als berauschend«, schimpfte der Vater.

Jan vermied es, die Eltern zu provozieren und schlich, ohne eine Miene zu verziehen, ins Badezimmer.

Den Dreck duschte er ab, doch die Angst steckte ihm in den Knochen.

Die halbe Nacht lag er wach, sah das Gleisbett, die Schienen, den heranrasenden Zug.

Endlich eingeschlafen träumte er schwer, erlebte die Situation an der Bahnstrecke wie in einer Endlosschleife.

Im Traum sah er sich als zweijähriges Kind im Garten seiner Oma. Ein schwarzer Hund, groß wie ein Kalb, sprang über die Hecke, stieß ihn um und verbiss sich in das rechte Bein. Das Blut lief in Strömen den Unterschenkel herunter und färbte den Rasen rot. Er spürte einen stechenden Schmerz,

wie er ihn nie zuvor erlebt hatte. Niemand half ihm. Seine
Oma hatte die Attacke des Hundes nicht bemerkt.

Ein Schrei - schweißgebadet wachte Jan auf und schlug wild
auf den vermeintlichen Angreifer ein – den auf der Bettkante
positionierten Teddybären, der seit dem vierten Lebensjahr
über ihn wachte.
Immer derselbe Albtraum. Wann hört das endlich auf, dachte er
und wechselte den Schlafanzug.

Am nächsten Morgen im Klassenraum setzte sich der
Underdog neben Nicki, der mit ihm die Schulbank teilte.
»High, alles klar? Du siehst ein bisschen blass unter der Nase
aus, Bello.«
»Wieso, hast du Probleme? Kümmere dich um deine eigenen
Angelegenheiten.«
»Bleib lässig! Weißt du schon, was heute Abend ansteht?«
»Klar, aber ich bin mir nicht sicher, ob du es schaffst.«
»Ha, ha, ha, Witzbold«, spottete der Freund. »Inzwischen
solltest du wissen, dass ich keine Angst kenne.«
»Nur Geduld, es könnte auch mal anders kommen.«

Eine Klassenarbeit in Mathematik stand an. Es handelte sich
um trigonometrische Funktionen sowie um Pi, Kugel,
Kreisteile, Bogenmaß.

Der Lehrer verteilte die Aufgaben. Jan verstand nichts, hatte
aber eine ausgeprägte Geschicklichkeit beim Abschreiben
und Täuschen entwickelt. Nicki kannte Jans
Leistungsschwäche und war bemüht, ihn zu unterstützen.
Dadurch hatte Jan bei den letzten Mathematikarbeiten, trotz
völliger Ahnungslosigkeit, reüssiert. Damit der Betrug nicht

auffiel, schob sein Freund ihm alternative Lösungswege
unter - weniger elegant, aber gut genug, um zumindest eine
„vier" zu erreichen.

Nach der Klausur standen langatmige Fächer wie Deutsch,
Englisch und Religion auf dem Stundenplan.
Die Jungen verkürzten sich die Zeit bis zum Ende des
Unterrichts mit „War Games" vom Smartphone.

»Punkt 17.00 Uhr am Wall. Mach dich auf ein Feuerwerk
gefasst«, sagte Jan.
»Mach mal halblang, Bello. Deine Aufgaben haben mir noch
nie Probleme bereitet.«

Nicki strotzte vor Selbstbewusstsein. Dabei besaß er eine
alles entscheidende Schwäche, wie Achilleus, der Held aus
der griechischen Mythologie, der an seiner verwundbaren
Ferse von einem Pfeil tödlich getroffen wurde. Doch anstatt
sich den Ängsten zu stellen, versuchte der Schüler alles, sie
zu verdrängen. Selbst die Eltern hatten davon keine
Kenntnis.

Die Jungen schlenderten zu einem Schnellrestaurant und
verdrückten einen Hamburger mit Pommes frites.
Sie genossen das fettige Mahl und schauten sich Fotos vom
Lauf über die Schnellbahnstrecke im Internet an.
Am frühen Nachmittag traten sie den Heimweg an.

In der Wohnung sprach die Mutter Jan an: »Du bist wieder
einmal zu spät! Ich habe dir dein Mittagsessen in die
Mikrowelle gestellt. Es gibt „Pasta Arrabiata". Zum
Nachtisch wartet eine Portion Tiramisu auf dich.«

»Hab keinen Hunger, muss Hausaufgaben machen. Die Süßspeise hole ich mir später.«

Jan zog sich auf das Zimmer zurück.
Er setzte sich vor dem Computer, chattete mit Jugendlichen, schaute sich die neuesten Videoclips an und spielte Fortnite Battle Royal auf der Playstation.
Kurz nachdem er mit dem Fallschirm aus dem virtuellen Schlachtenbus abgesprungen war, eliminierten ihn die Kontrahenten. Das Blut des Opfers tauchte den Bildschirm in eine tiefrote Farbe.

Am späten Nachmittag sagte Jan zu den Eltern: »Bin mit den Hausaufgaben fertig. Ich fahre mit der Bahn in die Stadt. Wir treffen uns mit Freunden zum Chillen am Wall.«
»Spätestens um 22.00 Uhr bist du zu Hause«, sagte der Vater.

Gegen 18.00 Uhr traf Jan seinen Freund am Wall, wo die Jungen den Abend gemeinsam mit anderen Schülern vertrödelten.

Nicki, der mit den dunklen, sehnsüchtig funkelnden Augen die Mädchen betörte, wechselte die Freundinnen häufig. Das war auch der Grund dafür, warum ihn die Schülerinnen „Schönling" riefen. Im Moment war er ausnahmsweise solo.

Jan vermied es, ihn so anzusprechen. Er war bislang nur mit einer Freundin zusammen gewesen. Das Mädchen hatte sich vor zwei Monaten nach einem kurzen Techtelmechtel von ihm getrennt.

Die Freunde verließen den Treffpunkt nach Einbruch der Dunkelheit.

Sie schlenderten zu dem Viertel, wo Nicki mit den Eltern und drei Geschwistern lebte.

Jan hielt sich ungern in dem Quartier auf, weil dort nächtliche Prügeleien auf der Tagesordnung standen.

Es handelte sich um ein Sammelbecken für Migranten jeglicher Provenienz, einkommensschwachen Familien, Rentnern oder Sonderlingen, die weder das Geld noch die Courage für einen Umzug hatten.

Abseits gelegen, an der Grenze zu einem Gewerbegebiet, lagen schäbige Reihenhäuser, hinter denen sich ein heruntergekommener Garagenhof befand.

Jan schaute sich nach streunenden Hunden um. Die Luft war rein.

Vor den Wohnhäusern blieb Nicki stehen und packte den Freund am Kragen: »Hier wohnt der Assi! Du wirst doch wohl nicht…?«

»Erraten, du bist nicht so dumm, wie du aussiehst.«

»Was hast du ausgeheckt, Bello?«

»Nichts Besonderes. Die Aufgabe besteht darin, an der Außenwand des ersten Hauses hochzusteigen, über die Dächer zu balancieren und am Ende des vierten Hauses herunter zu klettern. Dort befindet sich der Garagenhof. Es ist nicht schwer, den Boden zu erreichen. Zur Not mache ich dir die Hühnerleiter.«

»Das ist nicht das Problem. Wenn der Assi mich erwischt, wird es brenzlig. Der Kerl ist unberechenbar.«

»Es ist stadtbekannt, dass er sich jeden Abend betrinkt und nichts checkt. Denk an den gestrigen Abend, an den Lauf über die Bahngleise.«

Der Schönling zögerte einen Moment, fokussierte das Haus, in dem der Trunkenbold wohnte, und sagte: »Also gut! Schmiere stehen und aufpassen, dass uns niemand beobachtet.«

Er sprang über den halbhohen Gartenzaun des Reihenendhauses und versteckte sich hinter mannshohen Federbuschsträuchern.

»Niemand zu sehen«, flüsterte Jan.

Nicki hielt inne, um sich zu konzentrieren. *Lieber übers Dach laufen, als sich der Gefahr von Schnellzügen auszusetzen.*

Er war ein begnadeter Kraxler, hatte in den Ferien zwei Wochen in einem Klettergarten gejobbt. Ein Trainer hatte ihn mehrfach wegen seiner Künste gelobt.

Anderseits wusste Nicki, dass sein Nachbar, den man den despektierlichen Spitznamen „Assi" gegeben hatte, ein Sonderling war, der weder Kinder noch Jugendliche ertrug und unter Alkoholeinfluss jegliche Kontrolle verlor.

Von der Mülltonne über ein Fenstersims hangelte sich der Schönling an einer Fassadenbepflanzung in die Höhe.

Er fand Halt an daumendicken Ästen und achtete darauf, den Schutz der Dunkelheit auszunutzen.

Auf dem Dach schien der Rest aufgrund seiner Kletterkünste ein Kinderspiel zu sein. Er äugte nach unten, wo der Freund mit dem Handy in der Hand auf und ab ging.

Mit rhythmischen Klatschen wies Jan ihn an, loszulaufen.

Mit traumwandlerischer Sicherheit balancierte Nicki über die
Dachlandschaft. Wie ein Wiesel seilte er sich an der hinteren
Wand des letzten Reihenhauses ab, stand kurz davor, auf das
Garagendach zu springen.

Doch er war zu schnell und hatte in der Eile vergessen, die
notwendige Sorgfalt an den Tag zu legen.

Drei Meter über ihm öffnete sich ein Fenster.

Ein Schatten tauchte auf.

Ohne Vorwarnung knallte es.

»Scheiße, der... Assi«, stammelte Nicki.

Bevor er mit dem Hosenboden auf den Garagendächern
landete, krachte es erneut. Diesmal saß der Schuss.

Der Schönling schrie, taumelte, kroch auf allen vieren - in
Sichtweite des Schützen.

Jan schleuderte einen Pflasterstein in das hell erleuchtete
Fenster, wo ein Hüne mit einem Gewehr im Anschlag
kauerte.

»Autsch!« Der Schütze fasste sich an die linke Schulter.

»Schnell, ich helfe dir runter. Wir ziehen Leine, bevor der
Mistkerl zu sich kommt.«

Jan hatte höllische Angst um den Freund. Er hatte nicht mit
der Anwesenheit des Sonderlings gerechnet, der gewöhnlich
um diese Uhrzeit im Zustand der Volltrunkenheit vor sich
hindämmerte. Er machte sich Vorwürfe, dass Nicki durch
seine Schuld in diese gefährliche Situation hineingeraten war.

Nahm ihm Nicki die Sache übel? War die Freundschaft in
Gefahr?

Aus dem Nichts heraus fielen weitere Schüsse, die jedoch ihr Ziel verfehlten.

»Ich mach dich alle, Bürschchen!«, tönte es von oben.

Die Schüler rannten wie von der Tarantel gestochen durch das Gewerbegebiet.

»Hat der Schizo dich getroffen?«

»Ja, vorhin auf der Garage. Zum Glück hat mich das Smartphone gerettet. Ich vermute, dass er mit einem Luftgewehr rumgeballert hat. Es hat gereicht, um mir eins überzubraten.«

Als Beweis zog Nicki das Handy aus der hinteren Hosentasche. Das Display war zersplittert, in der Mitte platt gedrücktes Blei.

»Volltreffer«, sagte Jan.

»Was solls! Hast du Fotos geschossen?«

»Klar, sogar eine Videosequenz. Am besten gefällt mir die Stelle, bei der es geknallt hat, fast so schön, wie bei Fortnite Battle Royal.«

»Blödmann! Trotzdem vielen Dank für deine Hilfe. Ohne dich hätte der Kerl mich alle gemacht.«

»Wir zeigen ihn bei der Polizei an. Es ist strengstens verboten, aus nichtigen Gründen auf Jugendliche zu schießen.«

»Ach was! Der Assi hat einen neben sich laufen, dem passiert nichts. Außerdem kriegen wir Ärger mit unseren Eltern. Halt einfach den Mund, Bello.«

Jan atmete tief durch. Sein Freund war trotz der Schüsse in bester Stimmung. Es fiel kein böses Wort.

Der Underdog strotzte vor Stolz. Mit dem gezielten Steinwurf hatte er den Assi davon abgehalten, Nicki zu verletzen. Jan war überglücklich, sich auf diese Art und Weise bei ihm für die Unterstützung während der Mathematikarbeit zu bedanken.

»Wir sollten eine Serie auf Netflix kucken oder einfach am Wall chillen«, sagte er.

»Kann man, muss man aber nicht«, antwortete der Schönling lakonisch.

Wochen vergingen.

Ein kalter Dezember brach an.

In der Schule gab es Ärger, denn einige Klassenkameraden hatten es auf Jan abgesehen. Durch seine schlechten Leistungen war es ein Leichtes, ihn zu provozieren oder ihn vor der Klasse bloßzustellen. Wäre Nicki nicht gewesen, hätte er die Schule geschwänzt oder sich freiwillig in die neunte Jahrgangsstufe zurückversetzen lassen.

Nicki verteidigte ihn und bewahrte ihn vor den ärgsten Demütigungen.

Nach dem Unterricht genossen die Freunde die Weihnachtsmärkte mit ihren verführerischen Süßwarenhütten, schauten Filme, versanken in virtuellen Welten oder trafen sich mit Mädchen, deren Zuneigungen nie lange hielten.

Vierzehn Tage vor Weihnachten lud der Schönling Jan zu sich nach Hause ein. Der Vater war vor einer Woche aus dem Gefängnis entlassen worden.

Jan bewunderte den schlaksigen Endvierziger mit dem für

ihn typischen Schlafzimmerblick, der selbst tagsüber so wirkte, als sei er aus dem Traum gerissen worden.

Mit dem Schlabberlook und den wirren, in alle Richtungen abstehenden Haaren stand er im Kontrast zu seinem Vater, der nie ohne sorgfältig gebügelte Oberhemden und Designerhosen das Haus verließ.

Vor allem liebte Jan die Toilette. Nicht wegen des Klos oder dem Waschbecken, die beide vor Unsauberkeit strotzten. Er interessierte sich für Kritzeleien an den Wänden, die man sonst nur in öffentlichen Toiletten findet. Gelegentlich wurde ein Spruch überschrieben, sodass er jedes Mal auf Neue gespannt war, was es zu entdecken gab:

Haut die Spitzel platt wie Schnitzel.

Auch ein Hippie muss mal Pippi.

Etwas niveauvoller waren folgende Aphorismen:

Je mehr die Gesetze und Befehle prangen, desto mehr gibt es Diebe und Räuber.

Leben ohne Freiheit ist wie ein Körper ohne Seele.

Was ihm dagegen missfiel, war die räumliche Beengtheit der Wohnung. Sechs Personen tummelten sich auf 80 qm, eine Sozialwohnung mit vier Räumen.
Nicki hatte eine Schwester und zwei Brüder, wobei der jüngere elfjährige Kai mit ihm das Zimmer teilte.
Häufig kam es zu Konflikten, bei denen es in der Regel um die Frage ging, welche Filme Priorität genossen.

So war es auch diesmal: »Ich will die wilden Kerle sehen«, sagte Kai.

»Die sitzen neben dir. Außerdem hast du den Film schon tausendmal angeschaut«, entgegnete Nicki.
Kai fing an, zu weinen.
»Geh zu deiner Schwester oder runter zum Hof, da kannst du spielen. Wir schauen uns den „Friedhof für Kuscheltiere" an, der ist nichts für Kinder.«
Kai ließ sich nicht einschüchtern, sondern gab dem Bruder Kontra: »Nein, gestern sind den ganzen Tag Horrorfilme gelaufen. Heute bin ich dran.«
Schreiend rannte der Kleine aus dem Zimmer, um Lukas, den Erstgeborenen, zur Hilfe zu holen.

Mit ihm im Schlepptau kam er nach ein paar Minuten zurück.
»Heute hast du Pause! Hast du das gecheckt, du Opfer?«, sagte Lukas und baute sich bedrohlich vor dem Schönling auf.
Zwei Jahre älter und kräftiger gebaut als dieser, ließ der Kraftprotz keine Zweifel aufkommen, dass er der Forderung notfalls mit Gewalt Nachdruck verlieh.

Am Abend kehrte Jan den Streithähnen den Rücken und nahm sich vor, Nicki in Zukunft zu sich nach Hause einzuladen.

Am nächsten Schultag forderte der Klassenlehrer Jan auf, nach dem Unterricht im Raum zu bleiben. *Das hat nichts Gutes zu bedeuten.*

Mit mulmigem Gefühl schlich er am Ende der Unterrichtsstunde nach vorne, wo der Pädagoge ihn mit zusammengekniffenen Lippen erwartete.

»Schön, dass du gekommen bist. Bitte setz dich!«, forderte der Lehrer ihn auf.

»Worum geht es denn überhaupt?«

»Um deine Noten. Ich freue mich, dass du in den Naturwissenschaften ein passabler Schüler geworden bist. Eine Drei in Mathematik und Physik, alle Achtung.«

»Sonst noch was?«

»Jedes Mal, wenn ich dich im Unterricht mündlich drannehme, schweigst du. Wie erklärst du dir das?«

Jan stockte der Atem. Er vermutete, dass dem Lehrer zwar die Tricksereien aufgefallen waren, er aber keine Beweise hatte.

Nach einer Gedankenpause sagte der Schüler: »Ich konzentriere mich eben auf das Wesentliche.«

Er senkte den Kopf, stierte auf den Boden und spürte, wie ihn der Lehrer mit Blicken durchbohrte.

»Wie dem auch sei, du weißt, dass sich deine Deutsch- und Englischnoten in Richtung einer Fünf bewegen?«

»Deutsch kann jeder. Noten sind in diesem Fach belanglos.«

»Unverschämtheit! Was erlaubst du dir? Ich warne dich ein letztes Mal. Die nächsten Klassenarbeiten sind entscheidend. Wenn du in beiden Fächern nicht wenigstens eine Drei schreibst, reichen deine Leistungen nicht für die Mittlere Reife aus. In diesem Fall werde ich im neuen Jahr mit deinen Eltern darüber diskutieren, welche Schulform für dich die Geeignete ist.«

Der Junge verzog keine Miene, blieb nach außen regungslos, obwohl es im Inneren wie in einem Vulkan brodelte.

Er wusste nur zu gut, dass er in den Sprachfächern den Anschluss verpasst hatte. Es war ihm egal. *Raus aus dem Klassenzimmer, weg von dem Idioten! Mein Freund wartet mit einer Packung Tabak auf dem Pausenhof.*

»Kann ich jetzt endlich gehen?«

Der Pädagoge sah ihn stirnrunzelnd an und wies mit der rechten Hand zur Tür. Jan drehte sich wortlos um und verließ grinsend den Raum.

Vor dem Klassenzimmer wartete Nicki auf ihn und fragte: »Was wollte der Schizo von dir?«

»Nichts Besonderes, das übliche abgefuckte Geschwätz. Hast du heute Abend Zeit?«

»Warum fragst du?«

»Wir könnten mal wieder etwas Aufregendes unternehmen, so wie damals an den Bahngleisen oder beim Assi«, sagte Jan.

»Für Nervenkitzel bin ich immer zu haben. Du kennst mich ja, aber diesmal bist du an der Reihe.«

»Meinetwegen. Hast du schon Ideen?«

»Klar! Ich habe seit Längerem etwas im Hinterkopf. Ist ziemlich gediegen«, antwortete Nicki.

»Das ist Supi. Also heute Abend um 17.00 Uhr am Wall?«

»Nein, ich hole dich zu Hause ab. Die Aufgabe befindet sich in der Nähe eures Hauses. Ich glaube, du kennst die Location sogar.«

»Awesome, bis später«, sagte Jan.

Der Underdog sorgte sich, denn es war ungewiss, was auf ihn zukam. Dennoch war er erleichtert, dass Nicki sich weiterhin mit ihm einließ. Dessen Freundeskreis hatte sich in letzter Zeit verändert. Er gab sich zunehmend mit Schülern ab, die Jan ablehnend gegenüberstanden oder ihn mobbten. Außerdem traf sich der Schönling seit zwei Wochen täglich mit einer neuen Freundin, ein Mädchen namens Lea.

Jan hatte sich weiter isoliert, fühlte sich weder in der Schule noch in der Familie wohl. Er befürchtete, dass der seidene Faden, an dem die Freundschaft hing, riss.

Eine Stunde später als verabredet, klingelte es.
Der Schönling wartete an der Haustür.
»Kommst du mal. Da ist jemand für dich«, rief Jans Mutter.
Er streifte die Jacke über, beachtete sie nicht und schlurfte wortlos an ihr vorbei.
»Wo wollt ihr jetzt in der Dunkelheit hin? Es ist kalt«, rief sie ihm hinterher.
»Nur in die Kneipe am Bahnhof, Fußball kucken«, sagte er lakonisch.
»Sei spätestens um 22.00 Uhr zurück. Dein Vater möchte nicht, dass du abends spät nach Hause kommst.«

Die Freunde schlenderten durch das Wohnquartier.
Den Bahnhof ließen sie links liegen.
»Die Straße rein, dann sind wir da, Bello.«

Die Schüler schlichen durch ein Villengebiet mit architektonisch anspruchsvollen, von Parkanlagen umgebenen Häusern. Vergitterte Fenster legten Zeugnis ab über den Wohlstand der Bewohner. Halogenlicht illuminierte das Geäst kahler Bäume; Menschen waren nirgends zu sehen.

Vor einem Villengrundstück mit dem Schild „*Vorsicht! Scharfe Hunde!*", blieb Nicki stehen und sagte: »Hier ist es. Weißt du, wer hier wohnt?«

»Klar, ein Spießer. Ich kenne den Mann mit seiner Familie zwar nicht persönlich, aber jeder lacht über die altmodischen Gartenzwerge, die auf der Terrasse stehen. Außerdem besitzt er zwei Dobermänner, die mich tausendmal angebellt haben. Du willst doch wohl nicht…?«

»Doch, genau das ist deine Aufgabe. Siehst du die lächerlichen Tonfiguren auf der Terrasse? Du hast nichts Weiteres zu machen, als sie zu mir zu bringen. Von den Kötern ist weit und breit nichts zu sehen.«

Jan zertrat einen Käfer, der von dem Blatt einer Pflanze auf den Boden gefallen war. Er atmete schneller und spannte die Muskeln an. *Das ist gemein, Nicki weiß genau, wie sehr ich mich vor Hunden fürchte.*

Er kannte das Anwesen, war täglich daran vorbeigelaufen, hatte die pechschwarzen Dobermänner aus sicherer Entfernung hinter dem Zaun mit Knüppeln provoziert. Er hoffte, dadurch die Angst vor Hunden in den Griff zu bekommen, Anzeichen dafür zu finden, dass die Phobie verschwunden war. Jedes Mal blieb ein Kribbeln in der Magengrube zurück, Schreie der Seele, die auch nach Jahren nicht verstummten.

Heute jedoch deutete nichts darauf hin, dass die Hunde auf ihn lauerten. Hinter den halb heruntergelassenen Rollos der

Villa herrschte Dunkelheit.
War die Familie nicht zu Hause? Hatte sie die Tiere
mitgenommen?

»Lauf endlich los, aber nicht so müde wie beim letzten
Sportfest«, forderte Nicki ihn auf.

Das saß. Nicht nur, dass sein Freund ihm in den
Kernfächern überlegen war; er gehörte auch im Sport zu den
Klassenbesten. Während Jan beim Weitsprung keine vier
Meter schaffte, überwand Nicki diese Marke mühelos. Beim
Hundertmeterlauf nahm er ihm eine ganze Sekunde ab.

»Hoffentlich ist es nicht so gefährlich, wie beim Lauf über
die Bahngleise«, sagte Jan und suchte den Garten nach
vermeintlichen Hundeverstecken ab.
»Natürlich nicht, Bello. In drei Wochen ist Weihnachten, da
wird kein Risiko eingegangen. In einer Minute bist du
zurück.«

Nicki meinte es ernst. Er hatte das Anwesen vor drei
Stunden ausgekundschaftet und dabei weder im Garten
noch im Haus etwas Auffälliges bemerkt. Ein
Nachbarsjunge hatte ihm versichert, dass die Familie mit
samt den Hunden verreist war.

Mit der Hühnerleiter überwand Jan den Zaun und gelangte
auf die andere Seite. Er versteckte sich hinter einem
Kastanienbaum, dessen kahle Äste wie Mahnmale in den
Nachthimmel ragten.
Auf Fußspitzen schlich er am Gartenzaun entlang.
Nichts rührte sich.
Nur sechs Schritte – die Gartenzwerge zum Greifen nah.

Wie angewurzelt verharrte er auf der Stelle.
Ein merkwürdiges Geräusch irritierte ihn.

Huch, mein Herz pocht wie ein Presslufthammer! Davon wachen selbst schlafende Hunde auf. Sie haben ein besseres Gehör als Menschen.
Seine Blicke schweiften umher. Die von einer Eibe umschlossene Straßenlaterne tauchte das Anwesen in fahles Licht.
Gartenzwerge ergreifen, sich umdrehen, loslaufen, war eins.

Zwanzig Meter bis zum Zaun.

Warum sind Villengrundstücke so groß, dachte er und wäre beinah über die eigenen Beine gestolpert.

Zehn Meter bis zum Zaun.

Der Dobermann gab keine Geräusche von sich. Sein athletischer Körper flog durch die Nacht.
Jan spürte den Atem, leises Hecheln. Er taumelte und stürzte zu Boden. Die Gartenzwerge rutschten ihm aus der Hand und zerplatzten in Einzelteile.
Ein quadratischer Hundeschädel starrte ihn an. Bohrende Glubscher, gefühllos und hasserfüllt, dem Ziel verpflichtet, das Anwesen zu verteidigen und jeden Eindringling zu vertreiben.
Jan bibberte vor Angst. Ein fauliger Geruch stieg ihm in die Nase. Er sah die Hauer des Tieres, weiß und spitz, wie Eiszapfen einer Tropfsteinhöhle.
Der Köter erkennt mich. Jetzt nimmt er Rache und beißt mich tot, dachte der Junge und winselte wie ein Pinscher.

Ein Aufschrei, begleitet von frenetischem Klatschen.

Ein Pflasterstein schlug dumpf auf dem Boden auf.

Der Dobermann hob den Kopf - Jaulen.

Mit Riesensätzen stürmte der Hund auf den Steinewerfer zu, auf Nicki, der ihn von der Straße aus mit einem dicken Ast bedrohte.

Jan erhob sich vom Boden und lief zum Zaun.

Der andere Dobermann stürzte aus dem Haus und stürmte wie eine Furie auf den fliehenden Jungen zu, der um sein Leben rannte.

Es fehlte ein Schritt bis zum Zaun, Jan war so gut wie am Ziel.

Er versuchte, einen Fuß in das Drahtgeflecht zu setzen, sich hoch zu hangeln, um die Hand des Freundes zu ergreifen.

Die Motorik gehorchte ihm nicht. Seine Knie wurden weich wie Butter, er hatte das Gefühl zu schweben, den Boden unter den Füßen zu verlieren.

»Der Köter…, er… wird mich…«

»Bist du wahnsinnig? Beweg dich, Bello! Gib mir die Hand, ich zieh dich rüber.«

Anstatt der Aufforderung des Freundes Folge zu leisten, ließ Jan sich auf den Boden fallen und blieb regungslos liegen.

Wie ein Säugling krümmte er sich zusammen.

Panik regierte, die sich noch verstärkte, als Sabber aus dem Maul des Tieres auf seine Wangen tropften.

Der Dobermann warf sich auf das Opfer und heulte wie ein Raubtier, das Beute in den Klauen hielt.

Jemand zerrte an Jans Jacke, packte ihn unter den Schultern und versuchte, ihn hochzuhieven.

Ein Biss ins rechte Bein, stechende Schmerzen, das

Hosenbein der Jeans färbte sich rot.
Der Junge wurde hochgerissen und lag unvermittelt auf der anderen Seite des Zauns - in Sicherheit, zu Nickis Füßen.

Heulen, Scharren, Knurren. Die Dobermänner standen hechelnd auf den Hinterpfoten am Zaun.
Nicki bewarf sie mit Steinen, bis sie sich jaulend davontrollten.

»Was machst du nur für komische Sachen? Bleibst stur auf dem Rasen liegen und rührst dich nicht von der Stelle. Dummkopf, komm jetzt, nichts wie weg«, sagte Nicki.
Jan richtete sich auf, humpelte ein paar Schritte und lallte:
»Die Köter hätten mich beinahe zerfleischt.«
»Aber du hast die Gartenzwerge abgeräumt. Gut gemacht!«
»Arschloch! Du wusstest genau, wie gefährlich die Sache ist.«
»Nein, mit den Hunden habe ich nicht gerechnet. Es tut mir aufrichtig leid, Bello. Zeig mal die Bisswunde.«

Jan schob das Hosenbein hoch und säuberte die Wunde.
Nicki half ihm, die Blutung zu stoppen.
»Na siehst du, es ist halb so schlimm. Der Köter hat nicht richtig zugebissen.«
»Mir reicht´s für heute. Wir sehen uns nächste Woche in der Schule. Ich fahre mit den Eltern ins Krankenhaus. Stell bloß keine Bilder ins Netz.«

Nicki bat Jan um Verzeihung und versicherte ihm, dass er die Lage falsch eingeschätzt hätte.
Jan verabschiedete sich wortlos und trottete nach Hause.

Als die Mutter ihren Sohn sah, begrub sie das Gesicht in den Händen. Der Vater packte ihn am Arm und fragte ihn aus.

Jan berichtete ihnen, dass er auf offener Straße grundlos von Hunden angefallen worden und dank der Hilfe des Freundes mit leichten Blessuren davongekommen sei.

Die geschockten Eltern brachten den Jungen zur Notaufnahme einer Unfallklinik, wo man die Wundversorgung vornahm.

Wieder zu Hause lag der Underdog im Bett, hockte vor dem Computer oder vertrieb sich die Zeit mit Netflix.

Die Vorwürfe der Eltern nervten ihn.

In der Hoffnung, die Beziehung zum Schönling zu unterbinden, hatten sie ihm verboten, das Haus zu verlassen. Im Gegenzug igelte Jan sich ein, wirkte wie hypnotisiert, sprach nur das Nötigste.

Eine Woche vor Weihnachten entschloss sich Jan dazu, die Schule zu besuchen. Obwohl sein Freund ihn in eine prekäre Lage gebracht hatte, freute er sich, ihn wiederzusehen. Es kümmerte sich ja sonst niemand um den Underdog.

Jan schob die Tür des Klassenraumes auf. Der Stuhl des Schönlings fehlte. Ein anderer Schüler hatte ihn sich geschnappt und die Füße hochgelegt.

»Wo ist Nicki?«, fragte er Susan, die eine Reihe weiter rechts neben ihm saß. Sie kicherte und stieß ihre Banknachbarin mit dem Ellbogen in die Rippen.

Auf dem Pausenhof sprach Jan sie erneut an.
Diesmal war sie redseliger: »Der Schönling ist erwischt worden, auf der Damentoilette mit Lea. Sind beide vom Unterricht suspendiert. In der Lehrerkonferenz vor Weihnachten entscheidet der Direks, was mit ihnen

geschieht. Man munkelt, dass sie von der Schule fliegen.«
»Abgefucktes Lehrerkollegium«, stammelte Jan und stierte
auf den Boden.

Ausgerechnet jetzt! Übermorgen steht eine Mathematikarbeit an.
Englisch und Deutsch sind gelaufen, jetzt geht auch Matte voll in die
Hose.

Am Prüfungstag schwänzte Jan den Unterricht. Ihm war
klar, dass er den Lernstoff nicht im Geringsten beherrschte.
Per Einschreiben hatte er tags zuvor eine Entschuldigung
zur Schule geschickt, die sein Fehlen mit Komplikationen
bei der Heilung der Bisswunde begründete.
Im Fälschen von Unterschriften war er perfekt.
Dem Klassenlehrer fiel der Betrug nicht auf.

Am vorletzten Tag vor den Weihnachtsferien schlenderte
Jan am Nachmittag zu Nicki.
Der Underdog brauchte jemanden zum Reden und hoffte,
Neuigkeiten zum anstehenden Schulverweis in Erfahrung zu
bringen.
An der Haustür kam ihm Lea mit einem Smartphone in der
Hand entgegen. Das Mädchen würdigte ihn keines Blicks,
denn sie gehörte zu jenen Schülerinnen, die keine
Gelegenheit ausließen, um ihn zu mobben.
Jan hechtete die Treppe bis zur zweiten Etage hoch, wo der
Freund ihn mit spöttischem Grinsen an der Wohnungstür
erwartete: »Komm rein, schau nicht so verkniffen.«
Erleichtert, Nicki wiederzusehen, trat Jan ein und fragte:
»Hast du schon was gehört? Fliegst du jetzt?«
»Wir haben doch nichts gemacht. Nur rumgefummelt auf
der Toilette. Der Hausmeister, der Vollpfosten, hat die

Sache an die große Glocke gehängt.«

»Wann fällt die Entscheidung?«

»Morgen, am letzten Tag vor den Ferien«, antwortete der Schönling mit einer abfälligen Handbewegung.

»OK, dann gehe ich auch nicht zur Schule. Es gibt Zeugnisse. Was hältst du davon, wenn wir uns morgen treffen? Du bist mir eine Mutprobe schuldig.«

»Warum nicht? Ich hänge ohnehin den ganzen Tag nur rum. Solange es sich nicht um einen Wettlauf mit Bluthunden handelt, mache ich jeden Spaß mit. Ha, ha, ha!«

»Nein, so schlimm wird es diesmal nicht. Es ist eine ruhige, stille Aufgabe«, sagte Jan mit einem merkwürdigen Funkeln in den Augen.

»Gediegen, dann bis morgen, gegen 15.00 Uhr?«

»Abgemacht, ich muss noch aufs Klo.«

Jan suchte die Toilette auf, um nach neuen Kritzeleien Ausschau zu halten.

Kai hatte die Aphorismen um einen Spruch erweitert: *Lehrer sind Menschen, die uns helfen, Probleme zu beseitigen, die wir ohne sie gar nicht hätten.*

Einen Tag vor Heiligabend holte Jan den Freund zur vereinbarten Stunde ab.

Mit der Straßenbahn fuhren die Jungen zu einem vernachlässigten Stadtviertel am Rande der City.

In der Biegung einer kopfsteinbehauenen Gasse kämpfte ein ockergelbes Backsteingebäude mit der Vergänglichkeit, die an der Fassade nagte.

Im Erdgeschoss residierte das Beerdigungsinstitut Reinhardt, ein alteingesessener Betrieb in dritter Generation.

Jan kannte den Inhaber persönlich. Es handelte sich um einen Verwandten väterlicherseits, bei dem er gelegentlich in den Ferien jobbte.

»Hier ist es«, sagte Jan.

»Was denn?«, fragte Nicki, der befürchtete, dass Jan seinen Schwachpunkt herausgefunden hatte.

»Das Beerdigungsinstitut mit dem Undertaker.«

»Der Undertaker? Wer ist denn das?«

»Keine Angst, das ist nur sein Spitzname. Er ist eigentlich ein ganz netter Kerl.«

Die Freunde drückten die Eingangstür auf, die - begleitet von einem getragenen Klingelton - quietschend aufging.

Es duftete nach Holzschutzlasur und Sterblichkeit.

Vor einem Schreibtisch hockte ein Greis mit Nickelbrille, der gedankenversunken in einem Aktenordner blätterte.

Als er die vermeintlichen Kunden bemerkte, hob er das Haupt.

Die Pupillen des Schönlings weiteten sich.

Ein Gespenst, dem Tod näher als dem Leben, starrte ihn aus hohlen Augen an. Der kahle Kopf mit dem zerfurchten, faltigen Gesicht glänzte matt im Schummerlicht der Schreibtischlampe. Seine filigranen, langgliedrigen Finger zitterten wie eine zu heiß gelaufene Saftpresse.

Der Greis stand auf, um die vermeintlichen Kunden zu begrüßen. Sein schwarzer Anzug schlotterte bei jedem Schritt.

»Ach, du bist es, Jan! Ich habe mich schon gewundert, dass jemand um diese Zeit in mein Geschäft kommt. Gestorben wird immer, aber die nächsten Beerdigungen finden erst nach dem Fest statt. Solange halte ich die Leichen in der

Tiefkühltruhe frisch.«

Obwohl der Untertaker die Bemerkung zu den Leichen scherzhaft gemeint hatte, wich Nicki zwei Schritte zurück. Der alte Mann im schwarzen, verknitterten Anzug war ihm unheimlich, zumal seine Stimme blechern, wie aus einer anderen Welt, klang.

»Es geht nicht um einen aktuellen Todesfall«, beschwichtigte Jan.

»Aber warum seid ihr dann hier? Niemand kommt freiwillig in mein Geschäft.«

»Ein Onkel meines Freundes liegt im Sterben. Ich möchte ihm lediglich ein paar Särge zeigen, damit er eine Vorstellung von den Preisen bekommt.«

»Ach so, kein Problem. Schaut euch nur um, du kennst dich ja aus, Junge.«

Jan bugsierte den Schönling zum hinteren Teil des Geschäfts, wo verschiedene Ausstellungsstücke gespenstig glänzten. Er spürte, dass dem Freund die Situation nicht behagte, er am liebsten aus dem Laden herausgelaufen wäre.

»Geht ins Untergeschoss! Dort befinden sich preiswerte Exemplare sowie einige Sondermodelle«, sagte der Greis.

Die Schüler folgten der Empfehlung und stiegen über eine hölzerne Wendeltreppe in die Kellerräume hinab.

Eine Ratte huschte an den Jungen vorbei und suchte Zuflucht unter einem Sarg.

Im Keller sagte Nicki mit belegter Stimme: »Was sollen wir hier? Was ist meine Aufgabe?«

»Nichts Besonderes! Ach, schau mal, was funkelt denn dort im Abstellraum?«

Jan drückte eine Schiebetür zur Seite, hinter der sich ein Sarg aus poliertem Mahagoniholz verbarg. Obwohl mit einer dünnen Staubschicht bedeckt, strahlte er eine zeitlose Eleganz aus.

»Der sieht klasse aus«, sagte Jan bewundernd.

»Wau! Anscheinend kann man ihn sogar von außen abschließen?«

»Ja, der Undertaker hat mir einmal erklärt, dass reiche Menschen ihre Angehörigen mit Schmuck oder anderen Grabbeigaben beerdigen. Das Schloss stellt sicher, dass nichts gestohlen wird«, sagte Jan.

»Wer tot ist, ist tot. Was helfen da Reichtümer?«, fragte Nicki und schickte sich an, den Keller zu verlassen.

Jan packte ihn am Arm und sagte: »Mich darfst du das nicht fragen. Auf alle Fälle ist dieser Sarg eine Wucht. Dort sollst du dich für fünfzehn Minuten reinlegen, das ist deine Aufgabe.«

Der Schönling zitterte am ganzen Körper und fragte: »Ist das wirklich nötig?«

Bahngleise, Dachlandschaften oder notfalls aggressive Dobermänner nahm er in Kauf, doch sich in einen dunklen Sarg hineinzulegen, war für ihn schlimmer als eine Nacht in einer Bärenhöhle.

Schon als Kind war er nie zu Beerdigungen erschienen, hatte eine Krankheit vorgeschoben oder war kurz vor der Zeremonie fortgelaufen. Er hatte vor allem Angst, was mit dem Tod und Friedhöfen in Verbindung stand.

»Es ist einfacher als das, was du mir in letzter Zeit zugemutet hast.«

Jans Fistelstimme riss den Schönling aus den Gedanken.

Er bezweifelte, ob der Freund mit dieser Einschätzung richtig lag.

Fieberhaft suchte er nach einem Ausweg aus der für ihn prekären Lage. »Das merkt der Alte. Er schmeißt uns hochkant aus dem Laden oder ruft die Bullen«, sagte er.

»Unsinn! Mein Plan funktioniert, sobald die Bude dicht ist.«

»Der Typ lässt uns doch nicht allein im Geschäft. Morgen ist Heiligabend. Meine Eltern haben mir aufgetragen, Geschenke für die Geschwister zu besorgen.«

»Das lass mal meine Sorge sein. Es ist ein Kinderspiel, den Greis zu übertölpeln. In einer halben Stunde ist die Sache gelutscht. Anschließend hast du genügend Zeit für Einkäufe.«

Jan klopfte dem Freund auf die Schulter und kehrte mit ihm ins Erdgeschoss zurück, um sich scheinbar von dem Undertaker zu verabschieden.

»Da seid ihr ja endlich«, sagte der Greis. »Ich schließe das Geschäft gleich. Vielleicht gebe ich bald ganz auf. Das Viertel entwickelt sich zu einem Problemstadtteil. Ich traue mich kaum noch auf die Straße. Trotzdem wünsche ich euch schöne Feiertage. Seid behütet!«

Jan bedankte sich und trottete mit dem Freund zum Ausgang.

Nicki drehte sich um und fragte: »Was ist das für ein merkwürdiger Sarg im hinteren fensterlosen Raum?«

»Oh, war die Abstellkammer nicht verriegelt?«

»Nein, man konnte die Tür zur Seite schieben.«

»Er ist unverkäuflich und wird demnächst verbrannt. In dem Sarg hat sich eine furchtbare Tragödie abgespielt. So, jetzt aber raus!«

Der Undertaker schlürfte zum Schreibtisch und löschte das Licht.

Diesen Moment der Unachtsamkeit nutzte Jan für eine List. Er bugsierte den Freund nach draußen und wies ihn an, im Hauseingang auf der anderen Straßenseite auf ein Zeichen zu warten. Er selbst blieb im Laden und verschanzte sich hinter den Lamellen der Schaufensterfront, wo der alte Mann ihn in der Dunkelheit von innen nicht sah.

Ein Passant, der zufällig an dem Geschäft vorbeilief, beachtete den Jungen scheinbar nicht.

Jan täuschte vor, das Schaufenster für Weihnachten herauszuputzen.

Er bemerkte nicht, wie der Passant das Handy aus der Tasche zog und eine Kurzwahl eingab.

Der Greis verriegelte die Eingangstür und versteckte den Schlüssel hinter einem surrealistischen Bild, das einen schwarzen Sarg auf den Weg in den Himmel zeigte.

Zwei Minuten später verließ er den Laden durch den Hinterausgang.

Jan kroch aus dem Versteck, bemächtigte sich des Schlüssels und öffnete die Tür zur Straßenseite.

Er hielt Ausschau nach Nicki, der in dem Hauseingang beim Versuch, eine Zigarette zu drehen, den Tabak mit den Fingern zerbröselte.

Ein Pfiff beorderte ihn zurück.

»Komm her, Angsthase!«

Widerwillig folgte Nicki der Aufforderung.

»Fünfzehn Minuten, länger nicht! In welchen Sarg soll ich mich reinlegen?«

»In das Edelmodell. Darüber hatten wir bereits gesprochen.«

»Aber der soll vernichtet werden.«

»Davon weiß ich nichts. Bleib cool, es ist völlig egal, was geschehen ist. In einer Viertelstunde sind wir über alle Berge«, beruhigte Jan ihn.

Die Schüler schlichen die Stufen runter, schoben die Tür des Abstellraumes beiseite und traten ein.

Knarzend öffnete Jan den Deckel des Sargs.

Samtweicher Stoff, purpurrot mit schwarzen Stickereien, ein dickes Kissen für den Hinterkopf – ein edles Teil.

»Hier wirst du komfortabel ruhen und süß träumen.«

Der Schönling hörte die Worte des Freundes wie durch Watte. Er atmete flach und unregelmäßig.

Trotz seiner Angst legte er sich in den Sarg, streckte die Beine aus, schloss die Augen.

Bloß nicht als Feigling dastehen und Schwächen eingestehen.

Jan zögerte keine Sekunde, zog den Sargdeckel zu und verriegelte ihn.

»Was soll das? Bist du wahnsinnig? Die Aufgabe besteht darin, mich in den Sarg hineinzulegen. Vom Verriegeln war nie die Rede.«

»Nervenkitzel schadet nicht, sonst wäre es zu banal. Ich bin in deiner Nähe und hole dich in 15 Minuten ab. Bis dahin gehe ich nach oben und checke, ob uns jemand in die Quere kommt.«

»Nein, lass mich bitte nicht allein in dieser gottverdammten Finsternis.«

»Ruhig bleiben, nicht hyperventilieren, sonst geht dir im wahrsten Sinne des Wortes die Luft aus.«

»Ist das der Dank dafür, dass ich dich vor den Bluthunden gerettet habe? Du schließt jetzt sofort den Sarg auf, dann bleibe ich die restlichen Minuten in dieser Scheißkiste liegen.«

»Es war nur ein Scherz. Die Luft reicht mindestens für eine Stunde. So schnell stirbt man nicht.«

Nicki fühlte etwas Nasses in der Beckengegend und stammelte: »Wer redet... hier vom... Sterben?«

»So what! Was wäre, wenn ich jetzt nach Hause ginge und dich über Weihnachten hier liegenließe?«

»Du bist mein bester Freund. Das würdest du niemals machen.«

»Bist du dir da vollkommen sicher?«

Der Schönling erstarrte.

Eine verstörende Stille kapselte ihn von der Außenwelt ab.

Panik bemächtigte sich seiner, zumal er das Gefühl hatte, zu ersticken.

Er drückte mit beiden Händen gegen den Deckel, um den Sarg zu öffnen. Das Oberteil rührte sich keinen Millimeter.

War Jan wahnsinnig geworden? Schlummerte tief in seinem Inneren ein Dämon, der durch miserable Schulleistungen, Außenseiterrolle oder grenzwertige Mutproben zum gespenstigen Leben erwacht war?

»Weißt du, was in dem Sarg passiert ist?«, fragte Jan und trommelte mit den Fingern auf den Deckel.

»Vorhin hast du mir erzählt, du wüsstest es nicht.«

»Liest du keine Zeitung? Ein Mann wurde lebendig

begraben. Er ist vor zwei Wochen in diesem Sarg erstickt. Wenn du dich bemühst, müsstest du die Kratzspuren seiner Fingernägel im Holz ertasten.«

»Du bist ein hinterlistiger Schizo! Ich will nie wieder etwas mit dir zu schaffen haben.«

»Bleib lässig, es ist nur ein Spiel. In zehn Minuten hole ich dich ab, dann lachst du über die Sache.«

Nickis Brustkorb schmerzte, als ob ein Holzpfahl im Herz steckte.

Gefühle liefen Amok. Er befürchtete, durchzudrehen, brachte kein Wort über die Lippen.

Zum ersten Mal in seinem Leben gestand er sich ein, dass er unter einer Phobie litt, eine panische Angst vor Särgen, Gräbern und Friedhöfen, vor allem, was ihn an die Vergänglichkeit des Lebens und den Tod erinnerte.

War das der Grund dafür, dass er ungeachtet der konträren Persönlichkeitsprofile so trefflich mit Jan harmonierte?

Jan bekam von der Panik des Freundes nichts mit.

Es herrschte Stille, eine trügerische Ruhe wie vor einem Tsunami, der auf die Küste zurast.

Er verschloss die Tür des Abstellraumes, stieg die Treppe hoch und schlenderte zur Fensterfront. Er spähte durch die Lamellen und prüfte, ob jemand auf das Treiben im Laden aufmerksam geworden war.

Alles blieb ruhig, nur ein Hund bellte den Vollmond an, was bei Jan unangenehme Assoziationen hervorrief.

Acht Minuten, dann hole ich den Burschen raus. Der soll ruhig ein wenig zappeln.

Finstere Gedanken kamen und gingen wie Hilferufe, die mit Gewitterdonner kämpfen.

Jan ahnte nicht, dass der Freund mit dem Tod rang.

Stattdessen genoss er das Gefühl, ihn zu kontrollieren und Macht über ihn auszuüben.

Einmal Klassenbester, nach dem Hundertmeterlauf auf dem obersten Treppchen stehen, das schönste Mädchen zur Freundin haben. Endlich mal kein Verlierer, sondern Sieger sein.

Trotz des Hochgefühls sorgte er sich, fürchtete sich vor dem Verlust der Freundschaft. Außer Nicki gab es niemanden, der sich um ihn kümmerte.

Fünf Minuten.

Jan verwarf die Allmachtsfantasien, schlug sich mit der flachen Hand auf die Stirn und kehrte in die Realität zurück.

Drei Minuten, dann hole ich ihn raus. Hoffentlich nimmt er mir die Sache nicht krumm.

Zwei Minuten, die sich wie Kaugummi in die Länge zogen.

Ein Martinshorn, quietschende Autoreifen, Blaulichtblinken, ein Stakkato von Schritten auf Asphalt.

»Scheiße, die... Bullen!«

Sechs Polizisten stürmten aus den Einsatzfahrzeugen und rannten zum Beerdigungsinstitut.

Doch sie hatten nicht mit der Reaktionsschnelligkeit des Jungen gerechnet: Bevor sie ihm den Weg zugestellt hatten, spurtete er aus den Laden und flüchtete in Richtung Innenstadt.

Jan kannte sich in der Gegend aus und floh durch

Seitenstraßen zu einem Park.

Er versteckte sich hinter einen Mammutbaum und wähnte sich in Sicherheit.

Er hatte sich getäuscht: Ein Polizeifahrzeug raste durch die Grünanlage und stoppte zwanzig Meter hinter ihm.

Die Hecktür des Kastenwagens öffnete sich – ein pechschwarzer Polizeihund sprang heraus und stürmte auf ihn zu.

Der verfluchte Köter aus meinem Traum. Jetzt ist alles aus!

In der Dunkelheit funkelten die Augen des Tieres wie bei einem Teufel, der aus dem Erdinnern emporkroch.

Jan spurtete zur Straße.

Ein Drehschwindel trübte seinen Orientierungssinn.

Er verlor die Kontrolle und torkelte, ohne auf den Verkehr zu achten, auf die Fahrbahn.

Etwas Großes näherte sich ihm im rasenden Tempo.

Knarrende Bremsen, Dieselgestank, ein heftiger Aufprall, dumpfe Schmerzen.

Dann war nichts als schwarze Leere, als ob jemand den Ausschalter gedrückt hätte.

Wie nach einem Schlaf, der keinen Morgen kennt, erlangte der verunfallte Junge das Bewusstsein zurück.

Im Nachbarzimmer trillerte schmalzige weihnachtliche Musik.

Ein Duft von frischen Orangenblüten schmeichelte seinen Sinnen.

Hat jemand die Schalen von Apfelsinen ausgepresst?

Jan fingerte nach der Decke auf seinem Brustkorb und versuchte, sie wegzudrücken.

Er spürte etwas Weiches, Warmes. Sein Schädel dröhnte wie nach durchzechter Nacht.

Gedanken schossen wie Blitze durch den Kopf: Hunde, Schmerzen, Finsternis, Särge.

Särge?

Etwas schnürte ihm die Kehle zu und raubte ihm die Luft zum Atmen.

Nicki, Nicki, wo bist du? Ich hol dich raus!

»Unser Sohn kommt zu sich«, sagte eine helle, weinerliche Frauenstimme.

»Versuch mal, ihn anzusprechen. Vielleicht reagiert er auf uns«, erwiderte eine Bassstimme.

Jan schlug die Augen auf. »Wo bin… ich? Was ist mit…?«

»Beruhige dich! Es ist alles in Ordnung, du bist in Sicherheit, im Krankenhaus.«

Jan drehte den Kopf in die Richtung, aus der die Stimmen nach seinem Empfinden kamen.

Die Eltern saßen vor der hinteren Bettkante und schauten ihn lächelnd an. »Welcher… Tag? … heute?«, lallte er.

»Der 30.12.2018. In vier Stunden beginnt das neue Jahr.«

Jan erstarrte.

Sein Herz ruckelte wie eine Waschmaschine während des Schleudergangs.

»Neinnn!«

Er glaubte, das Wort zu schreien, doch die Eltern vernahmen lediglich ein Gestammel, ein Sammelsurium von Lauten, die keinen Sinn ergaben. Die Angst kroch in ihm hoch, das Blut schoss in seinen Kopf, wild und wabernd wie Pogokreise bei einem Punkkonzert.

Verdrängen, Schlafen, Sterben, in sattfeuchter Erde ruhen. Diese
Schuld raub mir die Berechtigung, zu leben.
Er schloss die Augen und dämmerte vor sich hin wie ein Igel
im Winter.
»Der Junge ist traumatisiert. Lassen wir ihn schlafen, er
benötigt Ruhe«, flötete die Mutter.

In der Silvesternacht schwang Jan sich aus dem Bett, streifte
den Trainingsanzug über und humpelte über den Flur des
Hospitals. Er kam nicht weit.
Ein Pfleger scherzte: »Na, Sportsfreund, mit einem
Kreuzbandriss läuft es sich nicht gut, wie?«

Man hievte den Rekonvaleszenten ins Bett, wo er
stundenlang ins Kissen heulte.
Tagelang sprach er weder mit Ärzten noch mit den Eltern
ein Wort, die sein Verhalten auf das durch den Autounfall
erlittene Trauma zurückführten.

»Das wird schon wieder. Das Kreuzband ist lediglich
angerissen. In einer Woche kann der Junge ohne Krücken
gehen«, beruhigte ein Arzt die besorgten Eltern.

Nach der Entlassung aus dem Krankenhaus recherchierte
Jan im Internet einen einzigen Sachverhalt: Wie viel Zeit
verstreicht, bis ein Mensch im Sarg erstickt.

Er erfuhr, dass ein Sarg in der Regel 200 x 60 x 70 cm groß
ist. Zu seiner Verwunderung reichten die
Mathematikkenntnisse zur Berechnung der Überlebensdauer
eines Menschen aus. Da sich die Luft im Sarg durch das
Ausatmen immer mehr mit Stickstoff anreichert, wird das
Opfer zunächst schläfrig, bevor es erstickt.

Er fand heraus, dass der Tod zwischen 25 und 90 Minuten nach der Beerdigung eintritt, je nachdem, welchen Aktivitäten man nachgeht. Der Freund war demnach kurz nach dem LKW-Unfall verstorben.

Jan schloss sich im Zimmer ein, nahm weder Essen noch Getränke zu sich. Die Trübsal schlich sich in sein Bett, schwer und müde, wie ein gewaschener Samtvorhang, der Fenster verdunkelt.

Nach einer Woche war er in der Lage, sich selbstständig fortzubewegen.
Er schlich aus dem Haus, um das Beerdigungsinstitut aufzusuchen.

Ein Schild mit der Aufschrift: *„Vorübergehend wegen Krankheit geschlossen",* brachte ihn fast um den Verstand.

Am Ende der Weihnachtsferien beschloss Jan, wieder die Schule zu besuchen. Er hoffte, unter der Schulbank und im Spind der Turnhalle persönliche Utensilien des Freundes vorzufinden. Er beabsichtigte, die Erinnerungsstücke einzusammeln und sie zu Nickis Eltern zu bringen.
Dort würde er sich freiwillig ihrem Zorn ausliefern.
Der Vater bringt mich um. Er hat keine Angst vor dem Gefängnis, denn er ist hafterfahren. Ich stehe zu meiner Schuld und werde dafür büßen. Mein Leben ist ohne Wert.

Der Schulweg geriet zum Martyrium.
Dreimal sprang der Junge auf die Straße, um sich vor fahrende Lastkraftwagen zu werfen. Mit eisernem Willen rang er sich in letzter Sekunde dazu durch, dem Verlangen nach Selbsttötung zu widerstehen.

Im Stil eines Traumwandlers torkelte er durch das Schulgebäude, stets bemüht, niemanden ins Antlitz zu schauen.

Vor der Tür des Klassenzimmers hielt er inne. Vor seinem geistigen Auge lief ein Film ab: Im Angesicht des Todes kratzte Nicki mit den Fingernägeln am Deckel des Sarges. Schnappatmung, Stöhnen, ein stummer Schrei – sein Freund qualvoll erstickt durch einen Jungenstreich.

Tränen kullerten über Jans Gesicht.

Er drückte die Klinke nieder und äugte durch den Türspalt.

Eine vibrierende Spannung lag in der Luft.

Die Tür knarzte – er wankte in den Raum.

Dreißig Augenpaare töteten ihn mit Blicken.

Er bewegte sich wie ein lebender Toter in einen Horrorfilm.

Der Lehrer sagte: »Oh, wer gibt sich denn da die Ehre? Schön, dass du wieder gesund bist. Ich hatte mit einem längeren krankheitsbedingten Ausfall gerechnet.«

Anstatt zu antworten, starrte Jan auf seine Sitzbank.

Lachen und Weinen lagen dicht beieinander.

Nicki kauerte, als ob nichts geschehen wäre, am Platz und grinste ihn an.

Jan stolperte, nein, er fiel auf den Stuhl, blieb regungslos sitzen, stierte den Freund mit weit aufgerissenen Augen an.

»Ich dachte, du wärst…«

»Ach Bello, warum immer so pessimistisch? Ich bin fast vor Angst gestorben und wurde sofort nach deinem Weggang ohnmächtig. Kurze Zeit später hat mich ein Polizeihund, trotz der Stille und der Dunkelheit im Abstellraum, aufgespürt. Es war nicht schwer, die Polizei davon zu überzeugen, dass uns zwei Männer überfallen und mich in den Sarg eingesperrt haben.«

»Wie bitte…? Ein Hund hat dich vor dem Ersticken bewahrt?«

»Na, klar! Die Polizisten waren gerade im Begriff, das Beerdigungsinstitut zu verlassen. Der Einsatzleiter hatte sie zu einem anderen Tatort beordert. Der außergewöhnliche Geruchs- und Gehörsinn des Hundes hat mir das Leben gerettet.«

»Welche Farbe hatte der Köter?«

»Pechschwarz, wie der Satan in Person, du Opfer!«

Wie ein Messer rauschten die Worte des Freundes durch Jans Gehirn, brachten sein Weltbild ins Wanken und verkehrten seine Erfahrungen ins Gegenteil.
Er umarmte die Welt und jubilierte vor Glückseligkeit.

Seit jenem Tag hat Jan keine Angst mehr vor Hunden.
Im Gegenteil: In Absprache mit den Eltern holt die Familie einen schwarzen Hund ins Haus, einen Labrador Welpen, der am ersten Tag sein Herz erobert. Gelegentlich schläft der Hund sogar in seinem Bett.

Der Underdog mausert sich zu einem passablen Schüler und besteht die Abiturprüfung mit spielerischer Leichtigkeit.

Nicki, dessen Freundschaft ein Leben lang hält, und die anderen Klassenkameraden rufen ihn nie wieder mit seinem Spitznamen.

Ob Nicki die Phobie gegen alles Vergängliche überwindet, hängt davon ab, inwieweit er bereit ist, sich den inneren Dämonen zu stellen, und den Mut aufbringt, sich eigene Schwächen einzugestehen.

Wettlauf mit Deady

Obwohl die Grippe nicht vollständig abgeklungen war, nahm ich an einem sonnigen Märztag das Marathontraining auf. Beim Überziehen des Laufshirts sagte Gabi, meine Ehefrau: »Nicht übertreiben! Du hattest gestern noch Fieber.«

»Danke für deine Fürsorglichkeit. Ich bin fit, nur ein leichter Work-out.«

»Du bist sportsüchtig! Sei rechtzeitig zum Abendessen zurück. Es gibt Pizza Diavolo mit Totentrompeten Salat als Vorspeise.«

»Oh, welch außergewöhnliche Menüfolge. Im Kühlschrank steht italienischer Weißwein. Ich freue mich auf den schönen Abend mit dir.«

Voller Ungeduld wartete ich auf das GPS-Signal der Pulsuhr. Es galt, den Fitnesslevel zu steigern, denn durch die Krankheit hatte ich erheblichen Trainingsrückstand. Bei Übungseinheiten im Lauftreff war ich der Langsamste. Bei Wettkämpfen sah ich von meinen Sportsfreunden die Haken.

Ich küsste Gabi auf die Stirn und startete bei windstillen 14 Grad das Training – durch unser Dorf, vorbei am Waldrand, durch ein Seengebiet bis zu einer beliebten Regattastrecke mit Wanderwegen. Auf dem hügeligen, kurvigen Parcours strömten mir Menschen mit Rollatoren, Fahrrädern oder Kinderwagen entgegen, jeweils begleitet von einem Pulk freilaufender Hunde.
Die Strecke platzte aus allen Nähten.

Zick-Zack-Laufen, ausweichen, abstoppen - Kleinkinder
liefen mir vor die Füße.
In letzter Sekunde sprang ich auf die parallel zur
Regattabahn verlaufende Böschung.
Als Folge des Ausweichmanövers verlor ich das
Gleichgewicht. Kugelrunde schwarze Augen, in denen sich
alles Leid der Welt spiegelte, starrten mich an.
Ich gab mein Bestes, um die Frösche zu verschonen.
Vergeblich - im Fallen begrub ich fünf Amphibien, die
größte mit rotem Punkt auf der Stirn, unter mich.
Wir rutschten die Böschung runter - Knirschen, Quaken, ein
kaltes Gefühl auf dem Rücken, Stille.
Mit einem Schlag hatte ich eine Froschfamilie mit drei
Jungtieren ins Jenseits befördert.

»Bravo! Ein Jogger, der Rücksicht auf Kinder nimmt«, tönte
es von oben.
Ich richtete mich auf, streifte die Frösche ab und rannte mit
schlechtem Gewissen weiter.
Hätte ich eine andere Route genommen, wären die Tiere noch am
Leben.

Hinter der Regattabahn leerte sich die Laufstrecke.
Ich forcierte das Tempo, was mir einiges abverlangte.
Obwohl sich die Pieptöne der Pulsuhr überschlugen,
ignorierte ich die Warnung.
Um die Grünphase einer Fußgängerampel zu erreichen,
setzte ich zum Sprint an. Rechtzeitig vor anfahrenden Autos
hastete ich zur gegenüberliegenden Straßenseite.
Das Herz ratterte im Rhythmus eines Presslufthammers.

Ich verlangsamte das Tempo, legte eine Erholungsphase ein.

Es war zu spät, mir wurde schwindelig.

Ich stolperte über eine holprige Gehwegplatte und stürzte.

Der Kopf schlug mit Wucht auf den Boden auf – Bang, Bang.

Dunkelheit umgab mich, kein Laut drang zu mir durch.

Hat jemand die Sonne entführt?

Mein Bewusstsein kehrte im Zeitlupentempo zurück.

Mich beschlich ein merkwürdiges Gefühl. Ich war befreit von der Schwerkraft, schwebte wie auf Wolken.

Ich richtete mich auf und inspizierte meine Wunden.

Glück gehabt! Platzwunden, eine Ohnmacht, aber nichts Ernstes. Schnell nach Hause, sonst verpasse ich das Abendessen.

Ich wunderte mich darüber, dass ich keine Schmerzen verspürte. Das Herz schlug regelmäßig wie ein Schweizer Uhrwerk.

Dann geschah das Unfassbare: Anstatt über die Regattabahn nach Hause zurückzukehren, verfehlte ich die Abzweigung und verlief mich. Ich gelangte in ein verwahrlostes Stadtquartier, das ich nie zuvor betreten hatte.

Die Luft vibrierte vor Kälte. Ich fror.

Eine Straße mit altersschwachen Gaslaternen wirkte wie ein Gemälde aus den Pinselstrichen des Malers Michelangelo Caravaggio.

Aus dem Nichts heraus prasselte ein Graupelschauer auf das Pflaster.

Ich suchte Schutz in einem schäbigen Hauseingang, der zu einem aufgegebenen Zoogeschäft führte.

Beim Blick durch zerbrochene Fensterscheiben stockte mir der Atem: Fünf grüne Frösche - einer mit rotem Punkt auf der Stirn – hüpften munter umher.

»Oh Gott, das sind die Frösche aus der Regattabahn!«

Beim Versuch, das Quartier zu verlassen, verirrte ich mich im Labyrinth dunkler Gassen. Ein ovaler von verfallenen Häusern eingerahmter baumloser Platz tauchte auf. In der Platzmitte kauerte ein Hüne vor einem Grabstein. *Was ist das für ein Gespenst? Der Kerl ist unheimlich.*

Eine unsichtbare Macht trieb mich in seine Arme. Beim Näherkommen bemerkte ich, dass der Hüne unter seinem langen Umhang etwas verbarg. Er erhob sich, ergriff meinen rechten Arm und brummte: »Oh, ein Sportler, der sich überschätzt. Es ist mir eine Ehre, dich kennenzulernen.

»Wer…bist du?«

»Freunde nennen mich Deady. Wenn die Nacht am tiefsten ist, küsse ich die Fieberstirn gefallener Seelen.« Ich zitterte wie Espenlaub, brachte keinen Ton heraus. Er öffnete den Umhang. Eine Sense kam zum Vorschein. Mit ihr zeigte er stumm auf den Grabstein, auf dem mein Name mit dem heutigen Datum eingraviert war. Wie Messer schwirrten die Gedanken durch meinen Kopf. *Bin ich scheintot? Handelt es sich um eine Zwischenwelt, eine Übergangszone zwischen dem Diesseits und dem Jenseits?*

»Na, hat es dir die Sprache verschlagen, Marathonmann?«, spottete Deady und schaute mit hohlen Augen auf mich herab.

»Äh…«

»Sag was, Angsthase!«

Das Schimpfwort weckte meinen Stolz.

Ich atmete tief durch, bis sich der Herzschlag normalisierte.

Ich riss mich los und wich zwei Schritte zurück. »Lass mich in Ruhe, Meister der Finsternis! Suche dir jemanden, dessen Zeit gekommen ist.«

»Oh, ich habe dich gezielt ausgewählt, guter Mann. Deine Herzprobleme kamen mir recht. Du hast meinen Unwillen hervorgerufen.«

»Wie bitte…? Wodurch das denn?«

»Du hast eine Froschfamilie ausgelöscht, dafür wirst du büßen«, brüllte er.

Die Bassstimme des Sensenmanns hallte in den Gassen, Fensterscheiben zersplitterten, Fassaden bröckelten.

Ich hielt seine Anklage für einen schlechten Scherz und sagte: »Es handelte sich um Amphibien. Ich habe versucht, sie zu verschonen. Wenn ich nicht zur Seite gesprungen wäre, hätte ich Kinder verletzt.«

»Das anthropozentrische Weltbild vernebelt deinen Verstand. Du hältst dich wohl für was Besonderes? In der Welt der Schatten sind alle Lebewesen gleich«, raunte er, während die Sense im Schummerlicht der Gaslaterne funkelte.

Kalter Schweiß bildete sich auf meiner Stirn.

Mir fielen die Worte unseres Übungsleiters ein, der uns eingetrichtert hatte: *Niemand weiß, wo seine Grenzen liegen, solange er es nicht versucht hat. Es gibt nichts, was man nicht erreichen kann.*

Fieberhaft suchte ich nach einer Möglichkeit, Deady zu überlisten.

Um ihn zu verwirren, sagte ich: »Im Juni findet der Himmelsweg Marathon in Halle statt. Um Geld zu sparen, habe ich mich vor Monaten als „Early Bird" angemeldet. Der Wettkampf darf nicht ohne meine Wenigkeit stattfinden.«

Der Sensenmann verzog die eingefallenen Wangen zu einem gequälten Grinsen: »Hältst du mich zum Narren? Du hast fünf unschuldige Leben ausgelöscht. Jetzt kommst du mir mit Frühbucherrabatten?«

Diesen Moment der Fassungslosigkeit nutzte ich zur Flucht. Ihn zur Seite schubsen, umdrehen, losrennen, war eins.

»Dummkopf! Du kannst mir nicht entkommen.«

Aber man kann es wenigstens versuchen, dachte ich und nahm Tempo auf.

Nach wenigen Sekunden hatte ich den Platz hinter mich gelassen, hechtete, wie von der Tarantel gestochen, durch schummrige Gassen.

Ein Blick zurück – wie ein Pfeil flog er durch die Luft. Blanker Hass spiegelte sich in den Augen.

Er setzte hinter mir auf den Boden auf und fingerte nach dem Laufshirt.

Ein fauliger Geruch stieg mir in die Nase.

Der Schlag mit der Sense rauschte um Haaresbreite am rechten Ohr vorbei.

Es ist aussichtslos, der nächste Streich tötet mich.

Vor dem Zoogeschäft watschelten fünf Frösche im Gänsemarsch über die Straße. Ohne sie zu berühren, sprang ich mit Riesensätzen über sie hinweg.

»Autsch…!«, tönte es hinter mir.

Was ist da passiert? Hat Deady den Anschluss verloren?

»Impertinenter Homo sapiens! Ich treibe dir die Arroganz schon noch aus«, schrie er mit einem Ton, der mir das Blut in den Adern gefrieren ließ.

Ich drehte mich um und sah, dass er auf den Fröschen ausgerutscht war. Wie ein Wurm wand er sich am Boden und krümmte sich vor Schmerzen.

Niemals aufgeben, glaube an dich, heute bist du schneller als dieser Finsterling.

Der Sensenmann fluchte, richtete sich auf und hob vom Boden ab.

Nach wenigen Sekunden hatte er mich eingeholt.

Ein Blick über die Schulter genügte - ich taumelte.

Er streckte mir einen Strauß knallroter Blumenknospen entgegen und hielt sie mir unter die Nase.

Der Duft hüllte mich ein, machte mich beinah benommen.

»Atme den Duft des Mohns, dann wirst du ewig in Frieden schlafen«, hauchte er.

Seine Stimme klang verändert, zart und liebevoll, wie eine verführerische Melodie aus einer Verdi-Oper.

Ich stand kurz davor, den süßen Duft der Blumen zu inhalieren.

Plötzlich wieder dieser lockere Pflasterstein.

Stolpern – Hinfallen - Finsternis.

Hat jemand den gottverdammten Schalter für das Sonnenlicht betätigt?

Ich spürte den Körper, die zitternden Knie, berührte blutgetränkte Verbände auf dem Kopf.

Über mich beugten sich zwei weiß gekleidete Männer, entsetzte Gesichter voller Mitleid.

»Hallo wach!«, sagte einer von ihnen.

»Wo... ist der... Finsterling?«

»Wie bitte? Wie fühlen Sie sich? Wissen Sie, welcher Tag heute ist?«, fragte mich der andere Mann.

»Christi... Himmel...fahrt?«

Ich erschrak über den brüchigen Klang meiner Stimme.

»Scherzbold! Sie waren ohnmächtig, akuter Herzstillstand. Die Platzwunden haben wir verbunden. Alles Weitere erledigen unsere Ärzte im Krankenhaus.«

»Nein, ich benötige keine weitere Behandlung. Es war lediglich ein kurzer Blackout. Ich fühle mich wie neugeboren.«

»Sind sie wahnsinnig? Sie standen kurz vor dem Exodus.«

»Ich fahre nach Hause, meine Frau wartet mit dem Abendessen.«

Ausdauerläufer sind es gewohnt, hart gegen sich selbst zu sein. Ich biss auf die Zähne, zog mich an den Beinen der Sanitäter hoch, stieß sie zur Seite und humpelte zu einer Haltestelle, wo mich ein bis auf den Fahrer leerer Bus erwartete.

Der Mann verbarg sein Gesicht unter einer Schirmmütze und zeigte stumm auf einen Platz im hinteren Bereich des Fahrzeugs.

Kaum eingestiegen, schlief ich vor Erschöpfung ein.

Anstatt die Bushaltestelle anzusteuern, setzte mich der Fahrer vor der Haustür ab.

Ein freundlicher Mann, dachte ich und bedankte mich bei ihm mit einem Lächeln.

Gabi erwartete mich an der Haustür: »Ojemine, wie siehst du denn aus? Du bist ja verbunden! Was ist passiert?«
»Bin gestürzt und mit dem Bus heimgefahren. Es ist alles in Ordnung, mach dir keine Sorgen.«
»Mir war klar, dass du nicht fit bist. Warst du im Krankenhaus?«
»Nein, ich habe mir ein Wettrennen mit dem Sensenmann geliefert.«
»Oh, wer hat denn gewonnen?«, fragte sie und wiegte den Kopf im Schein der untergehenden Sonne.
»Rate mal! Als Belohnung für den Sieg bin ich wie Lazarus von den Toten auferstanden.«
»Ha, ha, ha! Zeig mir die Medaille, du Vollpfosten.«
»Edelmetall ist bedeutungslos. Ich genieße den Erfolg im Stillen.«
»Ab unter die Dusche, bevor du zur Legende wirst.«
»Das könnte mir gefallen. Ich verzehre mich nach dir und dem Totentrompeten Salat.«

Wie Phönix aus der Asche torkelte ich ins Badezimmer und betrachtete die Verbände im Spiegel.
Die Dusche weckte meine Lebensgeister.
Mit Schaum kritzelte ich auf die Wand: *Wenn man fest daran glaubt, erreicht man im Leben sogar das Unmögliche.*

Ich genoss den Abend in vollen Zügen.
Lediglich der Totentrompetensalat mundete mir nicht.
Was ist das für eine eigenartige zartbittere Note?

Mithilfe eines feinherben Weißweins gelang es mir, den
Salatteller zu leeren.
Da mir die Geschmacksrichtung unbekannt war, sorgte ich
mich nicht.

In der Nacht quälten mich höllische Bauchkrämpfe.
Übelkeit, Erbrechen und Halluzinationen folgten.
Mit den Atembeschwerden und der Luftnot kam das
endgültige Schwarz des Todes.

Deady hatte heimlich einen Knollenblätterpilz in meinen
Salatteller gemischt und erwartete mich mit breitem Grinsen
im Gesicht im Reich der Schatten.

Der Pechvogel[1]

Die größten Geheimnisse des Lebens schlummern in den unteren Segmenten des Bewusstseins. Gelegentlich öffnet ein Traum ein Fenster und wir blicken hinab in unsere verdrängten Ängste, Sehnsüchte und Hoffnungen.

Die Flucht

Im Januar 2019 kauerte ich auf einer Sitzbank des Amsterdamer Flughafens und wartete auf den Check-in für den Flug nach Phuket im Süden von Thailand. Ich plante, nach der Landung in der Touristenregion Khao Lak unterzutauchen. Nervös fingerte ich nach dem Boardingpass und dem Ausweis, die sich in der Außentasche meines Rucksacks befanden.

Hoffentlich kommen sie nicht und bringen mich auf das Polizeirevier, dachte ich.

Eine monotone Frauenstimme erlöste mich. »We are ready for Check-in…«

Ich stand auf und drängelte mich vor, obwohl meine Sitznummer nicht an der Reihe war. Barsch wies mich die

---

[1] In leicht modifizierter Form befindet sich diese Erzählung unter dem Titel „Die Friedhofswärterin" in der Anthologie „Mysteriöse Friedhöfe und Grabstätten" vom Verlag der Schatten.

Dame am Gate an, mich am Ende der Warteschlange anzustellen: »First Class, dann Businessclass, bitte. Anschließend Behinderte und Frauen mit kleinen Kindern. Wir haben es doch gerade erst durchgegeben.«
Widerwillig folgte ich ihrer Anweisung und schloss mich der Warteschlange an, versuchte jedoch, mich vorzudrängeln. Mehrfach blickte ich über die Schulter, um nach der Polizei oder dem Grenzschutz Ausschau zu halten. Ich spürte, wie der Angstschweiß unter meine Kleider kroch. Jemand nahm meine Bordkarte entgegen. Es piepste - ich stand hinter der Einlasskontrolle zum Flugzeug.

Ich spurtete los. Ein Mann schrie: »Hoppla! Mach mal langsam! Du gehst auch nicht früher in die Luft, Blödmann.«
Ich überhörte seine Beleidigung und nahm die vordere Treppe des Flugzeugs, wo weniger Menschen zum Einsteigen herumstanden. Mit gerunzelter Stirn zeigte die Stewardess auf die letzte Sitzreihe, wo sich mein Platz befand.
Obwohl man mir einen Gangplatz zugewiesen hatte, setzte ich mich ans Fenster, um die Vorgänge bei der Abfertigung des Fliegers zu beobachten.
Alles blieb ruhig.
Nur das Tankfahrzeug und die Anhänger mit den Koffern bewegten sich.
Ein Geruch von Kerosin und Plastik stieg mir in die Nase.
Es gab Verzögerungen, ein Koffer harrte der Identifizierung.

Eine weitere halbe Stunde Bangen.
Der Flieger rollte zur Startbahn.
Motoren dröhnten, der Jet schraubte sich in die Höhe, bis

die Landschaft wie eine Spielzeugwelt wirkte.

Nur weg von hier. Schlimmer kann es nicht mehr kommen. Ich hasse dieses Leben.

Kaum hatten wir unsere Reisehöhe erreicht, wackelte der Flieger wie eine Waschmaschine.

»Wir fliegen durch eine Unwetterzone. Der Bordservice wird eingestellt«, tönte es aus dem Cockpit.

Ich blickte in angsterfüllte Gesichter.

Typisch! Nichts gelingt, alles geht schief, dachte ich und hielt mich mit schweißnassen Händen an den Plastikstützen des Sitzes fest.

So turbulent war es in meinem Leben immer gewesen: Es fing schon damit an, dass ich als Kind zu Hause nie etwas Vernünftiges zu Essen bekam. Häufig gab es lediglich ein paar Erdnussflips oder Paprikachips, um die ich mich mit anderen Kindern stritt. Meine Eltern gehörten der Hippiebewegung an. Für sie standen Drogen an erster Stelle. Selbst Ende der Achtzigerjahre begriffen sie nicht, dass die Ära von „Love and Peace" lediglich in ihren Träumen weiterlebte. Hin- und hergerissen zwischen diversen Kommunen, wechselnden Partnern und Patchworkfamilien erlebte ich eine hektische, unbehütete Kindheit.

Die Spielkameraden wechselten so häufig wie die Schaufensterauslagen der Kaufhäuser.

Als Jugendlicher wurde ich von meinen Mitschülern gemobbt. Da ich mehr mit meiner Verteidigung als mit dem Lernstoff beschäftigt war, verließ ich die Schule ohne Abschluss.

Mein beruflicher Werdegang nahm einen katastrophalen

Verlauf, denn ich erlebte eine Pleite nach der anderen.
Doch auch in anderen Bereichen ging alles schief.
Auf meine gescheiterte Ehe folgten unglückliche
Frauengeschichten, die stets mit heftigen
Auseinandersetzungen einhergingen. Meistens ging es ums
Geld. Meine Eltern starben – noch keine fünfzig Jahre alt –
an einer Überdosis Heroin.

Immer schneller geriet ich in einen sozialen Abwärtsstrudel,
bis ich vor zwei Jahren Lisa traf, die ich sofort in mein Herz
schloss. Sie überredete mich, einen Kredit aufzunehmen, um
am Rande der Düsseldorfer Innenstadt ein Reisebüro zu
eröffnen. In geschäftlichen Angelegenheiten besaß sie mehr
Fortune als ich. Die finanziellen Obliegenheiten
einschließlich der Steuererklärung beherrschte sie
meisterlich... glaubte ich.

Es gibt viele Wege, eine Partnerschaft zu beenden, doch ihre
Methode toppte alle mir bekannten Abschiedsszenarien.
»Ich geh raus zum Thai-Imbiss an der Ecke, besorge mir
Schminke im Drogeriemarkt und bin in einer Stunde
zurück«, sagte sie mit Unschuldsmiene. Sie verschwand,
ohne mich eines Blickes zu würdigen. Am Abend, kurz nach
20.00 Uhr, war sie immer noch nicht zurück. Jeder andere
Mann hätte die Polizei gerufen, mit Freunden und
Bekannten telefoniert oder die halbe Stadt durchstreift. Mich
dagegen beschlich ein mulmiges Gefühl, eine dunkle
Vorahnung, verbunden mit der Angst, dass ihr Verhalten
sich nahtlos in mein verkorkstes Leben einfügen könnte. Ich
wagte nicht, der Wahrheit ins Gesicht zu schauen, sondern
tröstete mich in der Eckkneipe mit einem 18 Jahre alten
Single Malt Whiskey aus den schottischen Highlands.

Beim Betreten unserer Wohnung gegen 22.00 Uhr kam es wie befürchtet. Aufstehende Schranktüren, durchwühlte Aktenordner sowie herausgerissene Passwörter für die Bankkonten zwangen mich dazu, das Ungeheuerliche zu akzeptieren: Meine Beziehung sowie mein bescheidenes Unternehmen waren gescheitert.

Ohne ein Wort des Abschieds, eine Erklärung oder wenigstens einen kleinen Hinweis auf den Anlass ihres Verschwindens brauste Lisa aus meinem Leben und ward nie mehr gesehen.

Wegen fehlender finanzieller Mittel musste ich das Reisebüro nach wenigen Tagen schließen.

Meine Überschuldung führte Hals über Kopf zur Privatinsolvenz. Aufgebrachte Reisende und ein rigoroser Konkursverwalter raubten mir den Schlaf. Schlimmer noch: Lisa hatte die Steuern hinterzogen und darüber hinaus viele Reisende um ihre Ersparnisse gebracht.

Gegen uns beide erging Haftbefehl.

Ich entzog mich dem Zugriff, indem ich zwei Polizisten, die in meine Wohnung eingedrungen waren, hinterrücks zusammenschlug und sie mit Handschellen im Badezimmer fesselte.

Ich setzte mich in die Niederlande ab. Die Kasse aus dem Reisebüro nahm ich mit.

In Amsterdam buchte ich einen Billigflug nach Südthailand und versteckte mich bis zum Abflug in einem leeren Hochhaus am Rande der Stadt.

Ein Obdachloser, mit dem ich die Nächte zusammen mit einer Flasche Whiskey verbracht hatte, lallte bei meiner Verabschiedung: »Armer Wicht, was hast du im Leben für ein Pech gehabt.«

Stimmt, Pech ist der richtige Begriff. Seit meiner Geburt im Jahr 1976 klebt es wie zäher, ausgelutschter Kaugummi an meinen Schuhen. Es hat mich besser im Griff als ein Dobermann, der vor dem Gartentor den verängstigten Pinscher des Nachbarn zähnefletschend unter sich begräbt, dachte ich.

»Kaffee oder Tee?« Die Frage der Stewardesse führte mich zurück in die Realität. Ich hatte nicht mitbekommen, wie der Airbus aus den Turbulenzen herausgeflogen war und der Bordservice wieder begonnen hatte.

Na also, noch mal gut gegangen. Vielleicht mag das Pech keine Düsenjets oder es schmilzt in der tropischen Hitze in sich zusammen, bis nur noch ein schwarzer Klecks übrig bleibt, hoffte ich und genoss die alkoholischen Getränke an Bord.

Hätte ich auch nur ansatzweise geahnt, welche fantastischen, beinahe unglaublichen Geschehnisse auf einem von der Welt vergessenen Friedhof auf mich warteten, so wäre ich in Deutschland geblieben und vor dem Gerichtsverfahren freiwillig ins Gefängnis gegangen.

Friedhof der vergessenen Seelen

Es ist unnötig, zu erwähnen, dass ich mir das schlechteste Hotel in Khao Lak ausgesucht hatte.

Ein mürrischer Rezeptionist teilte mir ein Zimmer im Erdgeschoss neben der Großküche zu. Es stank.

Ich nahm die Gegebenheiten widerspruchslos hin, denn ich hatte ohnehin nichts anderes erwartet.

Schlafen konnte ich ebenfalls nicht, weil mitten in der Nacht pünktlich um 3.00 Uhr ein Hahn bis zum Sonnenaufgang krakeelte.

Nach ein paar Tagen am Strand, wo ich gewöhnlich den fehlenden Schlaf nachholte, unternahm ich einen Ausflug in die Provinzhauptstadt, die durch eine interessante Altstadt mit einem quirligen Markt beeindruckte.

Bei der Rückfahrt zum Hotel fragte mich der Taxifahrer, ob ich am Besuch einer auf dem Weg liegenden Tsunami-Gedenkstätte interessiert sei.

Ich willigte ein, denn die Bilder der Katastrophe vom 26. Dezember 2004 waren um die Welt gegangen und hatten sich in mein Gedächtnis eingegraben.

Der Taxifahrer setzte mich am Eingang der Gedenkstätte ab. Er bot mir an, für achthundert Baht[2] auf mich zu warten.

Viel sei nicht zu sehen, lediglich ein paar Gräberfelder sowie ein Denkmal in Form einer Welle am Eingang des Friedhofs, gab er mir wortkarg mit auf den Weg.

Ich beobachtete, wie er mich verschmitzt anlächelte, und flanierte durch das Eingangstor.

Eine bedrückende Stille umgab mich. Lediglich ein Vogel schrie seinen Schmerz in die Welt.

Hinter dem Denkmal mit seinem vergammelten Sockel schloss sich eine palmenbestandene Allee an, die auf beiden Seiten von flachen, schmucklosen Grabsteinen flankiert war.

Mit Gänsehaut ging ich weiter und dachte an die vielen Menschen, die sich vor rund fünfzehn Jahren zum falschen Zeitpunkt am falschen Ort befunden hatten.

Die Anlage machte auf mich einen heruntergekommenen Eindruck, Unkraut wucherte, die Grabsteine waren verwittert.

---

[2] Etwa 21 Euro

Am Ende der Allee fiel mir ein schmächtiger Mensch auf, der in der hintersten Ecke der Beerdigungsstätte hockte und mit einer Schaufel emsig die Erde bearbeitete.

Erstaunt ging ich auf die Gestalt zu und erschrak, als sie mir ihr Antlitz zuwandte. Ein circa fünfzehnjähriges Mädchen schaute mich mit dunklen, schweren Augen an.

Das zierliche, untergewichtige Kind trug ein feuerrotes T-Shirt, das im starken Kontrast zu ihrem schulterlangen, pechschwarzen Haar stand. Der lange dunkelrote Wickelrock mit weißen Ornamenten ergänzte ihr farbenfrohes Erscheinungsbild. Am linken Unterarm befanden sich mehrere Armbänder aus Plastik sowie aus Messing. Am deutlichsten stach ihr Gesicht hervor. Aschfahl mit eingefallenen Wangen wirkte sie wie eine Tote, die gerade einem der Gräber entstiegen war. Nur die sauberen, frisch anmutenden Kleider deuteten auf ein gutes Elternhaus hin.

Einen Moment lang glaubte ich, in ihren Augen die über zehn Meter hohe Tsunami-Welle zu erblicken, die allein in Khao Lak über viertausend Menschen in den Tod gerissen hatte.

»Kann ich dir helfen?«, fragte ich mit brüchiger Stimme. »Die Sonne geht bald unter. Du solltest in der Dunkelheit nicht allein zwischen Gräbern zurückbleiben.«

Ich hatte den auf Englisch formulierten Satz gerade beendet, da dämmerte es mir, dass das Mädchen wahrscheinlich kein Wort verstanden hatte, denn in diesem Teil Thailands wird diese Sprache nur von wenigen Menschen beherrscht. Umso verwunderter war ich, als sie mir im reinsten Oxford Englisch antwortete: »Mach dir keine Sorgen! Ich bin Mai

Yao aus einem Dorf am Meer und pflege jeden Tag die Gräber. Ich habe keine Angst vor den Toten. Es sind die Lebenden, vor denen man sich in Acht nehmen muss.«

Mir lief es eiskalt den Rücken herunter, sodass es eine Weile dauerte, bis ich ihr antwortete. Noch heute weiß ich nicht, was in mich gefahren war, denn ich gab mit drei Sätzen meine Befindlichkeit preis: »Du sprichst mir aus der Seele. Ich habe in meinem Leben noch nie Glück gehabt. Von den Menschen werde ich immer nur gedemütigt.«

Mai unterbrach ihre Arbeit und blickte mir tief in die Augen. Ein Geruch von Jasmin strömte mir entgegen.
»Ach! Dann bist du also ein Pechvogel?«
Mein Herz stockte, ich wich einen Schritt zurück.
Da saß ein perfekt Englisch sprechendes Mädchen von höchstens fünfzehn Jahren vor mir, das mein Schicksal nach ein paar Worten erfasst hatte.
Ich überspielte meine Verwunderung, zauberte ein Lächeln auf mein Gesicht und stammelte: »Volltreffer! Wenn einer diese Bezeichnung verdient, dann bin ich es.«

Um von der mir unangenehmen Thematik abzulenken, fragte ich: »Kannst du mir sagen, was du hier vor Einbruch der Dunkelheit machst?«
»Habe ich dir bereits gesagt, Pechvogel. Ich pflege die Gräber. Von der Welt wurden sie vergessen, denn keiner kümmert sich um die Toten, deren Angehörige oftmals weit entfernt von hier wohnen und selten zu Besuch kommen. Außerdem kümmere ich mich um Bäume und Sträucher. Die Natur an sich ist freundlich, nur die Menschen sind es nicht.«

»Toller Spruch! Doch in meiner Heimatstadt werden solche Arbeiten vom Grünflächenamt erledigt. Wie oft bist du auf dem Friedhof?«

»Ich arbeite jeden Tag vom späten Morgen bis in die Nacht hinein. Du siehst ja selbst, wie viel Arbeit vor mir liegt. Doch wenn du deine Arbeit liebst, ist es keine Mühsal, sondern eine Freude.«

»Eine vortreffliche Eigenmotivation. Für mich ist Arbeit lediglich ein notwendiges Übel.«

Als mir gerade eine Frage zu ihrem familiären Hintergrund auf den Lippen lag, fiel mir der Chauffeur ein, der seit über einer halben Stunde vor dem Ausgang des Friedhofs wartete.

»Ich muss gehen! Mein Taxi fährt sonst ohne mich los. Wie lange arbeitest du heute noch?«

»Weiß nicht«, flüsterte sie. »Der Flügelschlag der Zeit mag dich vorantreiben, mich streicheln lediglich seine sanften Federn.«

Ohne zu mir hochzuschauen, wandte sie sich dem nächsten Stück Erde zu, um mit ihrer Tätigkeit fortzufahren.

Ich verbeugte mich leicht und begab mich unverzüglich zum Ausgang, wo der Taxifahrer schon länger als vereinbart wartete. Dabei hatte ich kein gutes Gefühl, ein junges Mädchen in der Dunkelheit allein auf einem einsamen, abgelegenen Friedhof zurückzulassen. Hinzu kam, dass ich das Kind, trotz seines eigentümlichen Verhaltens, spontan mochte. Ohne es erklären zu können, spürte ich eine innige geistige Verbindung, die sich in den nächsten Wochen auf dramatische Art und Weise verstärken sollte.

Am Ausgang wartete eine Überraschung auf mich.
Das Taxi parkte nicht an der vereinbarten Stelle.

Kopfschüttelnd ging ich die Straße entlang, denn gewöhnlich lassen sich Taxifahrer in Thailand das gute Geschäft mit Touristen nicht entgehen.

Als ich ihn auch da nirgends sah, beschloss ich, an der dem Friedhof gegenüberliegenden Straßenseite auf eine andere Mitfahrgelegenheit zum Hotel zu warten.

Ein halbhohes Gatter stand weit offen, wie eine Einladung. Dahinter befanden sich mehrere Gebäude mit blauen Dächern.

Ich schlenderte durch den Vorgarten und schaute mir die Hallen näher an.

Das Haupthaus erregte meine Aufmerksamkeit.

Die schwere Eingangspforte war lediglich angelehnt.

Mit Wucht drückte ich die Tür nach vorn und rief: »Hallo! Ist hier jemand?«

Obwohl niemand antwortete, trat ich einen Schritt vor und fingerte nach Lichtschaltern.

Möglicherweise durch Dummheit, wahrscheinlich aber aus Angst oder Unsicherheit, hatte ich die Stahltür dermaßen heftig aufgestoßen, dass sie wenige Augenblicke nach meinem Eintritt von allein zurückschnellte.

Die Tür fiel mit einem lauten „Plomp" ins Schloss, und der zarte, von der untergehenden Sonne gespendete Lichtstrahl brach in sich zusammen.

Reflexartig griff ich nach der Klinke, um die Pforte wieder zu öffnen. Mein Herzschlag setzte aus, als ich realisierte, dass sie sich von innen nicht öffnen ließ.

Nachdem ich eine halbe Stunde versucht hatte, die Klinke mit allen mir zur Verfügung stehenden Mitteln herunterzudrücken, trat ich in meiner Verzweiflung mit dem rechten Fuß gegen den Türflügel. Das Bauteil wich trotz der Attacke keinen Millimeter zurück, rächte sich aber für den Angriff, indem es mir zwei Zehen brach.

Ich hatte mich durch Unachtsamkeit an einem Freitagabend in einer unheimlichen, menschenleeren Halle, in der es keinen Strom gab, eingeschlossen.

»Großer Gott! … Was habe ich jetzt wieder angestellt?«, stammelte ich und schlug mir mehrfach mit der flachen Hand auf die Stirn.

»Da ist sie: die nächste Katastrophe!«

Ich weiß nicht, wie lange ich durch die Dunkelheit humpelte, um einen Lichtschalter, ein Fenster oder eine Luke zu finden, die nach draußen führte.

Mitten in der Nacht zog ein Gewitter mit heftigen Regenfällen auf.

Mir schwante, dass ich gezwungen war, die ganze Nacht in der Dunkelheit zu verbringen. Ich vermutete, mich in einer Leichenhalle zu befinden, denn die Lage des Gebäudes gegenüber dem Friedhof legte diesen Schluss nahe. Zähneklappernd suchte ich mir einen Platz neben der Ausgangpforte, wo ich eine bessere Orientierung hatte und vorbeikommende Passanten über mein Missgeschick informieren konnte.

Eine Leichenhalle ist ein merkwürdiger Angstraum, ein Ort der Demut mit Furcht einflößenden Geräuschen. In der Nacht durchbricht das Knacken der Leitungssysteme, die Dehnung der Fugen, die Arbeit der Holzwürmer oder das Treiben der Kriechtiere jäh die Stille. Wer die Sinne schärft und genau zuhört, kann ein schwach hörbares Piepsen ohne jeden Zweifel dem Liebesspiel zweier Geckos zuordnen. Selbst nach Stunden lag ich wach und sinnierte vor mich hin. Das war kein Zufall, sondern das Pech! Wieder einmal hatte es mich in eine prekäre Lage gebracht, aus der ich mich aus eigener Kraft nicht befreien konnte.

»Fieser Dämon!«, fluchte ich und wunderte mich darüber, dass ich nach wenigen Stunden der Isolation Selbstgespräche führte.

»Versuch nur, mir Angst einzujagen, mich schaffst du nicht!« Ich machte mir selbst Mut und dachte an den Ausspruch von Mai, nach dem man mehr Angst vor Lebenden als vor Toten haben sollte. In Gedanken versunken kauerte ich auf den Steinfliesen und wartete auf das Ende des Dauerregens, den Sonnenaufgang oder den Hausmeister, der hoffentlich irgendwann nach dem Rechten sah.

Am frühen Morgen überkam mich ein starkes Verlangen, zu urinieren.

Mir gelang es, das unangenehme Gefühl eine Zeit lang zu unterdrücken, dann ging es nicht mehr. Zwar gab es in der Halle keine Toilette, aber ich hatte bei meinen Erkundungen am Vorabend ein paar Metallkästen ausfindig gemacht, hinter denen eine Wand für mein Vorhaben prädestiniert schien.

Ich schlurfte durch den Raum, ertastete die Kästen und versuchte, mich zwischen ihnen hindurch in die hinterste Ecke zu hangeln. Doch sie standen zu dicht beieinander, sodass ich gezwungen war, einen Kasten zur Seite zu drücken. Einige auf ihm liegende Steine, die ich in der Dunkelheit übersehen hatte, fielen krachend zu Boden.

Die Öffnung war immer noch nicht groß genug.

Als ich den Kasten noch weiter wegdrückte, löste sich der Deckel und schlug laut scheppernd vor der Wand auf.

»Tollpatsch! So etwas kann nur mir passieren«, schimpfte ich.

Nachdem ich den Schreck überwunden hatte, stellte ich fest, dass der heruntergefallene Deckel den Weg zur Wand nun vollends versperrte.

Plötzlich hörte ich ein merkwürdiges, verstörendes Zischen. Irgendetwas floss mit hohem Tempo aus der Metallkiste.

Ein modriger Geruch strömte mir entgegen.

»Zum Teufel, was geht hier vor?«

Mit zugehaltener Nase verharrte ich auf der Stelle und spannte alle Sinne an.

Nichts geschah.

Der Gestank verflüchtigte sich.

Ich rührte mich nicht von der Stelle, sondern pinkelte in den Kasten neben mir. Ich war davon überzeugt, dass das niemand bemerken würde.

Während des Urinierens vernahm ich aus einer weiter entfernt positionierten Kiste ein Fauchen, als ob sich irgendetwas zum Kampf bereitmachen würde.

Ich drehte mich um und bemerkte, wie die Morgensonne durch ein schwarz verklebtes Fenster schimmerte, das ich am Abend zuvor übersehen hatte.

Der junge Morgen tauchte den Raum in fahles Licht.

Hier stimmt was nicht! Ich bin nicht der einzige Besucher in der Leichenhalle.

Ich pinkelte schneller.

Als ich in den Metallkasten blickte, überkam mich das kalte

Grausen: Vor mir lagen wild durcheinandergewürfelt unzählige Schädelfragmente, Knochenteile und Gebisse.

Wie ein Känguru hüpfte ich zur Seite, merkte nicht, wie ich mir auf die Hose pinkelte und stolperte.

Mit der rechten Schulter schlug ich auf den Fliesen auf.

»Autsch!«

Ich erhob mich vom Boden, richtete meine Kleidung und schlich zu dem schwarz verklebten Fenster, wo die Helligkeit die Dunkelheit brach. Unter dem Fenster türmten sich mehrere übereinandergestapelte Särge in die Höhe. Daneben zeichneten sich die Umrisse von zwei Verbrennungsöfen mit hohen Kaminen und verkohlten Luken ab.

Erneut erinnerte mich ein Fauchen daran, dass sich noch jemand in der Halle befand.

Von Panik überwältigt humpelte ich zurück zur Eingangspforte, wo ich mich sicherer fühlte. Dabei spürte ich eine unsichtbare Macht, die allmählich näherkam und mir die Luft zum Atmen raubte. »Hast du es endlich geschafft, alter, stinkender Pechhaufen! Lässt mich hier in einer Leichenhalle krepieren«, schrie ich in purer Todesangst.

Zu allem Überfluss vernahm ich vor der Ausgangstür ein Tapsen.

Schlich sich eine Bestie von außen an, die mit dem Finsterling in der Leichenhalle in Kontakt stand?

Atemlose Stille.

Ein kaum hörbares Knirschen folgte.

Die Tür öffnete sich Millimeter für Millimeter.

Wie von der Tarantel gestochen, sprang ich darauf zu, riss die schwere Pforte bis zum Anschlag auf und hechtete nach draußen.

Ich bemerkte nicht, wie ich ein Kind zur Seite schubste. Durch die Sonne nahm ich lediglich grelles Flimmern wahr. Unkontrolliert schlug ich auf einen imaginären Angreifer ein und schrie in den hellen Tag hinein: »Ich bin frei, ich bin frei, endlich frei!«

»Ja sicher«, sagte eine piepsige, kindliche Stimme. »Das sehe ich! Aber deswegen muss man nicht so laut brüllen. Du erschreckst die Vögel. Reg dich nicht auf, sondern genieße den frühen Morgen, der uns mit seinem warmen Licht verzaubert.«

Verwundert blickte ich über die Schulter.

Mai lag mit schmerzverzerrtem Gesicht hinter mir auf dem Boden.

Erst jetzt realisierte ich, dass sie die Tür geöffnet hatte.

Bei der Flucht aus der Leichenhalle hatte ich sie schlichtweg überrannt.

»Oh, bitte … entschuldige!«, stotterte ich. »Ich habe dich nicht bemerkt. Vielen Dank für deine Hilfe. Du hast mich aus einer grauenhaften Lage befreit. Ohne dich wäre ich nicht lebend aus der Schreckenskammer herausgekommen. Die Tür war nämlich verschlossen.«

»Blödsinn! Du musst den Griff ruckartig zu dir heranziehen, ihn kurz nach links bewegen und sofort unter Zug ganz nach rechts durchdrehen, dann geht die Tür butterweich auf.«

»Was?«, fragte ich mit weit aufgerissenen Augen. »Ich hätte die Tür selbst von innen öffnen können?«

»Na klar«, lachte sie. »Ist doch kinderleicht!«

Während sie in sich hinein kicherte, demonstrierte sie mir den Mechanismus.

»Großer Gott! Dann hätte ich mir die Sache mit den

Schreckensgestalten ersparen können.«

Mai hörte schlagartig auf zu lachen und sprach mit ernster Stimme: »Es sind keine Schreckensgestalten, sondern verlorene Seelen. In den Behältern und Metallsärgen befinden sich die Überreste von Menschen, die durch die große Welle gestorben sind. Weil die Welt sie vergessen hat und sie sich nicht mit ihrem Tod abfinden, irren sie durch die Nächte. Einer von ihnen ist Wächter, der auf eine gefährliche Kreatur aufpasst. Dank seiner Hilfe liegt sie gut gesichert in der hintersten Ecke der Halle in einer Metallkiste und wird das Gefängnis nie mehr verlassen.«

»Aber eine dieser verlorenen Seelen hat mich verfolgt. Ich bin mir sicher, dass sie mich brutal ermordet hätte, wenn du nicht in letzter Sekunde zu meiner Rettung gekommen wärst«, entgegnete ich entrüstet.

»Dann hast du dich ihr eben nicht von der besten Seite gezeigt«, hielt sie mir vorwurfsvoll entgegen.

»Was soll das denn heißen? Ich wollte einfach nur raus. Das muss doch sogar eine verlorene Seele verstehen.«

Mir fiel auf, wie Mai verlegen den Kopf senkte und den Blick auf den Boden richtete.

Ich blickte an mir herab und erschauderte: Meine Hose war eingenässt, ein strenger Geruch strömte mir entgegen. Ich errötete und trat angeekelt ein paar Schritte zurück.

Nachdem ich mich gefasst hatte, sagte ich: »Es ist an der Zeit, mich zu verabschieden. Durch meine Panik habe ich jegliche Kontrolle verloren. Es war wieder mein verdammtes Pech. Ich tappe in jede Falle, die man mir stellt. Ich wünsche mir so sehr, es baldmöglichst abzustreifen, damit ich endlich ein normales Leben führen kann.«

Sie zog die Stirn in Falten und sagte: »Das Pech kann man nicht abstreifen, Dummkopf! Das Pech muss man überwältigen.«

»Wie soll ich das denn verstehen, Besserwisserin? Das Pech überwältigen? Was meinst du damit?«

Sie gab mir keine Antwort, sondern schaute mich mitleidig an und schwebte zurück zum Friedhof, wobei ihre Füße den grauen Asphalt kaum berührten.

Ich verließ den Friedhof durch den Haupteingang, wagte jedoch nicht, in ein Taxi einzusteigen, sondern legte die zehn Kilometer lange Strecke zum Hotel, trotz großer Hitze und zwei gebrochener Zehen, zu Fuß zurück.

Auf meinem Zimmer nahm ich eine kalte Dusche, ehe ich den versäumten Schlaf bis zum ersten Hahnenschrei nachholte. Mehrfach wachte ich in der Nacht schweißgebadet auf. Ich zog an meinen Ohren, um zu prüfen, ob ich noch am Leben war.

Es dauerte einige Tage, bis die Begegnung ins Langzeitgedächtnis überging.

Ich hielt mich entweder im Zimmer, auf dem Balkon oder in der Lobby auf, zumal es den ganzen Tag regnete.

Ein Urlauber am Nachbartisch sagte enttäuscht: »Na, mit dem Wetter haben wir dieses Jahr wirklich Pech.«

»Ach was! Das ist völlig normal, wenn ich verreise«, entgegnete ich.

Trotz der Gewitter interessierte ich mich nicht im Geringsten für das Wetter, sondern schlug mich ständig mit dem merkwürdigen Hinweis von Mai zum Umgang mit dem

Pech herum.

Was meinte sie damit, dass man es überwältigen müsse?

Doch so sehr ich mich auch bemühte und im Internet nach Treffern zu der Thematik suchte, nirgends fand sich eine Erklärung oder ein Hinweis zu ihrer Behauptung.

Ich nahm mir vor, zu Mai zurückzukehren und sie auszufragen, obwohl ich spürte, dass irgendetwas mit ihr nicht stimmte, sie anders war als Jugendliche ihres Alters.

Die Rache des Wächters

Einige Tage später entdeckte ich während der Morgentoilette, dass meine gebrochenen Zehen, denen ich bislang, trotz der Schmerzen, keine Beachtung geschenkt hatte, bläulich schimmerten und angeschwollen waren.

Der Hotelmanager empfahl mir, das „International Hospital" in Phuket aufzusuchen, wo man auf solche Knochensachen spezialisiert sei.

Ich folgte seinem Rat und begab mich in die Obhut der Ärzte.

Im Krankenhaus verpasste man mir einen Tapeverband sowie einen Gipsschuh. Außerdem verschrieben mir die Ärzte Medikamente für die tägliche Einnahme.

Ich stand im Begriff, das Behandlungszimmer zu verlassen. Die Tür öffnete sich - ein jugendlich wirkender Mann im weißen Kittel betrat den Raum. Er war unrasiert und wirkte wie ein Assistent, der seit Tagen nicht geschlafen hatte.

»Ich muss Ihnen eine Spritze geben. Bitte legen Sie sich auf die Liege und machen Sie den rechten Arm frei.«

»Wieso? Man sagte mir, dass ich fertig wäre und nur noch

die Rechnung begleichen müsste.«

»Es ist wegen der Infektionsgefahr. Ein kleiner Piks und Ihrer Entlassung steht nichts im Wege.«

Wieso haben mir die Ärzte nichts von der Spritze gesagt. Sie hatten sich von mir verabschiedet und mir gute Besserung gewünscht.

Trotz der Bedenken folgte ich den Anweisungen und legte mich auf das Metallgestell.

Der Arzt nahm die Spritze heraus und kam auf mich zu.

»Entspannen! Atmen Sie tief durch. Es ist gleich vorbei«, flüsterte er mit einem eigentümlichen Funkeln in den Augen.

Er setzte sich neben mich und hielt meinen ausgestreckten Arm dermaßen fest, dass es mir Schmerzen bereitete.

Er richtete die silbrig glänzende Nadel auf meine Ader.

Meine Muskeln zuckten vor Anspannung.

Nicht auf die Nadel schauen oder auf den Einstich warten.

Um mich abzulenken, blickte ich auf seine Schuhe.

Ich erstarrte - sie waren vollständig mit Dreck beschmiert und klatschnass. Ein modriger Geruch kroch mir in die Nase. Und diesen kannte ich. Es war der aus der Leichenhalle.

Die Nadel berührte meine Haut.

»Stirb, verfluchter Mistkerl!«

Der vermeintliche Arzt verzog sein schmales Gesicht zu einer hasserfüllten Fratze.

Ehe die Nadel mit ihrer tödlichen Dosis in meine Vene eindrang, zog ich den Arm mit einem Ruck zur Seite, schlug dem Kerl die Spritze aus der Hand und versuchte, mich zu erheben.

Sein Aufschrei hätte fast mein Trommelfell zerfetzt.

Wutentbrannt ergriff der Mann meinen Hals und drückte

mich zurück auf die Liege. Er würgte mich so stark, dass mir schwarz vor Augen wurde.

Mein Gott, was hat der Kerl für Bärenkräfte.

Mein Atem wurde flach und unregelmäßig. Ich stand kurz davor, das Bewusstsein zu verlieren.

Mit letzter Kraft schlug ich ihm mit der Faust in die Magengrube.

Er ließ von mir ab, fiel zu Boden und krümmte sich vor Schmerz.

Ich rutschte von der Liege, trat mehrfach auf den winselnden Mann ein, bis er sich nicht mehr rührte.

Ich sprintete aus dem Raum und verließ das Hospital durch den Hintereingang.

Draußen warf ich einen kurzen Blick über die Schulter, um mich zu vergewissern, dass er mich nicht verfolgte.

Atemlos eilte ich zum Taxistand, wo ich die Tür des erstbesten Wagens aufriss.

Der Fahrer starrte mich entgeistert an und fragte: »Wie sehen Sie denn aus? Sind Sie sicher, dass Sie in der Lage sind, das Krankenhaus zu verlassen?«

»Lassen Sie Ihre dummen Bemerkungen! Bringen Sie mich von hier weg, so schnell es geht. Das Ziel ist mir egal.«

»Wie Sie wünschen«, sagte er und verzog sein Gesicht zu einem gequälten Grinsen. »Dann setze ich Sie eben in Patong ab. Vielleicht kommen Sie dort wieder zu sich.«

Der Fahrer brauste los, und es ging über schmale unter dem Verkehr ächzende Landstraßen durch eine hügelige Tropenlandschaft. Der Geruch von Gummi und Abgasen lag in der Luft.

Er setzte mich am Hauptstrand der Touristenstadt ab und verlangte für die halbstündige Fahrt einen unverschämten Preis.

»Halsabschneider!«

Mir fiel ein Stein vom Herzen, als er mit quietschenden Reifen davonbrauste.

Verängstigt schaute ich mich um, denn ich befürchtete, dass der falsche Arzt nach dem Knock-out wieder zu sich gekommen war und mich verfolgte.

Ich hechtete zu einer abseits gelegenen Strandbar, die von der Promenade nicht einzusehen war.

Lange Zeit blieb ich wie eine Statue sitzen und hielt mich an einem Whiskey fest. Es war mir ein Rätsel, warum der Kerl mich so hasste, denn ich hatte ihn nie zuvor in meinem Leben gesehen.

Er steht mit der Leichenhalle in Verbindung, das beweist sein modriger Geruch.

Stunden vergingen. Der heiße Tropentag dümpelte vor sich hin. Ein Geruch von scharfen Gewürzen mischte sich in die Meeresluft. Ich bekam Hunger und bestellte mir ein Thai Curry mit scharfer roter Soße.

Während des Essens setzte am frühen Abend ein Gewitter ein. Ich verzichtete auf einen weiteren Whiskey und fuhr mit einem Minibus in die Innenstadt.

An einer belebten Straße stieg ich aus. Ich befand mich direkt an der Bangla Road, vor der mich der Reiseführer ausgiebig gewarnt hatte. Die jungen Mädchen mit den leuchtenden, batteriebetriebenen bunten Schleifen auf dem Kopf, die grell blinkende Katzenköpfe oder Disneyfiguren auf langen Stäben verkauften, wirkten lustig.

Mehr Ärger bereiteten die zahllosen Türsteher, die mit ihren großen Schildern über „Happy Hour Angebote" und angeblich einmalige Shows die Straße versperrten.

Ich fühlte mich wie auf der Reeperbahn in Hamburg in einer lauen Sommernacht am Wochenende. Nur die aufdringliche, grelle Leuchtreklame oder die alten Holzmaste, die schwer unter dem Kabelwirrwarr der Elektroinstallationen litten, zeigten mir, wo ich mich befand.

Ich weiß nicht, was mich in jene Bar am Ende der Bangla Road trieb, die mich mit ihrer lauten, aufdringlichen Musik und dem „Ballermann-Flair" eigentlich hätte abschrecken müssen. Der Wunsch, ins Trockene zu gelangen, schlug alle Vorbehalte in den Wind.

Mit verschränkten Armen trat ich ein und schlenderte mit gespielter Lässigkeit zum Barbereich.

Ich setzte mich neben einen fetten, älteren Mann, der zwei wild gestikulierende Thai-Mädchen mit Longdrinks versorgte, bestellte mir einen Whiskey und genoss die lockere Atmosphäre in dem Etablissement.

Am hinteren Ende des Bartresens unterhielt eine Überzahl von jungen Mädchen einige männliche Gäste mit harmlosen Spielchen wie „Jenga" oder „Vier gewinnt".

Eine Live Band verbreitete eine ausgelassene, fröhliche Partystimmung.

Obwohl ich keinen Bezug zum Rotlichtmilieu hatte und insbesondere das aus meiner Sicht ausbeuterische Verhalten reicher Westler gegenüber den ärmeren asiatischen Frauen verabscheute, gefiel mir die Stimmung in dem Lokal.

Zeitweilig vergaß ich sogar den Mordanschlag im

Krankenhaus.

Glücklicherweise schob der Dicke neben mir mit seinen zwei Thai-Perlen nach einer halben Stunde ab.

Die zwei schmächtigen, gerade einmal rund fünfundvierzig Kilogramm leichten Mädchen hatten große Mühe, den offensichtlich völlig betrunkenen Mann abzustützen.

Sie bugsierten ihn auf die regennasse Straße, wo er aus meinem Blickfeld verschwand.

Der freie Stuhl wurde umgehend wiederbesetzt.

Neben mir nahm eine hübsche Thailänderin Platz.

Es fiel mir schwer, ihr Alter zu erraten, denn durch die zierlichen Figuren wirken thailändische Damen jünger als ihre europäischen Pendants.

Im Nachhinein schätze ich ihr Lebensalter auf circa dreißig Jahre.

Mit ihrem farbenfrohen T-Shirt, der hautengen Jeans sowie der eleganten, randlosen Brille wirkte sie alles andere als nuttig, sondern sah aus wie eine Lehrerin, die sich aus Versehen an diesem verruchten Ort aufhielt.

War sie ebenso wie ich wegen des Gewittersturms in diese Bar geraten oder gehörte sie zum Personal des Betriebs und wartete nur auf eine Gelegenheit, um mich auszunehmen?

Ich bestellte mir einen weiteren Whiskey, stellte aber zu meiner Verwunderung fest, dass sie, trotz der räumlichen Nähe, keinen Kontakt mit mir aufnahm.

Sie trank einen Mai Tai – einen aus Rum und Curacao-Likör zusammengesetzten Longdrink und tippte gelangweilt auf ihrem Smartphone herum.

Nach gut einer Viertelstunde kam der Barkeeper auf uns zu und fragte: »Darf ich Ihnen noch zwei Drinks servieren?« Verwundert schaute die junge Frau hoch, schüttelte den Kopf und sagte einige für mich unverständliche Worte auf Thai. Dann wandte sie sich mir zu und erklärte in gutem Englisch mit belegter Stimme: »Entschuldigen Sie. Der Barkeeper meint wohl, dass wir zusammengehören.«
»Kein Wunder, wenn man so nahe beieinandersitzt«, antwortete ich.
»Es ist halt eine Bar. Aber keine Sorge, ich lass mich niemals von fremden Männern einladen, sondern bezahle meine Getränke selbst.«
Na, scheint ja keine Prostituierte zu sein, dachte ich.
Wir kamen ins Gespräch. Sie hieß Tamika und arbeitete in einem Reisebüro in der Inselhauptstadt. Damit war der Bann gebrochen. Ich hatte – so glaubte ich – eine nette Kollegin vor mir, die im selben Beruf wie ich tätig war.
Nach einer längeren, angeregten Unterhaltung bot ich ihr freudestrahlend an, in einem gepflegten Restaurant zu dinieren.

Wir wurden schnell fündig, denn die Bangla Road hält für jeden Geldbeutel kulinarische Überraschungen bereit. Wir entschieden uns für ein gehobenes thailändisches Restaurant, dessen Eingang zwei goldene Tigerköpfe zierte. Ich erfuhr, dass der Name Tamika für Neugier stand. Sie sei allem Neuen gegenüber aufgeschlossen. Alte Konventionen würden für sie keine Rolle spielen. Zwar hätte sie einen Partner, doch der wäre ebenfalls in der Reisebranche tätig und häufig wochenlang im Ausland unterwegs.

Nach Einbruch der schwülen, tropischen Nacht verfiel ich ihrem hintergründigen Charme. Das glatte, halblange schwarze Haar, die feinen Gesichtszüge und ihre tiefschwarzen Augen führten mich in eine Welt, in der es keine bösen Geister oder mörderische Ärzte zu geben schien.

Einmal glaubte ich sogar, in ihren Pupillen das Paradies zu erblicken.

Obwohl wir uns erst vor wenigen Stunden begegnet waren, verstanden wir uns, trotz der kulturellen Distanz und des Altersunterschieds, auf Anhieb. Ich fühlte mich in ihrer Nähe wohl und wünschte mir sehnlichst, die kommenden Wochen in Thailand mit ihr zu verbringen.

Zum Abschluss des Dinners tranken wir einen Digestiv. Tamika ließ sich, trotz inständiger Bitte, nicht von mir einladen, sondern beglich ihre Rechnung aus eigener Schatulle.

Als wir Arm in Arm das Lokal verließen, war ich felsenfest davon überzeugt, die große Liebe gefunden zu haben.

Leuchtete fern der Heimat ein Stern, der mich vom Pech befreite? Hatte ich endlich die Traumfrau gefunden, die mich so liebte, wie ich war und mich nicht betrog? Mehrere Gedanken gleichzeitig schossen mir durch den Kopf.

Ich vergaß den Überfall im Krankenhaus und verdrängte die Erinnerung an den mordlustigen Kerl.

Wir flanierten zu einem nah gelegenen Hotel, wo wir ein Zimmer in der sechsten Etage mit Blick aufs Meer bezogen.

»Geht das bei dir immer so schnell, wenn du mit einem Mann dinierst?«

»Nein! Ich bin schon seit vielen Jahren nicht mehr ausgegangen. Ich arbeite bis spät in die Nacht hinein, da bleibt wenig Zeit für Vergnügungen.«

»Warum bist du mit mir mitgegangen? Du kennst mich kaum.«

»Du bist mir am Strand aufgefallen. Du hast einen hilflosen Eindruck gemacht. Das hat mich interessiert.«

»Wieso das denn?«

»Normalerweise meinen die Touristen, sie seien etwas Besseres.«

»Magst du mich?«, fragte ich und schaute ihr tief in die Augen.

»Wäre ich sonst hier?«

Mir fiel auf, dass Tamika, anstatt Blickkontakt aufzunehmen, an mir vorbei zur Minibar schielte.

»Bring mir bitte einen Piccolo! Ich bin nicht richtig in Stimmung«, hauchte sie.

Ich ging zur Minibar, griff nach dem Fläschchen und drehte den Verschluss auf. Der Sekt prickelte auf meine rechte Hand. »Irgendwie komisch! Wir zwei allein im Hotelzimmer?«

»Ihr Europäer denkt zu viel. Lass dich einfach gehen, genieß den Moment!«

Sie stand auf und nahm mich in den Arm, um mich zu küssen.

Ich merkte nicht, wie mir der Piccolo aus den Händen rutschte und die Flasche am Boden zersplitterte.

Wir liebten uns, bis der Schweiß in Strömen floss.

Ich lag auf ihrem zuckenden Körper und fühlte, wie das Glück mich anlächelte und mich blitzartig von seinem bösen

Gegenstück, dem Pech, befreite. Meine heißen Küsse verglühten auf ihrer hellen, zarten Haut. Unsere Körper verschmolzen, und ich befahl der Nacht, den kommenden Morgen aufzuhalten.

Irgendwann spürte ich, trotz der Hochstimmung, meine Müdigkeit, denn ich hatte in den letzten Nächten nach den beunruhigenden Ereignissen in der Leichenhalle kaum geschlafen. Zudem zeigte der Alkohol seine Wirkung.
Als Tamika meinen nachlassenden Elan bemerkte, bot sie mir einen Energiedrink aus der Minibar an.
»Der bringt dich wieder auf Trapp! Wir haben die halbe Nacht vor uns«, sagte sie verheißungsvoll.
»Schön! Ich mach alles, was du von mir verlangst.«
Tamika holte den Drink.
Ich schlief ein und träumte von einer Zukunft unter Palmen.

Sie rüttelte mich wach und reichte mir die Dose mit der prickelnden Brause.
»Trink! Es wird dir guttun.«
Ich leerte die Dose in einem Zug. Den ungewöhnlichen Geschmack führte ich auf die lokale Rezeptur des Herstellers zurück.
Ihr Mund drückte sich auf den meinen.
Die roten Lippen glitten über meine verschwitzte Brust, bis sie meine untere Körperhälfte erreichten.

Ich genoss den Oralverkehr in vollen Zügen.
Als es mir kam, fielen mir die Augenlider zu.
Mit bleischweren Gliedern sank ich in einen Schlaf, der einer Ohnmacht glich.

Am Nachmittag des nächsten Tages zog mich ein Albtraum in den Bann:

Die Mär führte mich zurück in die Leichenhalle, zu dem Moment, als ich in die Metallkiste urinierte.

Eine Klaue griff nach meinem Geschlechtsteil.

Ich spürte einen höllischen Schmerz und schnellte wie von Sinnen zurück.

Ich presste meine Hände auf die klaffende Wunde, um die Blutung zu stoppen.

Eine grässliche, halb verfaulte Kreatur kletterte aus dem Sarg und trennte mir mit scharfen Krallen die Kehle durch.

In Schweiß gebadet wachte ich auf und schrie: »Dämon, was habe ich dir getan? Rechtfertigt ein kleiner Fehler die brutale Ermordung eines Menschen?«

Röchelnd richtete ich mich auf und schlug auf das verblassende Bild des grinsenden Finsterlings ein.

Auf der Bettkante überkam mich ein starker von Übelkeit begleiteter Schwindel.

Ich wankte durch den Raum und stolperte über die eigenen Füße.

Mir gelang es nicht, das Bad zu erreichen, sondern erbrach das Essen des Vortags auf den Teppich.

Ein saurer Geschmack breitete sich im Mund aus, es brannte in Nase und Kehle.

Vor Schwäche schlief ich in verdrehter Haltung auf dem Boden liegend ein.

Glücklicherweise musste ich mich nicht weiter übergeben, denn ich wäre elendig an dem Erbrochenen erstickt.

Irgendwann vernahm ich Stimmen auf dem Flur.

»Room cleaning!«

*Mein Gott, das Reinigungspersonal! Wenn die Damen diese Sauerei
sehen, rufen sie die Polizei.*

»Heute nicht! Ich bleibe den ganzen Tag im Bett. Kommt
morgen wieder.«

Schweigen. Jemand klopfte an die Tür.

»Heute kein cleaning, schlafen!«

Leises Kichern auf dem Flur. Die Damen murmelten ein
paar Worte auf Thai und begannen mit der Reinigung des
Nachbarzimmers.

Mit zitternden Beinen und erneut aufkommender Übelkeit
torkelte ich zur Toilette.

Ich übergab mich mehrfach.

Nur mit größter Willensanstrengung gelang es mir, wach zu
bleiben.

Als endlich mein gesamter Mageninhalt samt der
Gallenflüssigkeit in der Toilette gelandet war, fühlte ich mich
besser und mein Verstand setzte ein.

Wo war Tamika, die Neugierige? Warum ging es mir
überhaupt so schlecht? Ich hatte zwar zwei Whiskeys, eine
halbe Flasche Wein und einen Digestiv getrunken, doch
durch meinen regelmäßigen Alkoholkonsum besaß ich eine
ausgeprägte Trinkfestigkeit.

Der Gang zum Schlafraum reichte zur Beantwortung aller
Fragen aus. Zahlreiche Einzelteile lagen verstreut auf dem
Boden herum. Die Kleidung sowie mein Rucksack wurden
offensichtlich durchsucht. Nur die Medikamente lagen
unangetastet auf dem Nachttisch.

Noch schlimmer wog der Zustand meines Portemonnaies, in dem sich einige Geldscheine und die EC-Karte befunden hatten. Außer der Rechnung für den Krankenhausaufenthalt fehlte alles. Ich fühlte mich sofort an die Situation in Düsseldorf erinnert, wo ich abends eine ausgeräumte Wohnung vorgefunden hatte.

Blitzartig schoss es mir durch den Kopf: Das Pech hatte wieder zugeschlagen. Es hatte alle Trümpfe ausgespielt, mich hinterrücks überlistet und mich in eine lebensgefährliche Situation gebracht.

»Was ist denn das?«, fragte ich mich, nachdem ich im Bad das Licht angeknipst hatte. Im Spiegel lachte mich ein faustgroßes Herz an.

Darunter stand mit Lippenstift geschrieben: *»Beim nächsten Mal bist du mausetot.*

Dein Nawin aus der Leichenhalle.«

Ich fiel auf die Knie und weinte bitterlich.

Nawin ist ein beliebter thailändischer Jungenname.

Der vagabundierende Geist aus der Leichenhalle hatte sich in einen Lady-Boy verwandelt und mich mit Ko-Tropfen betäubt.

Heute weiß ich, dass er mich umbringen wollte, weil ich einen Finsterling aus seinem Gefängnis befreit hatte.

Monsunregen

Durch die Traumata stand ich kurz davor, den Aufenthalt in Thailand abzubrechen und mich in Deutschland den Behörden zu stellen.

Häufig dachte ich an Mai. Ihr Hinweis, dass man das Pech überwältigen könne, ging mir nicht aus dem Sinn.

Ich entschloss mich dazu, hier zu bleiben, und erholte mich peu à peu von den Überfällen.

Am Ende meiner Rekonvaleszenz tröstete ich mich damit, dass meine aktuelle Situation immer noch besser war, als mit abgebissenen Hoden oder durchtrennter Kehle in einer Leichenhalle zu verfaulen.
Trotz zweier Mordversuche bin ich am Leben. Schlimmer kann es nicht kommen, glaubte ich.

Immerhin hatte ich im Hotelsafe so viel Bargeld aufbewahrt, dass ich den Aufenthalt in Thailand ohne nennenswerte Einschränkung fortsetzen und am Abend am Bartresen meine Whiskeys genießen konnte.

Nach zwei Wochen Müßiggang wagte ich es, zum Friedhof zurückzukehren. Sorge bereitete mir die Drohung des Lady-Boys, mich beim nächsten Mal ins Jenseits zu befördern. Was meinte er damit? War der Überfall im Hotel nur ein Vorgeplänkel? Drohten weitere Mordanschläge? Vielleicht wusste Mai etwas von den Überfällen und war in der Lage, mir weiterzuhelfen.

Trotz geringer Geldmittel lieh ich mir ein Moped aus und fuhr im Verkehrsfluss motorisierter Zweiradfahrer zu ihr. Es regnete in Strömen, die Fenster entgegenkommender Autos waren blind vor Regen.
Beim Abstellen des Mopeds am Friedhofseingang kamen mir Sturzbäche entgegen, die mir beinah den Boden unter den Füßen weggerissen hätten.
Wo steckte Mai? War sie in die Leichenhalle geflüchtet und wartete das Ende des Gewitters ab? Hatte sie mir mit ihrer

Behauptung, jeden Tag auf dem Friedhof zu arbeiten, einen Bären aufgebunden?

Aus der rechten von mir noch nicht besuchten Seite des Gräberfelds ertönte eine piepsige Stimme: »Hallo Pechvogel! Hier bin ich! Ich wusste, dass du zurückkommst. Bestimmt hast du in den letzten Wochen lauter Unfug angestellt.«

Ich bekam eine Gänsehaut und schlenderte in die Richtung, aus der die Stimme nach meinem Hörempfinden kam.

Kurz vor einer Erdvertiefung rutschte ich aus und fiel auf den Allerwertesten.

»Autsch!«

Ich richtete mich auf und versuchte, meine Hose von dem Schlamm zu befreien.

Wie ein Hochseilartist balancierte ich über den Pfad, der sich in einen Bachlauf verwandelt hatte.

Jetzt konnte ich Mai auch sehen. Mit einem Holzkeil hämmerte sie Steine in den aufgeweichten Boden.

»Die Erosion, weißt du. Ich muss verhindern, dass Gräber freigelegt werden. Die Ruhe der Toten darf niemand stören,« sagte sie und würdigte mich keines Blickes.

»Na, dann pass mal gut auf, dass du nicht gleich mit weggespült wirst. Das ist kein Regen, sondern ein katastrophaler Wolkenbruch.«

»Unfug, Pechvogel! Es gibt keine Unwetter. Ich liebe den Niederschlag, denn die Geister der Natur schenken ihn uns, damit die Sonne nicht die Erde verbrennt. Außerdem solltest du dich mit deinen Angelegenheiten befassen. Wie ich dich kenne, bist du in den letzten Wochen keinen Schritt weitergekommen?«

»Nein, nicht wirklich«, gab ich zu. »Wenn ich ehrlich bin, ist dies auch der Grund, warum ich mit dir reden muss. Es ist mir nicht gelungen, das Pech abzustreifen. Stattdessen hat es sich richtig festgebissen.«

»Kein Wunder bei deiner Naivität! Folge endlich deinem Verstand und nicht deinem Geschlechtsteil.«

Ich erschrak in Anbetracht von so viel Abgeklärtheit und der Tatsache, dass Mai anscheinend über die Ereignisse der letzten Wochen genauestens Bescheid wusste.

Mit funkelnden Augen schaute ich auf sie herab und fragte: »Sag mir bitte, wie ich das Pech überwältige, damit ich endlich ein normales Leben führen kann?«

Mai kroch aus der Erdvertiefung heraus und steuerte auf mich zu. Der Regen prallte von ihrer Kleidung ab.

Sie ergriff meine Hände und sagte: »Das musst du selbst herausfinden! Wenn ich es dir sage, verfliegt der Zauber und das Pech wird sich vor Lachen krümmen. Erinnere dich an meine Worte, lese in meinen Gedanken und suche in deinem Herzen nach der Lösung.«

Erstaunt schaute ich sie an. Am Blitzen ihrer Pupillen erkannte ich, dass ich zu diesem Thema nichts mehr aus ihr rausbekam.

»Da ist noch etwas. Ich habe den Eindruck, dass mich ein Wesen aus der Leichenhalle töten will. Weißt du etwas davon?«

Mai erbleichte und ich spürte, dass ihr die Frage missfiel. Statt zu antworten, fingerte sie nach dem auf den Boden liegenden Holzkeil.

»Bitte schau mich an! Hat das Wesen etwas mit meinem Pech zu schaffen?«

Mai stutzte, schaute mich vorwurfsvoll an und sprach mit

belegter Stimme: »Eigentlich darf ich nicht darüber sprechen, aber du hast in der Leichenhalle einer Plage den Weg geebnet.«

»Wieso? Ich habe doch nur…«

»Schweig! Du hast einen furchterregenden Dämon, der die Welt vernichten will, aus dem Gefängnis befreit. Eigentlich müsste ich dich hassen.«

Mir lief ein kalter Schauer über den Rücken. »Einen Geist befreit? Ich glaube, du spinnst!«

In ihren weit aufgerissenen Augen las ich, dass sie es bitterernst meinte.

Ich ging in mich und überlegte, was in der Leichenhalle vorgefallen war. Stunde um Stunde jener schrecklichen Nacht lief vor meinem geistigen Auge ab.

Das merkwürdige Zischen mit dem bestialischen Geruch aus der Metallkiste, das könnte es gewesen sein, schoss es mir durch den Kopf.

»Entschuldige! Ich habe es nicht mit Absicht gemacht. Ich bin eben ein unglückseliger Mensch. Ist es der Dämon, der mich töten will?«

»Nein!«

Sanftmütig schaute sie mich an, und ich spürte, dass sie mir, trotz ihrer Vorwürfe, gutgesonnen war.

»Beruhige dich, Pechvogel! Hoffen wir, dass der Finsterling seine Macht nach der langen Gefangenschaft verloren oder sich aufs Meer zurückgezogen hat.«

»Dann ist es jemand anders, der mich verfolgt?«

Sie schwieg.

»Wer ist es? Sag mir die Wahrheit.«

Beschämt schaute sie auf den Boden und faltete ihre Hände

vor die Brust.

»Es ist der Wächter. Er hatte die Aufgabe, den Dämon zu bewachen. Weil du ihn befreit hast, trachtet er dir nach dem Leben.«

»Wann hört… das endlich… auf?«, stammelte ich.

»Ich weiß es nicht. Ich habe die Kontrolle über ihn verloren.«

»Dann sind weitere Überfälle lediglich eine Frage der Zeit?«

»Ich hoffe nicht, denn er ist eigentlich ganz nett. Geh jetzt, Pechvogel! Ich muss weiterarbeiten. Die Toten haben niemanden, der sich ihrer annimmt. Ohne meine Liebe geraten sie in Vergessenheit. Hörst du nicht, wie der Wind über den Gräbern nach mir ruft?«

Damit war das Gespräch beendet.

Mai verschwand in der Erdvertiefung und ich gewann den Eindruck, dass sie mir mehr berichtet hatte, als sie durfte. Von weiteren Nachfragen sah ich daher ab.

Mit hängenden Schultern trottete ich zum Ausgang des Friedhofs.

Regungslos stand ich ein paar Minuten vor dem Zweirad.

Dann saß ich auf und drückte den Startknopf.

Ich hatte alles Mögliche im Kopf, nur nicht die Worte meines Tischnachbarn im Hotel, der mich eindringlich vor der Fahrt mit dem Moped gewarnt und mir gesagt hatte:

»Der motorisierte Verkehr in Thailand lässt sich mit vier Worten trefflich beschreiben: Der Stärkere hat recht! Wer nach Regeln sucht, erlebt eine Enttäuschung, denn die sind dazu da, um gebrochen zu werden.«

Ich bugsierte das Moped auf die Straße und brauste, ohne auf den Verkehr zu achten, los.

Lautes Scheppern, quietschende Reifen, beißender Gummigestank.

Ich sah mit schierem Entsetzen, wie ein Ungetüm auf mich zuraste.

Etwas zog mich aus der Gefahrenzone.

Ich stürzte und fiel mit dem Moped vom Wegesrand in einen Graben, der zur Hälfte mit Wasser gefüllt war.

Wenige Zentimeter über mir rauschte ein LKW mit hoher Geschwindigkeit vorbei. Der schmächtige Fahrer grinste und drohte mir mit geballter Faust.

Mai tauchte neben mir im Wasser auf. Sie war es, die mich in letzter Sekunde zur Seite gezogen hatte.

Laut schimpfend zog sie an meinen Ohren: »Aufpassen, Pechvogel! In Thailand herrscht Linksverkehr. Du musst deine Gedanken zusammenhalten und dich in Achtsamkeit üben.«

»War es wieder dieser Psychopath?«

»Leider ja! Ich weiß wirklich nicht, was in ihn gefahren ist. Er läuft Amok.«

»Was soll ich nur machen? Ständig diese Überfälle! Wenn es so weitergeht, kannst du bald auch mein Grab pflegen.«

»Sei froh, dass du dir nichts gebrochen hast. Begib dich in dein Hotel und verlass die Anlage nicht. Ich bemühe mich, den Wächter zur Vernunft zu bringen.«

»Hoffentlich! Bei meinem Pech nehme ich deine Hilfe gerne in Anspruch.«

»Ich beschütze dich, soweit es in meiner Macht steht. Außerdem gewähre ich dir einen Tag vor deiner Rückreise einen Hinweis, wie du das Pech überwältigst. Da du dich, nach meiner Einschätzung, bereits auf dem richtigen Weg befindest, hoffe ich, dass du es in den nächsten Tagen eigenständig herausfindest.«

Ich kam nicht dazu, mich für ihre Rettungstat zu bedanken. Mai schwebte leicht wie eine Feder zum Friedhof, um sich den vergessenen Toten zu widmen.

Mit seelenverlorenem Blick schaute ich ihr nach und flüsterte: »Mein Schutzengel! Ich bin so froh, dass es dich gibt. Ohne dich wäre ich gerade durch einen schrecklichen Unfall gestorben.«

Im Zeichen des Tsunami

Da ich bei der Ausleihe des Mopeds aus Kostengründen auf den Abschluss von Versicherungen verzichtet hatte, war ich gezwungen, den Unfallschaden aus eigener Tasche zu begleichen.

Reumütig händigte ich dem Vermieter den fälligen Betrag aus. Durch ein wenig mehr Weitsicht hätte ich mir den Ärger ersparen können.

Die nächsten Tage im Hotel verliefen ohne nennenswerte Vorkommnisse. Ich blieb in der Hotelanlage, wo ich Ausschau nach verdächtigen Personen hielt.

Während ich die Tage in der Hotelbar vertrödelte, verbrachte ich die Nächte nach dem ersten Hahnenschrei allein auf meinem Balkon.

Ständig dachte ich an Mai, die mir inzwischen so sehr ans Herz gewachsen war, dass ich mir wünschte, sie wäre meine Tochter.

Eines Abends schlenderte ich nach dem Abendessen zu meinem Zimmer. Ich passierte einen Wachposten, wo gewöhnlich ein mittelalter untersetzter Thailänder bei meinem Erscheinen militärisch grüßte und mir mit lachendem Gesicht eine »Gute Nacht« wünschte.

An jenem Abend war der Angestellte nicht anwesend. Ein anderer Wachmann, eine kleine, schmächtige Person mit tiefsitzender Schirmmütze, hatte seine Aufgabe übernommen. Schweigend sah ich ihn an und hoffte auf eine Reaktion seinerseits. Er schaute nicht hoch, sondern fingerte stattdessen auf seinem Smartphone herum.
Merkwürdig, den Kerl habe ich noch nie gesehen, dachte ich und beschleunigte den Gang.
Ein heller Mond brach die Schatten der Nacht.
Es stank nach fauligem Wasser.
Na ja, vielleicht nur ein neuer Mitarbeiter.
Ich steckte den Schlüssel ins Schloss und schob die Tür zu meinem Hotelzimmer auf.
Nach dem Verriegeln vergewisserte ich mich, dass die Balkontür fest verschlossen war.
Ich holte mir ein Bier aus der Minibar, schaltete den Fernseher ein und schaute mir im Bett einen Bericht der „Deutschen Welle" über das Leben von Naturvölkern in asiatischen Dschungelgebieten an.

Nachdem ich eingeschlafen war, quälten mich dunkle Träume. Ich sah Tamika, wie ich mit ihr im Restaurant saß und wir beide in ausgelassener Stimmung den Abend genossen. Wir hielten Weingläser in den Händen und prosteten uns gegenseitig zu. Verliebt drückte ich ihr einen

Kuss auf die Wange, als mich plötzlich die grässliche Fratze eines vor sich hin faulenden Wesens anstarrte.

Ich fuhr hoch. Wildes Fuchteln. Schweiß lief über meine Wangen. Ich sprang aus dem Bett und rannte zur Dusche, wo ich mich mit kaltem Wasser erfrischte.

Mit nassen Haaren trottete ich zurück zum Bett und schlief vor Erschöpfung sofort wieder ein.

Ein merkwürdiges Geräusch weckte mich. Es war tiefste Nacht. Nur eine Straßenleuchte vor meinem Fenster verbreitete mattes Schummerlicht.

Wie immer lag ich nackt auf dem Bett, denn die schwülen, tropischen Nächte erforderten weder Schlafanzüge noch Bettdecken.

Ein Rascheln. Irgendetwas kroch um mein Bett.

Lange Zeit passierte nichts.

Plötzlich bewegte sich das Laken.

Mein Puls fuhr hoch, wie bei einem Windhund im Wettkampfmodus.

Etwas umklammerte meinen Fuß. Es kitzelte, fühlte sich samtweich an.

Ein Tier? Verdammter Mist! Hoffentlich kein Giftiges. Bei meinem Pech wäre das mein Ende.

Es blieb nicht bei der unteren Körperregion.

Im Zeitlupentempo kroch das Tier die Beine hoch, streifte kurz den Penis und bewegte sich direkt auf meine Brust zu.

Atemlose Stille.

Bloß nicht hyperventilieren.

Das Tier kroch weiter, bis es genau über meinem Herzen verharrte.

Jetzt konnte ich es auch erkennen.

Es war eine Vogelspinne, handtellergroß mit kräftigen Beißklauen und behaarten Laufbeinpaaren.

Ausdruckslos starrten mich die nah beieinanderliegenden Augen an. Ihre dünnen Beine vibrierten.

Wie hypnotisiert blieb ich liegen und versuchte, ruhig zu atmen.

Es gelang mir nicht - mein Herz, über dem sich die Vogelspinne eingerichtet hatte, überschlug sich. Ich hörte es laut pochen und wusste nicht, wie lange ich in der Lage war, mich nicht zu bewegen.

Das Pochen wird sie als Bedrohung empfinden. Gleich wird sie zubeißen und ihr Gift in mein Herz spritzen.

Mir war klar, dass der Geist aus der Leichenhalle die Spinne in mein Zimmer gesetzt hatte. Er war der neue Wachposten gewesen.

Wirr schossen mir die Gedanken durch den Kopf.

Ich stand kurz vorm Nervenzusammenbruch.

Zum Glück fielen mir die Worte von Mai ein. »Die Natur an sich ist freundlich, nur die Menschen sind es nicht.«

Ich begann zu meditieren.

Eine wohltuende Wärme durchströmte meinen Körper.

Mein Herzschlag verlangsamte sich und ich nahm die Spinne nur mehr schemenhaft wie durch eine milchige Scheibe wahr.

Der Gliederfüßer verharrte nach wie vor über meinem Herzen, doch ich spürte, wie er ruhiger wurde, seine Augen in eine unendliche Ferne stierten.

Das Tier verschwand so schnell, wie es gekommen war.

Ein Juckreiz auf meiner Brust blieb zurück.

Einer Furie gleich sprang ich aus dem Bett und öffnete das

Fenster.

Zur Zimmertür rennen, sie aufschließen, nach draußen fliehen, war eins.

Aus der Distanz beobachtete ich, wie die Spinne zum Fenster kroch und das Zimmer verließ.

Mit einem Besen in der Hand inspizierte ich den Raum.

Es gab keinerlei Zweifel, sie war verschwunden.

Kein Rascheln, keine glänzenden Augenpaare, sondern nur das leichte Rauschen der Bäume, die sich sanft in den Passatwinden wiegten.

Ich schloss die Balkontür und trank eine halbe Flasche Whiskey auf ex.

Nachdem der Alkohol mich beruhigt hatte, lallte ich: »Zum Glück nur noch… ein paar Tage, bis ich aus… dieser Hölle rauskomme. Sobald ich im… Flieger sitze, kann mir niemand… etwas antun. Ich mag diese… gottverdammte Gegend nicht.«

In der Folgezeit blieb ich auf dem Zimmer und verzichtete auf Mahlzeiten.

Lieber verhungern oder verdursten als erneut in Gefahr zu geraten.

Zwei Tage vor dem Rückflug begann ich mit der Zukunftsplanung. Ich hoffte, dass sich die größte Aufregung in meinem Heimatland gelegt hatte und meine Verfehlungen in Vergessenheit geraten waren.

Dennoch zog ich einen Neuanfang im Ausland vor und beschloss, in den Niederlanden auf ein Schiff nach Südamerika anzuheuern.

Wenn ich schon das Pech nicht abstreifen konnte, so wenigstens mein altes Leben. Falls ich doch wegen

Steuerhinterziehung, Betrug oder Widerstand gegen die Staatsgewalt verhaftet werden sollte, war es mir auch recht. *Hauptsache weg von hier,* dachte ich.

Ich durchforstete mein Adressbuch nach alten, lang nicht kontaktierten Freunden oder Bekannten. Bei einem Namen in Amsterdam blieb ich hängen. Dort lebte seit vielen Jahren der Sohn eines befreundeten Ehepaares meiner Eltern in einem heruntergekommenen Hausboot am Rande der Altstadt. Bei meinem Anruf erkannte er mich erst nach längeren Erläuterungen meinerseits, bot mir aber dennoch an, für ein paar Tage kostenlos bei ihm zu übernachten. Ich nahm sein Angebot dankbar an, zumal der „Lady-Boy" mit der gestohlenen EC-Karte auch das letzte mir verbliebene Guthaben von meinem Konto abgeräumt hatte. Es kam mir gelegen, dass ich nach der Landung sofort in einer Großstadt untertauchen konnte.

Am vorletzten Abend wagte ich es, das Hotelzimmer zu verlassen. Ich bestellte mir an einem Straßenstand ein Pad Thai[3] in der Hoffnung, dass sich der Hahn, der mir seit Wochen den Schlaf raubte, als gut durchgebratene Fleischbeilage in dem Nudelgericht befand. Es hätte mich stutzig machen müssen, dass ich in der folgenden Nacht nicht unter Schlafproblemen litt.

Am Tag vor meiner Abreise gab es nur noch eine Angelegenheit, die mir auf dem Herzen lag: Mich von Mai zu verabschieden und ihren Hinweis zur Überwältigung des Pechs einholen. Außerdem wollte ich sie darüber in

---

[3] Thailändisches Nationalgericht mit Hühnerfleisch

Kenntnis setzen, dass der sogenannte „Wächter" mir erneut nach dem Leben getrachtet hatte.

Da ich nur noch über geringe Geldbeträge verfügte, machte ich mich am frühen Nachmittag zu Fuß auf den Weg zum Friedhof. Er erstrahlte im gleißenden Sonnenlicht.
Ich ging wie üblich an dem Denkmal vorbei und hielt Ausschau nach dem geheimnisvollen Mädchen.
Unmittelbar neben ihrem letzten Arbeitsort beobachtete ich eine ältere Frau, die stumm vor einer Ruhestätte kauerte.
Ich beugte mich zu ihr herunter, als mir ein kleines Bild auf dem Grab die Luft zum Atmen raubte.
»Mein Gott, das ist ja Mai!«
Die Frau zuckte zusammen, sah mich entgeistert an und fragte erregt: »Mai? Woher kennst du sie?«
»Vor zwei Wochen habe ich das letzte Mal vor diesem Grab mit ihr geredet. Sie hat mir mehrfach das Leben gerettet und ich bin ihr zu großem Dank verpflichtet.«
»Wie lange kennst du meine Tochter schon?«
Das ist die Mutter von Mai, dachte ich und bemühte mich, mein Entsetzen zu verbergen.
Ich verlieh meiner Stimme einen freundlichen Klang und sagte: »Seit fast zwei Monaten. Ich habe sie zufällig beim Besuch auf dem Friedhof angesprochen.«
»Wie oft hast du sie getroffen?«
»Nur ein paarmal. Doch es waren jedes Mal intensive Gespräche.«
Die Frau richtete sich auf. Ihre matten, müden Augen weiteten sich, ein Lächeln spielte mit ihren Lippen. Sie strich sich das ergraute Haar aus ihrem schmächtigen Gesicht und verbeugte sich vor mir.

Schweigend beäugten wir uns einander, bis eine Frage die Stille brach. »Dann verbindet dich mit ihr mehr, als man es mit Worten ausdrücken kann?«

»Ja! Ich komme vom anderen Ende der Welt und bin viel älter als deine Tochter, doch ich liebe sie wie mein eigenes Kind.«

»Ich bin sehr glücklich, dass du das sagst. Dir kann ich vertrauen. Mai war mein Kind, mein heller Stern, doch die Welle hat sie mir genommen. Nun gleitet ihre Seele ruhelos über diesen Friedhof.«

»Meinst du den Tsunami vom Dezember 2004, der die gesamte thailändische Westküste verwüstet hat?«

»Ich spreche von der großen Welle vor einhundertdreiundachtzig Monden, als Fische am Strand zappelten und Menschen in Bäumen starben.«

»Dann ist Mai seit über fünfzehn Jahren tot und wandelt in einer Schattenwelt?«

»Behalte dein Wissen für dich. Niemand darf Genaueres über diesen Ort und die Wesen, die hier leben, erfahren.«

»Ja, das verspreche ich dir. Morgen fliege ich zurück nach Amsterdam. Alles, was du mir mitteilst, behalte ich für mich.«

Mit zitternder Stimme begann sie zu erzählen:
»Am Tag der Finsternis befand sich Mai allein im Haus, denn mein Mann und ich weilten wegen einer Beerdigung zu Besuch bei Verwandten. Meine Tochter hatte die Aufgabe, auf ihre drei kleinen Geschwister aufzupassen. Es gab niemand, der sie vor der Welle hätte warnen können. Mai spürte die Gefahr, denn sie beobachtete, wie die Vögel verstummten und aus den Bäumen verschwanden. Sie ergriff

die zwei größeren Geschwister und lief mit ihnen durch das Dorf, bis sie höheres Terrain erreicht hatte. Dort setzte sie die Kleinen auf einen Felsen, wo sie ihnen befahl, sich keinen Schritt von dieser Stelle wegzubewegen. Dann rannte sie zurück zum Haus, um das jüngste Kind zu holen und es in Sicherheit zu bringen. Als sie es auf den Armen hielt, war es bereits zu spät. Die Monsterwelle ergriff meine Tochter und trieb sie mit unbändiger Gewalt fort. Doch es gelang ihr mit schier übermenschlicher Willensanstrengung, das Kind auf einer Astgabel abzulegen, wo Rettungskräfte es wenig später fanden. Sie selbst wurde völlig entkräftet von dem Tsunami mitgerissen und durch einen fortgespülten LKW mit einem ohnmächtigen Fahrer im Führerhaus tödlich verletzt.«

So hat sie es mir berichtet.

Die Frau senkte den Blick. Ihr schmächtiger Körper bebte.
Regungslos verharrte sie auf der Stelle und schwieg.
Ich hatte Mühe, das Gesagte zu verarbeiten.
Natürlich war mir klar, dass Mai tot war und ich nur ihren Geist kennengelernt hatte. Es schmerzte mich, wie sie gestorben war und ihr eigenes Leben hingegeben hatte, um die Geschwister zu retten. Ich konnte das Leid der Mutter, die ihr erstgeborenes Kind auf tragische Weise verloren hatte, körperlich fühlen.

Lange Zeit brachte ich kein Wort über die Lippen.
Ich zwang mich dazu, mich zu beruhigen, denn es war meine Pflicht, die Mutter zu trösten. Sicher fand ich nicht die richtigen Worte, doch die Sätze kamen vom Herzen: »Ich weiß, dass Zeit keine Wunden heilt. Der Schmerz der Seele

währt ewig. Es sind stets die Besten, die vor ihrer Zeit gehen. Mai lebt in ihren Geschwistern weiter, die durch sie gerettet wurden. Sie ist ein Schutzengel. Irgendwann wird sie auch mein Leben bereichern. Sie hat mir sogar versprochen, mir einen Hinweis zu geben, wie es möglich ist, das Pech, das nicht von meiner Seite weicht, zu überwältigen.«

Die Frau kam auf mich zu, nahm mich in den Arm und drückte mich fest an ihre Brust.

Meine Tränen liefen zusammen mit den ihren und tränkten den Boden.

Sie flüsterte mir ins Ohr: »Dein Leben wird sich zum Positiven wenden, das fühle ich tief in mir. Du bist ein zerbrechlicher, empfindsamer Mensch, der in seinem Herzen verborgene Geheimnisse zum Leuchten bringt. Nur dadurch hat sich Mai dir offenbart und dich vor allen Gefahren bewahrt. Auch wenn du niemals wieder zu diesem Ort zurückkehrst, so wird Mai für immer für dich da sein und dich behüten. Geh jetzt! Trage ihre Liebe zu den Menschen und zu der Natur in deine Welt.«

Traurig löste ich mich aus der Umklammerung und küsste den Boden, unter dem Mai begraben lag.

Als ich den Friedhof verließ, beobachtete ich, wie sich die Bäume demütig vor mir verneigten.

Eine Schar bunter Vögel erhob sich von ihrem Schlafbaum und begleitete mich zum Hotel.

Im Zimmer kauerte ich regungslos auf der Bettkante.

Am Ende plünderte ich die Minibar, bis sich kein Tropfen Alkohol im Kühlschrank befand.

Über den Wolken

Am Abreisetag verließ ich mich auf den Hahn, der mich wie immer pünktlich um 3.00 Uhr in der Nacht wecken sollte. Doch ausgerechnet an diesem Tag blieb der Gockel stumm, wodurch ich erst neunzig Minuten vor Abflug entgeistert aufwachte.

»Verdammter Mist!«, fluchte ich. »Warum habe ich nur das Pad Thai bestellt und mir dabei gewünscht, dass der Hahn im Kochtopf landet?«

Atemlos eilte ich zur Rezeption, wo ich das Hoteltaxi zum Flughafen nahm.

Der Taxifahrer nutzte meine Situation schamlos aus.

Er verlangte für die rasante Fahrt zum Abflugterminal den dreifachen Preis.

Auf der Suche nach meinem Fensterplatz in der hintersten Reihe des Flugzeugs wankte ich mit hochrotem Kopf als letzter Passagier durch die Kabine.

Ich quetschte mich in meine Sitzreihe, vorbei an einem Fettwanst, der mit seiner Körperfülle zwei Plätze beanspruchte.

Kaum hatte ich, ohne zu ersticken, Platz genommen, da fing der Dicke an zu quatschen. »Hallo, ich bin Siggi aus dem Ruhrgebiet. Spät dran, was? Lass mich raten: Verschlafen? Ha, ha, ha.«

Da war es, das erste „ha, ha, ha", aber es sollten während dieses denkwürdigen Fluges noch viele weitere kommen. Ich mochte keine Menschen, die über ihre eigenen Witze lachten. Siggi toppte diesen Typus bei Weitem, denn er lachte selbst dann über sich, wenn es eigentlich nur etwas zum Weinen gab.

»Nein«, sagte ich nach einer längeren Sprechpause abweisend und versuchte, jeglichen Blickkontakt zu vermeiden.
»Verkehrsstau in Patong.«
Ich hatte den Ortsnamen gerade ausgesprochen, da legte er los. »Was höre ich? Patong? Da komme ich auch gerade her. Super Stadt mit den besten Weibern von ganz Thailand.«
»Ne«, sagte ich brummig. »Da habe ich ganz andere Erfahrungen gemacht.«

Ohne auf meine erläuterungsbedürftige Antwort einzugehen, erzählte er mir seine komplette Lebensgeschichte.
Er sei Frührentner und wäre mit achtundvierzig Jahren von einem großen Industrieunternehmen des Ruhrgebietes im Rahmen einer Betriebsschließung abgefunden worden. Wenige Jahre später sei seine Frau an Krebs verstorben und seitdem reise er mit seinem Freund Herbert regelmäßig nach Thailand. »Wegen der Weiber«, wie er sich ausdrückte, denn die seien hier viel billiger zu bekommen als in Deutschland und würden sich zudem vorbehaltlos unterordnen. Seit ein paar Jahren sei Herbert jedoch zu gebrechlich, sodass er die letzten Reisen allein unternommen hätte.
»Immer das gleiche Hotel, gutes Frühstück mit deutschem Brot. Das ist hier sonst nirgends zu finden. Direkt an der Bangla Road, da geht jede Nacht die Post ab. Ich habe an den achtundzwanzig Urlaubstagen jeden Abend eine andere Frau gebumst, das muss mir erst mal einer nachmachen«, sprach er und schlug mir mehrfach mit seiner speckigen Hand auf die linke Schulter.

»Muss man nicht«, antwortete ich mit schmerzverzerrtem Gesicht. »Mir ist eine schon zu viel gewesen.«

Egal, was ich anstellte, ob ich schwieg oder aus dem Fenster ins Nichts schaute, ein Buch las oder ihm freche Antworten gab: Es half alles nichts. Der Redeschwall über seine amourösen Abenteuer nahm kein Ende.

Zum Glück brachten die Stewardessen irgendwann Getränke, und Siggi bestellte als waschechter Deutscher ein Bier nach dem anderen.

Da es an Bord keinen Whiskey gab, bestellte auch ich mir mehrere Dosen Gerstensaft, trank sie aber nicht selbst.

Siggi bemerkte nicht, wie ich ihm mein Bier einschenkte, so sehr war er mit den Schilderungen der achtundzwanzig Damen beschäftigt, die er angeblich durchgebumst hatte.

Nach einer gefühlten Ewigkeit entfaltete der Alkohol endlich seine Wirkung - mitten im Monolog schlief er neben mir auf dem Sitz ein. Sein Schnarchen erfüllte den Tatbestand einer nächtlichen Ruhestörung. Sein wulstiger, fetter Arm lag felsenfest auf meiner Lehne und fiel regelmäßig auf mein linkes Knie. Der breite, rot angelaufene Schädel ruhte zur Abstützung auf meiner Schulter. Das Schnarchen ging einher mit einer übel riechenden Bierfahne, die mir sein Atem unablässig entgegenblies.

Noch acht Stunden! Großer Gott, wie soll ich die Reise neben diesem Grobian aushalten?

Schließlich gelangte ich zu der Erkenntnis, dass ein betrunkener Siggi immer noch besser als ein Geschwätziger war und ergab mich in mein Schicksal.

Zwei Stunden vergingen. Unablässig dachte ich über die letzten Wochen und über das Pech nach, das mich selbst während des Rückflugs nicht in Ruhe ließ.

Immer wieder lief die gleiche Gedankenschleife vor meinem geistigen Auge ab: Ich sah Mai, wie sie auf den Gräbern hockte und mir von ihrer Liebe zu den verunglückten Menschen und der Natur berichtete. Tief fühlte ich den Schmerz der Mutter, die ihre erstgeborene Tochter durch einen gewaltigen Tsunami verloren hatte.

Zum Schluss kam mir die Nacht in der Leichenhalle mit den Schreckgestalten in den Sinn. Die Bilder der perfiden Überfälle fraßen sich in meine Gedanken.

Erst nachdem Mai mich im Traum tröstete, beruhigte sich mein bangendes Herz.

Ich gebe offen zu, dass ich, trotz einiger in meinem Leben unternommenen Flugreisen, bis heute nicht in der Lage bin, auf engen Sitzbänken einzuschlafen, zumal wenn ein solcher Störenfried neben mir kauert.

So war es auch diesmal.

Ein Wachschlaf setzte ein. Für Sekunden fielen mir die Augenlider zu.

Als ich wieder einmal aufgewacht war, schaute ich nach draußen, wo die Nacht die Flügel des Airbus streichelte.

Zu meiner Verwunderung bildete sich auf der Tragfläche ein zähflüssiger, schwarzer Fleck aus, der sich allmählich ausdehnte und verformte.

Mir gefror das Blut in den Adern.

Ein energiegeladenes, bedrohliches Etwas nahm die Tragfläche in Beschlag.

Worum handelte es sich? Eine Erscheinung? Eine Spiegelung? Ein verwunschenes Trugbild?

Ich hatte meine Überlegungen noch nicht abgeschlossen, als die Erscheinung Gestalt annahm. Eine breite, hässliche Fratze mit Glubschaugen und einem animalischen Maul, aus dem seitlich zwei spitze, elfenbeinfarbene Hauer herausragten, starrte mich hämisch an.

Ich biss mir auf die Zunge und rieb mir die Augen, um wieder einen klaren Blick zu bekommen.

In diesem Moment sprach die Kreatur mich im lauten, knatternden Ton an. »Na, da kriegst du Panik, was? Hast wohl gehofft, dass ich in Thailand bleibe und deinen Abflug verpasse? Keine Sorge! Das Pech braucht keinen Schlaf, ha, ha, ha! Ich bleibe bei dir, wo immer du dich aufhältst und wohin dich dein Weg auch führt, Dumpfbacke.«

Habe ich in den letzten Wochen zu tief ins Glas geschaut? Bloß nicht von der Kreatur einschüchtern lassen, dachte ich und spürte, wie sich kalter Schweiß auf der Stirn bildete.

Mit weit aufgerissenen Augen schrie ich in die fliehende Nacht hinein: »Was willst du von mir? Bist du der Grund dafür, dass mein Leben aus den Fugen geraten ist? Lass mich endlich in Ruhe!«

»Warum so echauffiert? Du weißt genau, wer ich bin. Ich mag dich, denn du hast mich nach über drei Jahren aus meinem Gefängnis befreit. Ich will mich lediglich für deine uneigennützige Hilfe bedanken.«

Ich biss mir auf die Lippen, bis das Blut an meinem Kinn herunterlief. Schlagartig wurde mir klar: Bei der Gestalt handelte es sich um den leibhaftigen Pechdämonen, der nichts anderes im Sinn hatte, als die Menschheit zu vernichten. Ich fühlte mich, als ob ich in einem hermetisch abgeschirmten Glaskasten säße. Zwar nahm ich meinen fetten Sitznachbarn deutlich wahr, doch hören konnte ich ihn nicht. Keine Geräusche aus der Flugzeugkabine drangen zu mir durch, und ich war mir sicher, dass die Flugpassagiere mein Gespräch mit dem Finsterling nicht mitbekamen. Demgegenüber vernahm ich die Worte der schwarzen Gestalt laut und deutlich, obwohl diese draußen auf der Tragfläche des Flugzeuges kauerte.

Ich realisierte, dass es sich nicht um einen Traum oder um einen Horrorfilm aus der Videothek des Airbus handelte, sondern ich mich in der realen Welt auf dem Rückflug von Phuket nach Amsterdam in einer Höhe von rund zwölftausend Metern aufhielt.

Jetzt bloß nicht die Nerven verlieren.

Nach der Gedankenpause gab ich ihm zur Antwort: »Du bist es also leibhaftig! Ich hatte bereits das zweifelhafte Vergnügen mit deinem Wächter. Ich habe von eurer modrigen Schattenwelt buchstäblich die Nase voll.«

»Das glaube ich dir gern. Doch ich habe den selbst ernannten Wächter in Einzelteile zerlegt und ihn in die Hölle geschickt. Er kann dich nicht mehr töten. Dafür solltest du mir dankbar sein.«

»Dir danken? So tief sinke selbst ich nicht. Mir ist sogar dieser heimtückische Zombie tausendmal lieber als du. Im Nachhinein kann ich seinen Hass auf mich verstehen.«

Ohne auf meine barsche Zurückweisung einzugehen, fuhr der Dämon mit aufgesetzter Freundlichkeit fort: »Ich will dir keinen Schaden zufügen. Du brauchst mir nur die Lage des Grabes zu verraten, in dem Mai liegt, dann lass ich dich in

Ruhe.«

»Welches Grab? Welche Mai? Ich weiß nicht, von wem du sprichst.«

»Tu nicht so ignorant, Witzbold! Du weißt genau, wen ich meine! Mai Yao aus dem Dorf am Meer, die mich zusammen mit Schädelknochen, Gerippen und ekelhaften Gebissen in den Metallkasten eingesperrt, mir den Wächter vor die Nase gesetzt hat und mir als Schutzengel ständig in die Suppe spuckt.«

»Ach die! Hab ich ganz vergessen. Was interessiert dich denn ihr Grab?«

»Wenn hier jemand Fragen stellt, dann bin ich es. Aber gut, ich will mal nicht so sein und dich ausnahmsweise aufklären: Mai verabscheut den Hass, kümmert sich um Opfer und liebt darüber hinaus die Natur. Ich will ihr lediglich einen gut gemeinten Ratschlag erteilen.«

»Mich kannst du nicht täuschen. Du hast nichts weiter im Sinn, als ihren Geist für immer zu vernichten. Du glaubst doch wohl nicht im Ernst, dass ich dir dabei behilflich bin?«

»Oh doch, Pechvogel, das wirst du! Das wirst du wohl oder übel machen müssen«, schrie er, wobei sein langer, buschiger Schwanz aufgeregt auf der Tragfläche des Flugzeuges tanzte. Ich erhob mich aus der engen Sitzschale. »Schurke! Für kein Geld in der Welt verrate ich dir die Lage ihres Grabes. Niemals!«

Sein breites, hinterlistiges Grinsen erstarrte. »Nun gut, Pechvogel! Du willst es ja nicht anders. Dann werde ich dieses Flugzeug zum Absturz bringen.«

»Wie willst du das bewerkstelligen, kleiner Wicht? Glaubst du, dass sich der Kapitän vor einem schwarzen Misthaufen auf der Tragfläche fürchtet?«

»Mäßige deinen Ton! Ich dachte, du hättest eine gute Schule besucht und dort Anstand und Benehmen gelernt? Aber sei's drum: Ich bin Beschimpfungen oder Beleidigungen gewohnt, doch Worte können mir nichts anhaben. Spürst du die Turbulenzen, die das Flugzeug gerade erfassen?«

Trotz meiner Nervosität entgegnete ich selbstbewusst: »Die Wahrscheinlichkeit eines Absturzes durch Turbulenzen ist gleich null. Nur alle fünfhundertneunzigtausend Flugstunden schmiert ein Vogel ab. Da ist es wahrscheinlicher, dass ich den Jackpot im Lotto oder den „El Gordo" in Spanien gewinne.«

Der Pechdämon strafte mich mit verächtlichen Blicken. »Willst du mit mir über Wahrscheinlichkeiten diskutieren, Traumtänzer? Mit mir, dem Zünglein an der Waage bei den größten Unglücken der Menschheit? Bei der Verkettung unglücklicher Umstände bin ich das fehlende Glied in der Kette, das die Katastrophe heraufbeschwört. Sieh doch die Blitze um dich herum mit dem bis in die Stratosphäre hineinreichenden Unwetter. «

Obwohl der Jet mit dem Wind kämpfte, verbarg ich meine Angst. »Völlig normal, alte Pestbeule. Da lacht der Flugkapitän drüber. Mir kannst du nicht drohen. Zisch endlich ab in deine Kiste und lass mich mit deiner öden Panikmache in Ruhe!«

»Vollidiot! Es wäre nicht das erste Flugzeug, welches durch mein Betreiben in tausend Stücke zerplatzt. Denk an den Flug der Air France von Rio nach Paris mit zweihundertachtundzwanzig Passagieren, die ich mithilfe eines tropischen Gewitters in den Tod geschickt habe.

Bei der Boeing der Malaysia Airlines von Kuala Lumpur nach Peking habe ich dem psychisch kranken Flugkapitän die dringend gebotenen Psychopharmaka entwendet und ihm ein Aufputschmittel untergeschoben.

Also, zum allerletzten Mal: Wo genau ist das Mädchen begraben? Spuck es aus, sofort!«

»Verpiss dich und ersticke an deinem Hass«, fuhr ich ihn an und streckte meinen Mittelfinger aus. »Von mir wirst du nichts erfahren. Schreib dir das hinter deine spitzen, schwarzen Ohren.«

»Hört, hört! So viel Mut hätte ich nicht von dir erwartet. Ach, übrigens war ich es, der den Tsunami im Dezember 2004 auf Trab gebracht hat. Ohne meinen bescheidenen Beitrag hätte sich lediglich eine kleine Welle ausgebildet, die in der Unendlichkeit des Ozeans untergegangen wäre. So aber gelang es mir, durch das Seebeben zweihundertdreißigtausend Menschen in den Tod zu reißen, ha, ha, ha.«

Da war es wieder, dieses elende „ha, ha, ha." Doch der Finsterling lachte nicht über mich oder über sich selbst, sondern über den Tod von zigtausend unschuldigen Menschen, die durch eine fürchterliche Katastrophe aus dem Leben gerissen worden waren.

»Elende Kreatur, fahr zur Hölle!«

In diesem Moment hasste ich den Pechdämon abgrundtiefer als je zuvor und wünschte mir sehnlich, ihn für immer aus der Welt zu vertreiben.

Wenn es mir gelänge, ihn zu überwältigen, kann ich dann die Erde – und sei es nur für ein paar Sekunden – zum Leuchten bringen?

»Gute Reise, viel Spaß beim Absturz«, zischte er, während er mit seinem dicken, unförmigen Schädel wackelte.

»Nachdem ich durch eine Hinterlist der Friedhofswärterin in Gefangenschaft geraten bin, hatte ich lediglich ein paar Altfälle wie dich unter Kontrolle. Jetzt bin ich wieder frei, und ich werde mich umgehend mit anderen dunklen Mächten vereinen. Sicher gelingt es uns, die Sonne zu verfinstern. Dann ist es ein Leichtes, die Menschen von der Erde zu fegen. Sobald wir dieses Ziel erreicht haben, fließe ich glücklich bis zum Ende aller Tage durch das Universum, ha, ha, ha.«

Ich sah noch, wie er sich vor Lachen krümmte, eine furchterregende Grimasse zog und mit lautem Knall von der Tragfläche abhob.

Das Flugzeug erzitterte.

Der Pechdämon tauchte mit flatterhaften Bewegungen in den Gewitterwolken unter.

Schlagartig nahm ich wieder das laute Schnarchen meines Sitznachbarn wahr.

Es roch nach verbrauchter Luft und Alkohol. Das monotone Brummen der Motoren verschmolz mit der inneren Leere in meinem Kopf.

Ein paar Sekunden später brach das Inferno los.

Wie aus heiterem Himmel kam mir ein Passagier entgegengeflogen, der gerade die Toilette aufgesucht hatte. Zeitgleich schossen die nicht angeschnallten Fluggäste an die Decke. Sofort wurden sie in ihre Sitze zurückkatapultiert. Mit schmerzhaften Frakturen wimmerten sie lauthals vor sich hin.

Nur Siggi blieb, wahrscheinlich aufgrund seines immensen Körpergewichtes, regungslos sitzen und schlief wie ein

Murmeltier während des arktischen Winters.

Die Stewardessen schrien sich gegenseitig an – für mich ein untrügliches Zeichen, dass sich das Flugzeug in ernsten Schwierigkeiten befand.

Unvermittelt senkte sich die Nase des Airbus nach unten.

Wir gerieten in einen unkontrollierten Sturzflug.

In letzter Sekunde gelang es den Piloten, den Jet zu stabilisieren.

Ich spürte, wie wir leicht an Höhe gewannen.

Doch die Furcht einflößenden Blitze nahmen an Stärke zu.

In ihrem grellen Licht schimmerte das Antlitz des Finsterlings, der mich hämisch angrinste.

Er feuerte die Naturgewalten an, uns noch stärker zu attackieren.

Mein übernächster Sitznachbar am Gang, der ebenso wie ich unter Siggis raumgreifenden Ansprüchen litt, hielt sich beide Hände vors Gesicht und betete: »Allahu ak….«

Die Angst raubte ihm die Stimme.

Als der Vogel wie ein Stein in die Tiefe sackte und nicht aufhören wollte, zu fallen, sprach ich wie geistesabwesend zu mir selbst: »Das ist mein Ende! Fast das halbe Leben vor mir. Trotzdem muss ich durch diesen Mistkerl sterben. Warum hat mich Mai nicht vor dem Pech mit seiner schwarzen Magie gewarnt? Sie hatte versprochen, mir einen Hinweis zu geben.«

Verdiente Mai meine Liebe womöglich nicht?

War sie in Wirklichkeit nicht der Gutmensch, für den sie sich ausgegeben hatte?

Trotz der Todesangst und der Zweifel an meinem Schutzengel machte ich mir schwere Vorwürfe.

Ich hatte durch meine Tollpatschigkeit in der Leichenhalle einen Dämon aus seinem Gefängnis befreit und dadurch den Hass in die Welt getragen.

Schlimmer noch: Ich hatte das Unheil von einem abgelegenen Ort an der Andamanensee in Jetgeschwindigkeit nach Mitteleuropa transportiert.

Hier konnte der Finsterling als Erstes seinen Plan, die Welt zu vernichten, in die Tat umsetzen.

Ich schlug mir mehrfach mit der Faust auf die Knie und wartete auf meinen Tod.

Wie in Trance registrierte ich, dass die schrillen Schreie der Passagiere allmählich verstummten.

Das Flugzeug glitt heraus aus dem Gewittersturm.

Die Blitze leuchteten in der Ferne.

Ich nahm voller Verwunderung zur Kenntnis, dass ich, trotz gegenteiliger Erwartung, noch lebte.

Immer ruhiger wog sich der Airbus im Luftstrom, bis er wie eine Feder durch den anbrechenden Morgen schwebte.

Der Rest der Reise verlief ohne besondere Vorkommnisse. Beim Landeanflug in Amsterdam wachte Siggi neben mir auf und fragte: »War etwas Besonderes? Vorhin in der Luft hatte ich das Gefühl, aus dem Sitz geschleudert zu werden?«

»Wie bitte? Es ist alles in Ordnung. Ruhiger Flug. Ein paar Turbulenzen, sonst nichts.«

»Na, dann mach's mal gut, Kumpel«, sagte er spöttisch bei der Verabschiedung in der Ankunftshalle. »Du siehst ein wenig blass unter der Nase aus. Du solltest nicht so viel grübeln, sondern mehr bumsen, ha, ha, ha.«

Grob klopfte er mir zweimal auf die rechte Schulter,

zwinkerte und warf mir einen mitleidigen Blick zu.

Ich wandte mich von ihm ab und wartete, bis er mit einem Trolley in Richtung des Ausgangs trottete.

Hinter seinem Rücken malte ich drei Kreuze in die Luft und beschloss, niemals wieder einen Tropfen Alkohol anzurühren.

Eine Viertelstunde später stand ich mit zitternden Knien an der Passkontrolle.

Mir stockte der Atem: Eine wunderschöne Frau mit dunklen Augen und brauner Haut drehte sich zu mir um.

Sie strich sich die Haare aus dem Gesicht, ging einen Schritt auf mich zu und strahlte wie eine Diva im Rampenlicht.

Ein Kribbeln schoss mir durch den Körper.

Ich war mir sicher, ihr schon einmal begegnet zu sein.

Sie kam vom anderen Ende der Welt und wollte eigentlich nur in Amsterdam umsteigen.

Mein Herz verriet mir, dass sie für immer bei mir bleiben würde.

Wir schauten uns aufgewühlt an und spürten eine Seelenverwandtschaft – eine vertraute Liebe, die uns auf der Stelle verschmelzen ließ.

In diesem Moment wurde mir bewusst, wonach ich seit Jahren vergeblich gesucht hatte: *Es ist die Liebe! Mit ihr lässt sich das Pech überwältigen, denn sie fürchtet es am meisten.*
Endlich kapierte ich, was mir Mai die ganze Zeit über sagen wollte und warum sie mich einen Dummkopf gescholten hatte. Jetzt verstand ich ihre Botschaft, dass nur die Liebe uns alles Leid dieser Welt ertragen lässt, selbst dann, wenn

wir durch tiefe Wasser gehen oder die Schatten der Nacht den jungen Morgen gefangen halten.

Aus dem Augenwinkel bemerkte ich, wie das Pech von mir abfiel. Es schlich sich feige davon, um sich an die Fersen einer anderen Person zu heften.

Als ich der wunderschönen Frau tief in die Augen schaute, glaubte ich einen Moment lang, in den Himmel zu blicken. Ihre feuchten Lippen verrieten mir, dass wir in Kürze vor dem Traualtar stehen und sie in elf Monaten unser gemeinsames Kind, eine Tochter, zur Welt bringen wird.

Jahre später wird das junge Mädchen während eines Gewittersturms mit nach unten gesenktem Blick aus der Schule kommen und mich fragen: »Papa, was ist eigentlich ein Tsunami?«
»Ein Tsunami, Liebes, ist eine mächtige Welle, manchmal über zehn Meter hoch, die durch ein Erdbeben unter dem Meer ausgelöst wird und dort, wo sie auf Land trifft, alles zerstört, was ihr in die Quere kommt.«
»Dann pass gut auf mich auf, Papa, denn ich bin schon einmal vor vielen Monden durch eine derartige Welle gestorben.«

Schokoladendiebe

Pia schlich über den Flur und rutschte über einen Teppich aus, den ihr zehnjähriger Bruder Tobias nach dem Spielen mit der glatten Seite nach unten hingelegt hatte.

»Autsch!«

Erleichtert, sich nicht verletzt zu haben, erhob sie sich vom Boden und horchte in die Dunkelheit.

Hatte niemand den Aufprall bemerkt? Befanden sich alle Familienmitglieder in der Phase des Tiefschlafs?

Mit der zu Zöpfen zusammengebundenen blonden Mähne, dem zierlichen, ovalen Gesicht sowie den leuchtend grünblauen Augen wirkte sie wie eine Fee aus dem Märchenbuch.

In der Hoffnung, dass weder ihre Eltern noch ihr Bruder etwas von dem nächtlichen Ausflug mitbekommen hatten, balancierte sie auf Zehenspitzen die Treppenstufen runter, bis sie vor der Kellertür stand. Mit zusammengekniffenen Lippen drückte sie die Klinke nieder.

Das Mädchen hatte die Nacht kein Auge zugetan und war vor Nervosität um vier Uhr in der Frühe aus dem Bett gesprungen.

Heute stand die entscheidende Klassenarbeit in Mathematik an. Es handelte sich um Geometrie. Sie wusste, dass sie den Stoff nicht beherrschte.

Ich benötige Nervennahrung, die leckere Schokolade vom Weihnachtsteller, sonst bleibe ich wegen einer Fünf in Mathe sitzen.

Es handelte sich nicht um die übliche bei Discountern feilgebotene Billigschokolade, sondern um die „Michel

Cluizel 1er Cru de Plantation" mit einem 50%igen Anteil madagassischen Kakaos.

Während Pia die Schokolade am Heiligen Abend vernascht hatte, war Tobias genügsamer gewesen und hatte sie vor ihren gierigen Blicken in Sicherheit gebracht. Er war zu klein, um die Köstlichkeit in einem sicheren Versteck zu lagern.

Bevor Pia in den Keller eintrat, drehte sie sich um und prüfte, ob ihr jemand gefolgt war.
Niemand zu sehen! Wenn ich nur einen Riegel verzehre, merkt Tobias nicht, dass jemand an seiner Schokolade genascht hat.

Beim Gedanken an den lieblichen Geschmack mit dezenten Rahmaromen und Anklängen an Karamellschaum lief ihr das Wasser im Mund zusammen.
Sie beschleunigte ihre Schritte.
Ein merkwürdiges Rascheln irritierte sie.
Das Geräusch kam dem Vernehmen nach aus dem Vorratsraum, wo die Spezialität versteckt zwischen Konservendosen sowie einer Armada aus Pasta Soßen in einer Blechdose ein Schattendasein fristete.
Wer ist so früh auf den Beinen und geistert durch den Keller?
Pia spielte mit dem Gedanken, ins Bett zurückzukehren, doch die Neugier und die Vorfreude auf den Hochgenuss schlugen alle Bedenken in den Wind.
Sie trat in den Raum ein – ein Quieken ertönte, wie bei einem Eichhörnchen, dem ein Rabenvogel die Nüsse stiehlt.
Sie wagte nicht, das Licht anzuknipsen, zumal das Quieken an Lautstärke zunahm.

Sie rührte sich nicht von der Stelle, bis ihr ein genüssliches Schmatzen die Schweißperlen auf die Stirn trieb.

Da wird doch nicht jemand…

Ein beherzter Griff zum Lichtschalter – mit dem Mittelfinger der rechten Hand drückte sie die Wippe runter. Das Neonlicht tauchte die Szenerie in grelles Licht.

Sie traute ihren Augen nicht: Ein merkwürdiges Wesen blickte ihr mit verschmiertem Mund tief in die Augen.

Huch! Ein Schokoladendieb!

Die Kreatur mit dem Mopsgesicht wies tiefe Stirnfalten in dunkler Farbschattierung auf. Die schwarzen, kreisrunden Augen verliehen ihr ein putziges Aussehen. Zwei kleine spitze Ohren, Tasthaare an der Schnauze sowie ein geflecktes, flaumweiches Fell bewiesen, dass die Gene einer Katze Eingang in die Kreatur gefunden hatten.

»Wo…kommst du… denn her?«, stotterte das Mädchen. Anstatt zu reagieren, schob sich das Wesen einen weiteren Riegel in den Mund. Das Pendeln des Katzenschwanzes verwies auf Angespanntheit.

»Bleib von meiner Schokolade weg!«

Pia ging einen Schritt auf den Dieb zu und versuchte, ihm die Schokolade aus der Tatze zu schlagen.

Es misslang, das Wesen verfügte über außergewöhnliche Reflexe.

»Was erlaubst du dir? Die Schokolade gehört nicht dir, sondern einem „Tobias". Der Name steht groß und breit auf dem Deckel der Dose.«

Pia erstarrte.

Der Dieb redet Hochdeutsch mit mir und kann lesen. Träume ich oder spielt mir der Verstand einen Streich?

Mit gerunzelter Stirn gab sie dem Wesen einen Klaps auf den Allerwertesten. Der Hieb kam dermaßen überraschend, dass es diesmal nicht in der Lage war, ihm auszuweichen.

»Aua! Lass das!«

Das Adrenalin schoss durch den Körper des Mädchens, der Puls pochte im Rhythmus des Herzens in ihrem Ohr.

Es bereitete ihr Probleme, die Frage »Wer ... oder was... bist du?«, über die Lippen zu bringen.

Das Wesen antwortete postwendend: »Ich bin eine Mopskatze. Mein Frauchen nannte mich „Püppchen". Sie war es auch, die mir Deutsch und das Rechnen beigebracht hat.«

»Eine Mopskatze? Was ist denn das?«

»Dumpfbacke! Wie der Name schon sagt, bin ich eine Mischung aus einem Mops und einer Katze. Meine Eltern haben sich beim Wettbewerb „Welches ist das tollste Tier der Stadt" ineinander verliebt. Das Ergebnis hockt vor dir im Regal.«

Pia beruhigte sich.

Allmählich wanderte der Puls in den Normalbereich.

Sie gelangte zu der Überzeugung, dass von dem Wesen keine Gefahr ausging, dazu war es zu klein und schmächtig.

»Das mag ja sein«, sagte sie. »Aber warum brichst du ins Haus ein und vergreifst dich an der Schokolade?«

»Als halber Hund verfüge ich über einen Geruchssinn, der der Riechwahrnehmung des Menschen weit überlegen ist. Die feinen Aromen dieser Spezialität haben mich dazu veranlasst, in diesen Keller einzusteigen.«

»Bei mir ist es allein der Gedanke an die Schokolade gewesen, der mich hierhin geführt hat. Auch ich kann den

Düften nicht lange widerstehen, zumal Schokolade Substanzen enthält, die sich positiv auf die geistigen Fähigkeiten auswirken.«

»Du sprichst mir aus der Seele«, sagte das Püppchen und verschlang den letzten Rest der Spezialität.

»Stopp! Du hast doch ein Frauchen. Gibt sie dir nicht genug zu Fressen oder hat sie dich auf Diät gesetzt?«

Pias Blicke streiften den Unterbauch des Wesens, der eine leichte Wölbung aufwies.

»Weder noch! Mein Frauchen ist vor einer Woche gestorben, jetzt habe ich niemanden, der sich um mich kümmert«, schluchzte das Püppchen, während eine Träne über die rechte Wange kullerte.

Pia bekam Mitleid und streichelte sein samtweiches Fell.

»Ernährst du dich nur von Schokolade? Hunde und Katzen sind eigentlich Fleischfresser. Soll ich dir eine Schweinswurst aus dem Kühlschrank holen?«

»Untersteh dich! Mein Frauchen liebte die vegetarische Küche und hat mir die Fleischeslust ausgetrieben. Um satt zu werden, benötige ich jeden Tag sechs Tafeln Vollmilchschokolade von der edelsten Sorte. Ich bin ein Feinschmecker und mag es nicht, wenn man mich mit Billigprodukten abspeist.«

»Hört, hört, ein kleiner Genießer! Hast du schlechte Zähne?«

»Nein, ich lutsche die Schokolade, ohne darauf zu beißen.«

»Hast du Magenschmerzen oder andere Krankheiten?«

»Im Gegenteil! Durch die Schokolade verfüge ich über außergewöhnliche Fähigkeiten. Ich bin in der Lage, Umfang und Flächeninhalt von Rechtecken oder Vierecken zu bestimmen«.

»Ach! Was nützt dir das?«

»Ich kann beispielsweise die Menge an Schokolade errechnen, die sich in einer Verpackung befindet.«

Wie ein Fallbeil rauschte eine Idee durch Pias Gehirn: *Echt abgefahren! Das Püppchen könnte mir bei der Lösung meines Problems helfen.*

Sie kicherte in sich hinein und sagte: »Warte im Kellerregal auf mich! Ich hole dich in drei Stunden ab. Wir gehen gemeinsam zu einem Ort, wo du dein Können unter Beweis stellen kannst.«

»Ist das weit von hier?«

»Eine Viertelstunde mit dem Bus und anschließend zehn Minuten zu Fuß.«

»Muss das sein?«

»Steh dir mit deiner Faulheit nicht selbst im Weg! Du hast doch Hunger, oder?«

Zähneknirschend versteckte sich das Püppchen hinter dem Arsenal von Lebensmittelvorräten und fiel umgehend in einen tiefen Verdauungsschlaf.

Nach dem Frühstück holte Pia es aus seinem Versteck, verließ, unbemerkt von der Mutter, mit ihm das Haus und begab sich auf den Schulweg. Sie erteilte ihm Redeverbot. Niemand durfte erfahren, welche Kompetenzen es besaß.

»Ich halte meine Schnauze«, versprach es und trottete mit heraushängender Zunge hinter dem Mädchen her.

Auf dem Pausenhof kam es zu einem Menschenauflauf. Schüler und Lehrer rannten auf das Wesen zu, um es zu streicheln. Durch das putzige Aussehen, die unbeholfenen Bewegungen und dem Gequieke eroberte es alle Herzen im

Sturm.

Der Biologielehrer, Dr. Specht, geriet in Ekstase und tänzelte um das Püppchen herum, wie ein liebestoller Teenager um seine Herzensdame. Er war felsenfest davon überzeugt, dass er eine neue Spezies entdeckt hatte.

»Ich trage das Wesen in die Liste für bedrohte Tierarten ein. Dadurch ist die Mopskatze besser geschützt«, flötete er.

Pia sah seinem entrückten Blick an, dass es ihm weniger um das Püppchen, als vielmehr um die Ehre ging, den Eintritt in die Phalanx der berühmtesten Biologen der Welt.

Sie nutzte seine Eitelkeit aus und bat ihn, ihren Klassenlehrer davon zu überzeugen, dass das Püppchen dem Unterricht beiwohnen durfte.

Nach längerer Aussprache unter Pädagogen rief der Klassenlehrer Pia zu sich und sagte: »Aber nur zur Probe! Sobald die Mopskatze den Unterricht stört, fliegt sie im hohen Bogen aus der Schule.«

»Machen Sie sich keine Sorgen. Das Püppchen gehorcht mir aufs Wort und gibt keinen Ton von sich.«

Die Mopskatze wackelte mit dem Kopf wie ein Inder und machte es sich unter Pias Tisch bequem.

Pia erteilte ihr den Auftrag, die Aufgaben der Geometriearbeit zu lösen und ihr heimlich die richtigen Antworten unterzuschieben.

Sie versprach, sich bei einer guten Note erkenntlich zu zeigen und die Mopskatze mit Schokolade zu versorgen.

Der Hunger trieb das Püppchen zu Höchstleistungen an. Es löste alle Aufgaben im Handumdrehen.

Nach dem Unterricht nahm Pia das Püppchen mit nach Hause und stellte es den Eltern und ihrem Bruder vor.
Eigentlich hatte der Vater verboten, Katzen oder Hunde mit ins Haus zu nehmen, doch das Tier schaute ihn mit großen, traurigen Augen an.
Der Vater schmolz dahin wie Schokolade im Heißluftherd.

Am Abend reichte die Mutter den Kindern und dem Püppchen zwei Riegel Billigschokolade aus einem Sonderangebot.
Es sprang vom Sessel, baute sich bedrohlich vor der Mutter auf und quiekte wie ein Meerschweinchen.
Pia versprach, dem Püppchen in der Schule Manieren beizubringen und sich um das Futter zu kümmern.

Vor dem Zubettgehen sagte sie zu ihm: »Ich melde uns bei den sozialen Netzwerken an und stelle Bilder von dir ins Netz. Ich suche Unterstützer, die deinen Lebensunterhalt sicherstellen.«
»Aber dalli! Mir knurrt der Magen. Ich halte dieses Hundeleben ohne anständiges Essen nicht lange aus.«

Am nächsten Morgen hatte Pia auf Instagram 1001 Follower. Sie verzehrten sich nach dem Wesen und beobachteten jeden seiner Schritte.
Das Interesse auf Facebook und Twitter toppte kühnste Erwartungen.
»Ich bin voll geflasht«, hauchte Pia am Abend und nahm das Püppchen mit in ihr Bett.

Einen Tag später drehte sie ein Video mit ihm und lud es auf YouTube hoch. Sie gab dem Channel den Namen „Epikureer".

Das zugehörige Thumbnail zeigte das Püppchen mit verschmiertem Mund und hochgestelltem Schwanz beim Verzehr eines Schokoladenriegels.

Nach einer Woche besaß Pia über eine Millionen Follower. Es freute sie, dass sich die hochpreisigen Schokoladenhersteller gegenseitig mit Angeboten übertrumpften. Ständig trafen neue Lieferungen im Haus ein, bis sich im Keller die Regale bogen.
Sogar Tobias gönnte sich jeden Tag nach dem Essen ein Stück der Edelschokolade.

Durch die guten Leistungen in Mathematik schaffte Pia die Versetzung in die siebte Klasse.
Der Klassenlehrer berichtete ihr, dass Dr. Specht dem Püppchen den wissenschaftlichen Namen „Canis lupus felis catus spechtus" gegeben hatte und er plane, Urlaube, Wochenenden oder Feiertage in Brügge, der Schokoladenhauptstadt Europas, zu verbringen.

Pia sorgte sich um das Püppchen, denn es wurde von Tag zu Tag fauler. Die Gewichtszunahme nahm bedrohliche Ausmaße an.
Der Vater gab seinen Beruf auf, denn die Mopskatze bestand darauf, den Schulweg am Morgen mit dem Auto zurückzulegen.

Nach einem Jahr litt das Püppchen unter Diabetes, später stellte sich eine chronische Herzschwäche ein, die mit permanenter Kurzatmigkeit einherging.

Im Alter von sechs Jahren war es nicht mehr in der Lage, das Bett ohne Pias Hilfe zu verlassen.
Wenig später verstarb es mit leisem Quieken in den Armen seiner Beschützerin.
Pia versank in einem Meer von Traurigkeit und verbot den Schokoladenherstellern, sie mit neuer Ware zu beliefern.

Auf ihren Wunsch hin, wurde die Mopskatze nicht auf dem Tierfriedhof, sondern auf dem städtischen Zentralfriedhof beerdigt.
Die Weltöffentlichkeit nahm großen Anteil an der dreitägigen Zeremonie. Die internationale Presse und die Fernsehanstalten übertrumpften sich gegenseitig bei der Länge der Reportagen.

An der Begräbnisstätte zeugt ein handgefertigter Grabstein in Form des Matterhorns, der dem Firmenlogo des berühmten Schweitzer Schokoladenherstellers entspricht, von dem Schleckermaul, das hier in Ewigkeit ruht.

Inzwischen hat das Grab den Kultstatus erreicht.
Täglich begrüßt Pia am Abendessen Epikureer aus aller Herren Länder, die entrückt auf dem Grab tanzen und sich anschließend in einer Brasserie versammeln, um sich hemmungslos den leiblichen Genüssen hinzugeben.

Tiefe Wasser

Manche glauben, dass die Seelen von Meerjungfrauen, Wassermännern oder anderen Fischmenschen niemals den Himmel erreichen, weil sie mit den Wellen gehen. In Wahrheit finden sie ihren Frieden an den tiefsten Stellen der Ozeane, bis sie im Verlauf von Jahrmillionen zu Riesen werden, die auf den Gipfeln der Berge nach der Sonne greifen.

Es war nur eine Schramme, die ich mir beim Schwimmen an einer achtlos ins Meer geworfenen Konservendose zugezogen hatte. Trügerischer Industrieabfall! Unter Wasser spürt man nichts, wenn man sich an den Kanten schneidet. Erst ein rotes Rinnsal, das sich im Ozean verlor, erinnerte mich daran, dass meine linke Flosse blutete.
Salzwasser schließt Wunden, glaubte ich und schenkte der Verletzung keinerlei Beachtung.
Etwas Weißes tauchte auf, unheimlich und leise, wie ein durch stilles Wasser schwebendes Gespenst.
Verdammt, ein Riesenhai! Das Ungetüm riecht das Blut, schoss es mir durch den Kopf.
Das Adrenalin raste wie ein Tsunami durch meinen Körper.

Das Raubtier näherte sich mir bis auf fünf Meter. Ich war starr vor Angst, unfähig, mich auch nur einen Millimeter von der Stelle wegzubewegen. Der Hai schob sich durch das Wasser und umrundete mich. Die weißen spitzen Zähne glänzten und erinnerten an ein zynisches Grinsen. Ich hatte den Eindruck, dass er auf den geeigneten Moment zum Angriff wartete, den finalen, entscheidenden Schlag.

Im Alter von zehn Jahren hatte mir mein Vater im Aquazoo erklärt, dass Haie zunächst die Beine oder Arme ihrer Opfer zerfleischen. Sie genossen es, wenn man wie ein Fisch an der Angel zappelte. Damals war mir ein kalter Schauer über den Rücken gelaufen. Ich hatte zu Gott gebetet, mich niemals einer solchen Bestie auszuliefern. Ich war dankbar gewesen, dass sich die harmlosen Schwarzspitzenriffhaie hinter dicken Glasscheiben befanden, wo sie mich nicht verletzen konnten.

»Hör auf, den Jungen zu beunruhigen. Er bibbert vor Angst«, hatte meine Mutter gesagt und mich von dem Haibecken weggezogen.

Nun befand ausgerechnet ich mich in jener Gefahrensituation, die mir die größte Furcht einflößte. Wann würde der Raubfisch attackieren? Hörte er den Herzschlag, das Fieberthermometer meiner Angst? Spürte er, dass ich ihm körperlich in allen Belangen unterlegen war?

Das ist das Ende, dachte ich und schloss mit dem Leben ab. Für den Bruchteil von Sekunden kreuzten sich unsere Blicke. Ich fror.

Mit seinen nach hinten weggedrückten tiefblauen Augen drehte der Hai ab und verschwand ebenso geräuschlos, wie er gekommen war.

Sind Haie gegenüber Menschen nicht so gefährlich, wie ihnen nachgesagt wird? Gibt es andere Spezies, die für die Lebewesen im Meer eine größere Bedrohung darstellen?

Obwohl ich die Antworten nicht kannte, wanderte mein Puls in den Normalbereich. Für den Augenblick fühlte ich mich sicher. Ich ahnte nicht, dass die Begegnung mit blutrünstigeren Bestien, die auf einen Fischmenschen wie mich lauerten, kurz bevorstand.

Vor einem Jahr war mein Traum wie ein Kartenhaus im Sturm in sich zusammengefallen - die Gründung einer eigenen Familie mit Carola, der großen Liebe, die mein Herz verzaubert hatte: Wir planten, an meinen 19. Geburtstag zu heiraten und anschließend nach Schottland zum Loch Ness überzusiedeln, um ein verfallenes Gasthaus zu sanieren, und es für Touristen herzurichten.

Kurz vor Heiligabend poppte eine Nachricht von Carola unter dem Hashtag „Laufpass" im Twitter- Account auf: »Habe die Nase von dir voll! Gehe ab sofort eigene Wege. Reise allein zum Loch Ness.«

Enttäuschung und Wut stiegen in mir hoch.

Mein Stolz erlaubte es mir nicht, jemals wieder mit meiner Freundin in Kontakt zu treten.

Nach dieser seelischen Verletzung verdunkelte sich die Welt. Die Trennung kam zur Unzeit, denn in ein paar Monaten stand die Abiturprüfung an, dessen Stoff ich nicht beherrschte – ohne Carola eine grauenhafte Vorstellung.

Die Eltern bemerkten meine Depression und überredeten mich, sie in den Ferien auf einer seit langem geplanten Australienreise zu begleiten. Sie versprachen mir einen Urlaub mit Bootstouren zur Wal- und Delfinbeobachtung. Mangels Alternativen nahm ich das Angebot an und reiste zum fünften Kontinent.

»Der Strand trennt Welten«, sagte mein Vater beim Landeanflug auf Cairns, der Großstadt an der tropischen Nordostküste von Queensland. »Östlich liegt das Land mit

den Bergen und dem Wald, der den Regen fängt. Westlich regiert das Meer mit dem größten Korallenriff der Welt.«
»Ich interessiere mich weder für das eine noch das andere.«
»Die Meeresbewohner gehörten früher zu deinen Lieblingstieren. Weißt du noch, wie du dich geweigert hast, das Delfinarium nach dem Show-Programm zu verlassen?«
»Kram nicht die alten Geschichten aus meiner Kindheit hervor. Lass mich einfach in Ruhe!«

Die Reise führte uns zunächst in den Norden des Kontinents mit den charakteristischen Termitenhügeln, die mit ihren üppigen Rundungen an überdimensionale Versionen der Venus von Willendorf erinnern. Für mich geriet die Fahrt zum Martyrium, denn die Eltern nutzten die Gelegenheit, um mich über schulische Leistungen und berufliche Ziele auszufragen.
»Entscheiden Noten oder Abschlüsse darüber, ob man im Leben glücklich ist?«
Anstatt auf meine Frage einzugehen, bedrängten sie mich weiter.
Zum Schutz baute ich eine Mauer um mich herum, an der ihre Versuche, in meine Gefühlswelt einzudringen, wie Ping Pong Bälle abprallten.

Auf dem Rückweg zur Nordostküste legten wir in dem Dschungelnest Kuranda, das wenige Kilometer vor der Nordostküste Australiens liegt, einen Stopp ein.
Während die Eltern die Sehenswürdigkeiten der Region besichtigten, lief ich in den Wald, wo ich auf eine isoliert lebende Gruppe von Aborigines traf.

Die Ureinwohner Australiens begegneten mir freundlich und luden mich in ihre Hütte ein. Sie schwärmten von einer metaphysischen Parallelwelt, der „Traumzeit" voller Legenden und Mythen.

Die Tänze und Gesänge zogen mich in ihren Bann, in einen raum- und zeitlosen Kosmos, der das Tor zum magischen Selbst öffnete.

In der Tiefe der Nacht lüfteten sie ein Geheimnis.

Sie offenbarten mir, dass in ihrer Welt der Wind jeden zerplatzten Traum zum Meer weht und ihn im Wasser mit Leben füllt.

»Das ist schön, dann wäre ich gerne so frei wie die Fische«, seufzte ich.

Zum ersten Mal im Verlauf der Reise fühlte ich mich unbeschwert und ließ mich fallen.

Doch der monotone Klang der Trommeln trübte meine Sinne.

Ich schüttete das Feuerwasser in mich hinein, obwohl ich Alkohol nicht vertrug.

Ein Meer von Gefühlen erdrückte mich.

Ich verlor jegliche Kontrolle über meinen Körper, schwebte über Baumriesen, die der Sonne die Kraft raubten.

Mir schwand das Bewusstsein.

Ich erinnere mich bis heute nicht daran, was in den letzten Nachtstunden geschah.

Am frühen Morgen riss mich der Seewind aus meiner Agonie. Ich lag am Strand und rieb mir Sand aus den Augen.

Beim Aufstehen bemerkte ich, wie die aufgehende Sonne der Küstenlandschaft ein goldenes Kleid verlieh.

Mein Vater, der einen schwarzen Anzug trug, legte mir eine

Hand auf die Schulter und sagte: »Du bist spät dran, Junge! Los geht's! Unser Schnorcheltrip zum Great Barrier Reef startet in wenigen Minuten.«

Seine Stimme klang wie ein Echo aus einer anderen Welt. Ohne ein Wort zu verlieren, schlenderte ich mit ihm zur Anlegestelle, wo meine Mutter im dunklen Hosenanzug auf mich wartete. Sie wirkte derangiert, die Frisur mit den strähnigen, blonden Haaren stand in alle Richtungen ab. Wir kletterten in das Boot eines einheimischen Skippers, dessen tiefbraune Lederhaut Zeugnis von einem Leben zwischen Wasser und Sonne ablegte.

»Nehmt Tabletten gegen Seekrankheit, das Meer ist heute aufgewühlt«, raunte er.

»Muss das sein?«, fragte mein Vater. »Sebastian ist ein zarter, sensibler Junge. Ich bin mir nicht sicher, ob er das Medikament verträgt.«

»Es gibt Regeln! Wer dagegen verstößt, bleibt an Land.« Der Gesichtsausdruck des Skippers verdeutlichte, dass er keine Widerworte akzeptierte.

Da ich Regeln hasste, warf ich die Tablette kurz vor der Abfahrt in einem passenden Moment über Bord.

Nach einer halben Stunde auf wütenden Wellen bezeugte ein fader Geschmack auf der Zunge sowie ein diffuses Magengrummeln, dass ich einen Fehler begangen hatte.

»Du bist ja kreidebleich! Geht es dir nicht gut?«, sagte meine Mutter und zog ihre Stirn in Falten. Sie strich durch mein zerzaustes rotes Haar und richtete meine Nickelbrille, die schief auf der Nase gesessen hatte.

Anstatt zu antworten, schaute ich an mir herab und bemerkte, wie meine langen schmalen Hände mit Fingern, dünn wie Zahnstocher, zitterten.

Ich wich ihren Blicken aus und starrte auf das Meer.

Am Horizont schimmerte das Riff – ein himmelblauer
Saphir auf dem Dekolleté der Erdgeschichte.

Hoffnung keimte auf.

Sicher geht es mir unter Wasser besser.

An den Korallenbänken suchte der Skipper nach einer
geeigneten Stelle zum Schnorcheln.

Während er den Anker warf, erfrischten die Passatwinde
unsere verschwitzten Körper.

Es bereitete mir Mühe, Badehose und Schnorchelausrüstung
überzustreifen, doch der türkisfarbene Ozean mit den
verspielten Schattierungen weckte neue Kräfte in mir.

*Rein ins Meer, sonst merkt der Skipper, dass ich seine Anweisung
missachtet habe und unter Seekrankheit leide.*

Ich sauste die Leiter runter und wäre beinahe mit dem
Hinterkopf an der Seitenwand des Bootes aufgeschlagen.

»Nicht so hastig, Junge! Das Riff ist gefährlich«, sagte er.

»Nimm dich in Acht vor Seeschlangen, den Steinfischen mit
ihren Rückenstacheln oder den Moränen, die in Höhlen auf
ihre Opfer lauern.«

»Bleib in der Nähe des Bootes! Wir kommen nach, dann
erkunden wir das Naturwunder gemeinsam«, versprach die
Mutter. Ihre Worte klangen gedämpft, wie in Watte gepackt.

Ein Sprung ins Wasser – ich war überwältigt.

Die Korallen präsentierten ihre Schönheit durch
fantasievolle Gerüste mit grellen Farben.

Eine Symphonie in Blau und Grün, die gesamte Palette der
Farbspektren schimmerte im diffusen Licht der

Unterwasserwelt. Bizarre Formen schossen wie Raketen in die Höhe. Runde Gebilde wechselten sich ab mit stabähnlichen Formationen, die sich in der Strömung wogen. Kitschig bunte Fische in allen Größen und Farben tummelten sich zwischen Steinkorallen – zeitlos und erhaben, wie Astronauten beim Spaziergang im All.

Tausend Eindrücke stürmten gleichzeitig auf mich ein.

Es gelang mir nicht, die Reizvielfalt zu verarbeiten.

Stattdessen schluckte ich Salzwasser.

Schwindel stellte sich ein, der zum wiederholten Erbrechen führte.

Meine Augen weiteten sich.

Ich öffnete den Mund, um nach Luft zu schnappen, doch da war nichts außer flüssiges Nass.

Eine Stille, ein Friede, den ich nie zuvor wahrgenommen hatte, umhüllte mich.

Ich erstarrte.

Lebe ich noch oder bin ich gerade ertrunken?

Ich hielt mich an einer Steinkoralle fest und sah, wie ein Mantarochen mit elegantem Flügelschlag durch die See schwebte. In kreisenden Bewegungen nahm er Plankton auf.

Zwei Meeresschildkröten paddelten ins tiefe Wasser.

Wirre Gedanken schwirrten durch meinen Kopf.

Ich befürchtete, den Verstand zu verlieren, doch die sanften Bewegungen des Meeres in den Korallengärten beruhigten mich, zumal es mir vergönnt war, zu sehen, zu hören und zu schmecken. Mein Brustkorb hob und senkte sich, ganz so, wie es immer gewesen war.

Handelt es sich um eine Halluzination, um die Traumzeit der Aborigines, die meine Sinne trübt?

Um Gewissheit zu erlangen, kraulte ich zurück an die Wasseroberfläche, zur Welt da draußen, die mir vertraut war.

Ich tauchte auf – die Sonne brannte auf der Haut, das Licht flimmerte vor meinen Augen.
Beim Luftschnappen bemerkte ich am Horizont einen winzigen Punkt - das Boot des Skippers mit meinen Eltern dümpelte vor sich hin.
Leuchtraketen schossen in die Luft und illuminierten das Blau des Himmels.
»Ich bin hier, am anderen Ende des Riffs«, rief ich ihnen zu.
Sie reagierten nicht. Die Distanz zwischen uns war zu groß.
Nach wenigen Atemzügen realisierte ich, dass ich unter dem Gasgemisch der Erdatmosphäre litt, es nicht vertrug.
Außerhalb des Wassers drohte mir der Erstickungstod.
Mein Herz ratterte wie ein Presslufthammer.
Ich kniff mir in die Backe, stieß einen Schrei aus, der sogar die Fische verscheuchte.
Es half nichts - ich driftete durch das Meer, in einer neuen Existenzform, die nichts mit dem vorangegangenen Dasein gemein hatte. Es war unmöglich, zu den Eltern zurückzukehren, selbst dann, wenn es mein Wille gewesen wäre. Es brach mir das Herz, dass es mir verwehrt war, mich von ihnen zu verabschieden.
Für Sekunden tauchte das Lächeln der Mutter vor meinem geistigen Auge auf.
Ich zögerte, doch dann schwamm ich hinunter ins tiefe Wasser und genoss die Grenzenlosigkeit, die sich mir bot.
Mit den Wellen kam das Gefühl zurück, die Erinnerung daran, wie ich im Kindesalter der Faszination der Meereswelten erlegen war.

Ich genoss den warmen Wasserstrom, der mich durch die Korallengärten führte.

Der Versuch, mich an die aquatische Lebensform zu gewöhnen, verlief holprig. Ich schlief nicht, verspürte keinen Appetit, fror trotz tropischer Wassertemperatur.
Es bereitete mir Mühe, den Sauerstoff aus dem Wasser herauszufiltern.
Erst mit der Zeit lernte ich, wie man im Meer atmete.
Allmählich gewann ich die Lebensfreude zurück und nahm die vor mir liegenden Herausforderungen an. Ich hoffte, den Traum meiner Kindheit zu leben und mich einer Gruppe von Delfinen anzuschließen.

Nach zwei Monaten wagte ich es, das Außenriff zu erkunden. Ich spürte sofort, dass ich eine Grenze überschritten hatte, aber es war bereits zu spät: Eine RIP-Strömung riss mich ins offene Meer. Ich wusste aus den Büchern über Meereskunde, was das einzig Richtige in dieser Situation war: Ich bewahrte Ruhe, trieb mit der Strömung und schwamm parallel aus dem Sog heraus.
Noch mal gut gegangen!

Zurück am Innenriff zogen mich Pfeiftöne in ihren Bann. Mir war sofort klar, worum es sich handelte.
Delfine, endlich sind sie da.

Von Kindesbeinen an war ich den Reizen des Duisburger Zoos erlegen gewesen, wobei mich besonders die Delfine mit ihren Kunststücken fasziniert hatten:
Einmal wurde ich im Alter von neun Jahren mit einem kleinen Boot von einem Delfin durch das Bassin gezogen.

Vom Beckenrand aus streichelte ich seine warme, glatte
Haut – ein Erlebnis, das meine Liebe zu den Tieren weckte,
eine Seelenverwandtschaft, die mich auf geheimnisvolle
Weise mit ihnen verband. Besonders das in Gefangenschaft
geborene Delfinweibchen Delhi war mir zugetan.

Damals gewann ich den Eindruck, dass sie und die anderen
Tümmler glücklich waren, ihre Kunststücke mit Freude dem
begeisterten Publikum präsentierten, den tosenden Applaus
genossen.

Heute weiß ich, wie sehr die Meeressäuger unter der
bedrückenden Enge in flachen Betonbecken leiden.

Der größte Tümmler schwamm auf mich zu: »Bravo! Was
dir gelungen ist, schaffen nur wenige. Ein neues Leben in
Freiheit«, pfiff er.

Ich traute meinen Ohren nicht. Unter Wasser verstand ich
seine Sprache, interpretierte jeden einzelnen Pfeifton.

Nachdem ich den ersten Schrecken überwunden hatte,
spitzte ich den Mund und pfiff: »Ich weiß nicht, warum
ausgerechnet mir so etwas passiert. Ohne den Sauerstoff aus
der Luft müsste ich längst tot sein.«

Es bereitete dem Delfin keine Probleme, hinter dem Sinn
meiner merkwürdigen Laute zu kommen.

Die Antwort kam postwendend: »Frage nicht nach dem
warum oder weshalb. Jemand, der uns und die Natur liebt,
stirbt nicht an einer Alkoholvergiftung, sondern wird, wenn
er fest daran glaubt, wie wir.«

»Nehmt mich in euren Verband auf. Es ist mein
Herzenswunsch, die Delfinschule zu besuchen.«

»Das ist unmöglich«, pfiff ein anderer Delfin, der an der
Wasseroberfläche mit seinem Blasloch nach Luft schnappte.

»Du musst erst lernen, im seichten Wasser zu überleben. Im offenen Meer lauern Raubfische, für die du eine leichte Beute bist. Gewöhne dich im Korallenriff an das Leben unter Wasser. Dort befindest du dich in Sicherheit.«
»Nein, lasst mich nicht allein!«, pfiff ich.
Die Tümmler ignorierten meine Bitte und düsten ins offene Meer.

Ich kraulte zurück zum Riff und suchte mir eine Öffnung in einer Steinkoralle, peinlichst darauf bedacht, keiner Moräne oder anderen Seeschlange in die Quere zu kommen.
Vor Müdigkeit schlief ich ein und träumte von den Eltern. Wie ging es ihnen? Brannte im Jugendzimmer an meinem Geburtstag eine Kerze? Vermissten sie mich?
Sie taten mir leid, denn sie ahnten nichts von der Verwandlung. Sicher würde es sie trösten, wenn sie erführen, wie wohl ich mich im Meer fühlte und mit welcher Unbekümmertheit ich der Zukunft entgegensah.

Jahre vergingen.
Ich hatte mich an das Dasein im Ozean gewöhnt, kannte jede Stelle im Riff, das unter der glühenden Sonne die Farbenpracht verlor.
Die im Überfluss vorhandenen Meerespflanzen dienten mir als Nahrung.
Mein Körper war nicht mehr derselbe wie zuvor am Land. Die Kiemen wuchsen vollständig aus, die Ohren verschmolzen mit dem stromlinienförmigen Körper.
Meine helle, durchscheinende Sommersprossenhaut verwandelte sich zu einem rauen, öligen Panzer - ideale Voraussetzungen für ein Leben im Meer.

Ich wusste nicht, wie mein Gesicht aussah, denn es gab im Meer keine reflektierenden Oberflächen. Das kam mir entgegen, denn mit meiner schmächtigen Statur und der unreinen Haut hatte ich an Land Schwierigkeiten gehabt, bei Mädchen Interesse hervorzurufen.

Ich lernte rasch, wer zu meinen Freunden gehörte und wer nicht. Den gefräßigen Riffhaien ging ich aus dem Weg, obwohl ich nicht in ihr Beuteschema passte.

Das Sozialverhalten der Fische faszinierte mich, ihre Brutalität gegenüber fremden Arten schreckte ab.

Überall lauerten Gefahren. Es gab Spezies, die am Tag jagten. Andere nutzten den Schatten der Nacht für sich aus.

Ich begriff, dass es in einer Gefahrensituation lediglich zwei Möglichkeiten gibt: Flucht oder Angriff.

Mehrfach retteten mir die Instinkte das Leben.

Je länger ich im Wasser lebte, desto mehr vermisste ich mein altes Zuhause, die Eltern und die Freunde, mit denen ich die Schulbank gedrückt hatte oder ins Kino gegangen war.

Am Schlimmsten wog die Einsamkeit, die sich über mein Herz legte wie die Nacht, die der Sonne den Zutritt verweigert. Ich driftete allein durch den Ozean, der einzige meiner Art - ein Wanderer zwischen Elementen.

Ich befand mich in der gleichen Situation wie am Land.

Mir fehlte die Partnerin zur Gründung einer Familie.

Wo war Carola?

Für mich gab es keine Liebe in dem Meer aus Farben und Formen. Außerdem verstand ich die Laute der Fische nicht. Umgekehrt wussten auch sie nichts mit meinen merkwürdigen Pfeiftönen anzufangen.

Lebten in der Tiefsee andere Fischmenschen? Eine

Meerjungfrau, stolz und wild, wie eine junge Aborigine?
Würden mich die Delfine in ihre Schule integrieren?
War es möglich, eine hübsche Delfindame zur Frau zu
nehmen?

Gedanken kamen und gingen mit den Gezeiten.
Pläne wurden aufgestellt und wieder verworfen.
Ich wusste, wie schwer es mir im offenen Meer fiele, ohne
den Schutz eines Schwarms zu überleben.
Am Ende meiner Überlegungen schlug das Verlangen nach
Liebe alle Bedenken in den Wind.

Als die Sonne im Zenit stand, brach ich auf.
Ich verließ die Höhle und driftete durch den Ozean, hinein
in eine Welt voller unbekannter Wesen und Abenteuer.
Ich schwamm vorbei an Schifffahrtsstraßen, auf denen
Containerschiffe und Kreuzfahrtdampfer mit ihrem
Schweröl die Meere verpesten.
Niemals hätte ich es für möglich gehalten, dass sich
dermaßen viel Müll im Ozean befindet: Plastikpartikel,
Verpackungsmaterialien und Abfälle aus Fischerei sowie
Netzreste oder Taue trieben im Wasser und versperrten mir
den Weg.
Beinah hätte ich mir an den messerscharfen Kanten einer
Konservendose den Bauch aufgeschlitzt, doch bis auf eine
blutende Wunde an der Flosse blieb ich unverletzt.
Wie aus dem Nichts heraus tauchte der weiße Hai auf, der
mir die Allgegenwärtigkeit des Todes in der Natur vor
Augen führte.
Der nächste Kontakt mit den Raubfischen endet tödlich, dachte ich
und erinnerte mich an die Warnung des Delfins.

Ich beschloss, Vorsicht walten zu lassen. Tagsüber suchte ich Schutz am Meeresboden. Die Nacht diente dazu, weiter voranzukommen.

Mit der Zeit wurde das Meer immer tiefer, finstere Schluchten taten sich auf, Strömungen brachten mich vom Weg ab. Meine Kräfte schwanden, zumal es keine Pflanzen gab, die mir Nahrung boten. Nirgends fand ich ein Wesen, das mir ähnelte.

Es ist sinnlos! Ich bin ein Appetithappen für Jäger, die darauf warten, mich zu verschlingen.

Der Versuch, zum geschützten Riff zurückzukehren, scheiterte. Ich hatte jegliche Orientierung verloren.

Nach einer schlaflosen Nacht, in der zahlreiche Raubfische an mir vorbeigezogen waren, hörte ich am Morgen leise Klicklaute.

Eine Sinnestäuschung? Nein, die Vermutung wurde zur Gewissheit.

Das sind meine Freunde, die Delfine!

Durch Pfeifen machte ich auf mich aufmerksam.

Niemand reagierte.

Ich geriet in einen Schwarm von Thunfischen, die wie Pfeile durch das Wasser schossen.

Delfine tauchten auf, die ihren Beutefischen hinterher hechteten.

Ich bewunderte die ausgefeilte Jagdstrategie: Ein Delfin trieb die Fische zu den anderen im Team, die ihre Körper aneinandergereiht hatten und so eine Wand bildeten.

Um die Barriere zu umgehen, sprangen die Thunfische aus dem Wasser. In diesem Moment tauchte ein anderer Delfin auf und schnappte sich die Beute aus der Luft.

Als ob die Delfine einem geheimen Kommando gehorchten, endete die Jagd. Sie orteten mich, kamen mir entgegen geschwommen und bildeten einen Kreis um mich.

Es handelte sich jedoch nicht um die Gruppe, die mich vor Jahren am Riff zurückgelassen hatte.

Würden sie angreifen? Begriffen sie, dass ich kein Feind war, sondern ihrer Hilfe bedurfte?

Meine Kiemen vibrierten – wie Lüftungsklappen, die Leistungsgrenzen überschreiten.

Der größte der Delfine, der mehrere Thunfische in der Luft geschnappt hatte, blickte mir in die Augen und pfiff: »Was bist du für ein komisches Wesen? Du erinnerst mich von der Erscheinung her an einen Menschen, aber ich begreife nicht, wie du es geschafft hast, im Meer zu überleben. Hast du verstanden, was ich dir gesagt habe?«

Anstatt zu antworten, brachte ich keinen Ton heraus.

Ich hatte sie beim Jagen gestört und fürchtete ihren Zorn.

Fluchtgedanken schwirrten durch meinen Kopf, obwohl ich wusste, dass jeder Versuch, ihnen zu entkommen, zum Scheitern verurteilt war.

Die Klicklaute überschlugen sich. Sie dröhnten in meinen Ohren.

Die Delfine wackelten mit den Köpfen. Sie berührten sich gegenseitig mit ihren Schnäbeln.

Ich vermutete, dass die intelligenten Säuger darüber berieten, wie sie sich mir gegenüber zu verhalten hatten.

Die Unterhaltung endete. Das Wedeln der Flossen bewies, dass sie vor Erregung bebten.

Ich wagte nicht, mich zu bewegen, sondern starrte auf den Meeresgrund, wo ein Schiffswrack vor sich hingammelte.

Aus der Ferne vernahm ich den Gesang eines Wales, der Melodie des Meeres.

Alle Blicke ruhten auf mir, weitaufgerissene Augen voller Mitleid.

Sekunden verwandelten sich in Stunden.

Die Delfine drehten sich um und nahmen Fahrt auf – den Thunfischen hinterher, die ein beträchtliches Stück vorangekommen waren.

»Halt, nehmt mich mit! Ich liebe Delfine und bin seit Jahren auf der Suche nach euch.«

Der große Tümmler kam zurückgeschwommen und pfiff: »Ich wusste es! Du sprichst unsere Sprache.«

»Ja, aber ich möchte von euch lernen. Ich bin vor einer Woche aus meinem Zuhause, dem Riff, ausgerissen. Seit Tagen habe ich keine Pflanzen gefunden. Ich bin hungrig!«

Tosendes Gelächter schlug mir entgegen.

»Ha, ha, ha! Ein Vegetarier! Na, dann bist du ja bei uns richtig. Wir bevorzugen rohen Fisch.«

»Das macht nichts«, flunkerte ich. «Früher gab es bei uns zu Hause einmal in der Woche Sushi.«

Zwei andere Delfine schossen auf mich zu und gaben mir mit ihren Flossen einen Klaps auf den Allerwertesten.

»Schwadronier nicht rum, sondern folge uns. Wir helfen Menschen, zu denen du im weitesten Sinne gehörst, sofern es in unserer Macht steht. Säuger halten bei Gefahr doch zusammen, oder?«

Ich wagte nicht, ihnen zu widersprechen.

Man nahm mich in die Mitte des Teams und riss mich mit.

Ich empfand tiefe Zufriedenheit.

Mein Kindheitstraum hatte sich erfüllt.

Ich triefte vor Glückseligkeit, vergaß die Welt mit ihrer Unzulänglichkeit.

Die Tage rasten schneller vorbei als Speedboote, mit denen wir im Bereich von Inselgruppen im Südpazifik um die Wette schwammen.

Nach anfänglichen Schwierigkeiten hatte ich mich in der Delfinschule etabliert. Die Tümmler akzeptierten mich und gewährten mir Schutz.

Einiges missfiel mir, vor allem der rohe Fisch bereitete mir Probleme, doch mit der Zeit kam der Magen mit der ungewohnten Kost zurecht.

Wir vertrödelten heiße Tropentage unter der Wasseroberfläche, spielten mit den Wellen oder beobachteten sich hoch auftürmende Gewitterwolken, aus denen Regenmassen hernieder stürzten.

Wir zelebrierten die Freiheit, ein Leben ohne Regeln und Gesetze, die dem Glück der Menschen entgegenstehen.

Bei der Jagd war ich den Delfinen im Weg, denn mir fehlte die Geschicklichkeit, um Fische aus der Luft zu schnappen. Mir kam die Aufgabe zu, mit anderen Delfinen eine Mauer zu bilden, über die unsere Beutefische sprangen. Trotzdem wurde ich von den Tümmlern nach jeder Jagd mit Fisch versorgt. Wenn Orcas auftauchten, wurde es brenzlig, aber unser Teamleiter warnte uns rechtzeitig, sodass uns die Raubfische nicht fraßen.

Einmal kam ein Ball angeschwommen, den Kinder beim Spielen in der Lagune zurückgelassen hatten.

Mit weißen Punkten auf rotem Hintergrund sah er wie ein Maikäfer aus. Der Ball diente uns als Spielgerät.

Als Junge war ich vernarrt in Fußbälle gewesen, hatte stundenlang in der prallen Sonne auf der Ersatzbank gesessen und auf den Einsatz gewartet: Der Trainer mobbte mich und wechselte mich nur dann ein, wenn nicht genügend Jungen anwesend waren oder sich einer von ihnen im Verlauf des Spiels verletzte. Einmal klopfte er mir auf die Schulter, weil mir wider Erwarten bei einem Kurzeinsatz eine gute Aktion gelungen war. Doch beim nächsten Match kauerte ich erneut an der Seitenlinie. Ich bekam keine Chance, mich in die Mannschaft zu integrieren oder den Teamgeist und die Kameradschaft zu genießen, die dieser Sport gewöhnlich mit sich bringt. Insgeheim wünschte ich mir, mit Leonel Messi im Camp Nu, dem Fußballstadion des FC Barcelona, aufzulaufen. Wie gerne hätte ich ihm einen Pass in den Lauf gelegt, den Geniestreich, der den Weg zum Siegtor in einem Champions League Finale ebnet.

Heute weiß ich, dass es nicht wichtig ist, im Leben zu den Besten zu gehören, sondern dass man seinen Traum verfolgen muss, auch dann, wenn er für immer eine Schimäre bleibt.

„Autsch!" Ein Delfin hatte den Ball in meine Richtung geschlagen und mich am Hinterkopf getroffen.

Halb so wild, dachte ich, denn das Ballspiel im Wasser gefiel mir besser als der verbissene Fußballsport am Land, bei dem jedes Mittel recht ist, um den Gegner niederzuringen. Bei den Delfinen gab es keinen Sieger, kein Abseits, kein Seitenaus oder einen Schiedsrichter, der die gewagtesten Aktionen abpfiff. Mal peitschte der Ball über die Wasseroberfläche, um im nächsten Moment in die Luft katapultiert zu werden. Ich gelangte selten in seinen Besitz, und wenn doch, dauerte es nur wenige Sekunden, bis man ihn mir wieder abnahm.

Dennoch genoss ich das Spiel, bei dem es keine Verlierer gab. Wir kickten so lange, bis der Ball weich wurde, allmählich die Luft verlor. Einer der Delfine hatte hineingebissen, anstatt ihn zu touchieren.

Am Ende trieb zähes Gummi über den Wellen, für das sich niemand interessierte. Es war uns einerlei, keiner machte dem Spielverderber Vorwürfe. Wir waren glückliche Wesen, die schwerelos im warmen Südäquatorialstrom drifteten. Niemand dachte an den nächsten Tag.

Trotz gemeinsamer Spiele und Jagden wahrten die Tümmler eine gewisse Distanz zu mir. Sie wussten, dass ich einer fremden Spezies angehörte.

Kein weiblicher Delfin verliebte sich in mich.

Eine ältere Delfindame, die mich von ihrem Erscheinungsbild an Delhi aus dem Zoo erinnerte, sagte einmal zu mir: »Armer Sebastian. Ich bin mir sicher, dass im Meer die große Liebe auf dich wartet, eine Fischfrau, die ebenso wie du auf der Suche nach einem Partner ist. Doch die Ozeane sind immens. Es kann Jahrzehnte dauern, bis du zufällig mit ihr zusammentriffst. Es ist ebenso gut möglich, dass du ewig einsam bleibst.«

Wenn ich die große Liebe finde, öffnen sich die Tore von tausend Himmeln. Dann gleiten wir auf weißen Rochen schwerelos durch das Wasser, bis die Sterne für uns ins Meer fallen, dachte ich.

Ungeachtet der Sonderstellung genoss ich die Zeit bei den Delfinen in vollen Zügen.

Es war der Höhepunkt des Lebens, eine Traumzeit voller

Wunder und Geschichten, die das Meer erzählt.
Bei schönen Sonnenuntergängen drehte ich Pirouetten,
tanzte erst nach links, dann nach rechts, um im nächsten
Moment wie ein Pfeil zur Wasseroberfläche zu schießen.
Dort verharrte ich regungslos und ergötzte mich an der
Magie der Natur – Momente, bei denen ich mich wie im
Paradies fühlte. Nichts erinnerte an die Vergangenheit –
Aufgaben, Pflichten oder Zwänge vor meiner Wandlung
gingen mit den Wellen und dem Passatwind, der uns bei
allen Erkundungen begleitete.

Am Tag der Wintersonnenwende jagten wir den größten
Thunfischschwarm, den ich jemals gesehen hatte.
Aus der Ferne hörte ich Geräusche – ein dumpfes
Brummen, monoton und unheimlich, wie der Anflug von
Langstreckenbombern auf feindliche Bastionen.
»Stopp! Diesen Lärm kenne ich. Flieht, es ist eine Falle!«
Die Delfine waren durch die Jagd auf Thunfische abgelenkt
und missachteten meine Warnung.
Eine Barriere tauchte auf – ein senkrecht schwimmendes,
rechteckiges Netztuch, das uns und den Thunfischen den
Weg versperrte.
»Raus aus dem Wasser, tief einatmen und über das Netz
springen«, rief ich ihnen zu, doch es war zu spät.
Hilflos zappelten die Delfine gemeinsam mit den
Beutetieren im Treibnetz.
Ich schwamm auf meine Freunde zu, um sie aus ihrer
prekären Lage zu befreien.
Vergeblich - ich verfing mich ebenso wie sie in den Netzen.
Einige Delfine stießen mit den Köpfen durch die Maschen
und hängten sich beim Zurückweichen auf.

Die Schmerzenslaute im Angesicht des Todes rührten mich zu Tränen.

Nach wenigen Minuten war die Hälfte des Teams gestorben.

Auch einige Meeresschildkröten baumelten in den Netzen, wo sie qualvoll ertranken.

Ohnmächtige Wut stieg in mir hoch, ein Hass, den ich in dieser Form nie zuvor empfunden hatte.

Nach einer Stunde zog man uns hoch.

Zwei weitere Delfine rührten sich nicht mehr.

Ihre geöffneten Augen gingen in eine unendliche Weite.

An der Wasseroberfläche bekam ich die Zuckungen meines Körpers nicht unter Kontrolle.

Meine Lunge brannte, als ob sich ein Eisenbarren in meinem Brustkorb befand.

Es stank nach Habgier und Schweiß.

»Was ist das für eine Ausgeburt der Hölle?«, fauchte ein Mann, der mit einem Metallstab auf mich einschlug.

Ich wunderte mich, dass ich den auf Englisch formulierten Satz nach so langer Zeit im Meer verstand.

In letzter Sekunde drehte ich mich zur Seite und wich den Hieben aus.

Es nützte mir nichts.

Kräftige Arme beförderten mich auf die Backbordseite.

Ich schaute in Gesichter, in denen sich Panik mit Entsetzen mischte.

Flucht oder Angriff?

Wie ein Messer rauschte die Alternative durch mein Gehirn, doch mir blieb keine Wahl: Ehe die Männer mich gefangen nahmen, schnappte ich nach der Hand des Schlächters und biss sie ab.

Schmerzenslaute, Hilferufe, Panik regierte an Bord.

Während die Fischer nach Steuerbord flohen, lag der Schlächter vor mir auf den Planken und winselte wie ein verwundeter Hund.

Ein Seemann, der ihm zur Hilfe kam, schrie: »Verdammt! Eine Bestie aus der Tiefsee!«

Ihm spritzte das Blut seines Kameraden ins Gesicht.

Ich zappelte, wand mich wie ein Wurm im Regen, versuchte, von dem Kutter zu fliehen.

Es schien aussichtslos.

Mehrere Fischer fixierten mich mit Eisenhaken und zerrten mich in die Höhe.

Die Angst in mir betäubte den Schmerz.

»Das ist ein verfluchter Wassermann, vermutlich ein Shopiltee, der in verschiedener Gestalt erscheint! Dieser Dämon kommt nicht aus hiesigen Gewässern, sondern treibt in schottischen oder anderen nordeuropäischen Regionen in Seen sein Unwesen«, brüllte der Kapitän von der Brücke.

»Er wird uns alle ertränken und genießt es, sich an unserem Blut zu laben: Tötet ihn! Tötet ihn!«

Die Seeleute bildeten einen Halbkreis um mich herum.

Einer von ihnen zielte mit einer Harpune auf meinen Körper.

Der Pfeil traf mich mitten in die Brust.

Die Schmerzen führten mich an den Rand der Ohnmacht.

Mit letzter Kraft wehrte ich mich gegen das Verlöschen, taumelte, schlug mit dem Kopf auf den Boden auf, robbte zur Reling.

Vor dem Ersticken gelang es mir, trotz wütender Tritte der Besatzung, ins Meer zu springen. Harpunenpfeile schwirrten durch die Luft. Sie verfehlten ihr Ziel und schlugen neben mir im Wasser ein.

Blut färbt Wasser rot.
Ein Omen für das bittere Schwarz des Todes.
Wie im Kaleidoskop läuft mein Leben vor dem geistigen Auge ab: Ich sehe mich beim Babyschwimmen im Planschbecken nach Luft schnappen. Im Alter von fünf Jahren überreicht mir der Bademeister mein erstes Schwimmabzeichen, das Seepferdchen.
Als zehnjähriger Schüler renne ich in Westerland den Strand entlang und springe, trotz frostiger Temperatur, in die schäumende Nordsee. Schließlich stehe ich am Beckenrand des Delfinariums, wo ich lächelnd den Delfinen zuwinke.
Das Bild von Carola taucht auf, die erste Liebe, die mich so tief verletzt hat.
Lebe ich in ihren Gedanken? Macht sie sich Vorwürfe? Wäre ihre Entscheidung anders ausgefallen, wenn sie gewusst hätte, dass mir die Trennung das Herz brach?

Das warme Wasser schmeichelt meiner verletzten Seele.
Ich freue mich, dass die Fischer zwei Delfine lebend ins Meer zurückwerfen.
Mit einem Satz entkommen sie ihren Peinigern.
Sie schwimmen der Sonne entgegen, in die Freiheit.
Ich dagegen bin zu schwer verwundet, um mich aus der Umarmung des Todes zu lösen.
Kraftlos schwebe ich in die Tiefe, hinein in einen Ozeangraben - in eine Leere, die mit Finsternis gefüllt ist.

Seid nicht traurig, wenn ich die Welt mit ihrem Leiden verlasse. Es gibt keinen Grund dafür, denn ich sterbe dort, wo mein Herz Obdach findet.

In der Traumzeit ruht mein Geist in Frieden, bis die Berge aus dem Meer wachsen und mich ans Himmelslicht führen. Warten die Aborigines dort auf mich, um mir ihre Mythen und Legenden zu Füßen zu legen?

Schöne neue Arbeitswelt

Emil Stoppelkamp riss am Morgen mit hochrotem Kopf die
Bürotür auf, denn er hatte zum ersten Mal seit Eintritt in
den Betrieb verschlafen.

Eine samtweiche Frauenstimme begrüßte ihn: »Na, Emil,
wieder mal spät dran? Ich bin Alexa, deine neue
Mitarbeiterin. Es ist mir eine Ehre, dich bei der Arbeit zu
unterstützen.«

»Huch, ein digitaler Sprachassistent! Was mutet mir der
Computer - Freak diesmal zu«, brummte Emil und donnerte
die Tür sofort wieder ins Schloss.

Emil hasste Computer, denn sein Online-Konto war vor
Jahren bei einem Hackerangriff bis auf den letzten Cent
geleert worden. Seit jenem Tag nutzte er Computer lediglich
in Ausnahmefällen. Er bevorzugte analoge Arbeitsgeräte und
persönliche Kontakte. Das Augenzwinkern oder das
Stirnrunzeln eines Gesprächspartners sagten ihm mehr als
tausend Emails. Aus der Wohnung hatte er alle netzfähigen
Geräte entfernt.

Der Endvierziger hechtete über den Flur zu seinen
Kolleginnen, Ute Herrlich und Erika Friese, die sich seit
Jahren ein Zimmer teilten. Die Tür stand offen, wie eine
Einladung. Dennoch klopfte er an.

Als niemand antwortete, trat er einen Schritt vor und ging
ins Zimmer.

Erika hockte wie eine Statue hinter dem Schreibtisch. Ihre
Finger flogen über die Tastatur des Computers.

Aus dem Hintergrund ertönte eine kehlige Männerstimme.

»Hallo Emil! Darf ich mich vorstellen?«

»Ne, lieber nicht!«

»Ich bin Alex, Erikas neuer Mitarbeiter und bitte dich darum, meine Administratorin nicht von der Arbeit abzuhalten. Kehre in dein Zimmer zurück und kümmere dich um deine Arbeitsaufträge.«

»Wer, zum Teufel, …ist… das?« Emil bemerkte, wie ein Leuchtring am oberen Rand einer säulenförmigen Blechdose, die mitten auf dem Schreibtisch der Kollegin stand, in grellen Farben schillerte.

»Ach, das ist nur Alex 1«, sagte Erika und zuckte mit den Schultern. »Seit heute Morgen steht er in meinem Büro. Der Chef will es so.«

»Ute fällt in den nächsten zwei Wochen aus. Erika, du übernimmst die Vertretung«, tönte eine andere Blechdose, die neben einem Blumentopf auf der Fensterbank im Licht der Morgensonne erstrahlte.

»Noch so ein Schrotthaufen?« Emil raufte sich die Haare.

»Warum so despektierlich? Ich bin der neue Mitarbeiter von Ute, die sich heute krankgemeldet hat«, sagte Alex 2. Sein Leuchtring blieb bei der Farbe „Rot" hängen.

»Das ist bedauerlich, aber was geht dich das an?« Emil stand kurz davor, die Blechdosen mit gezielten Fußtritten außer Betrieb zu setzen.

»25 Krankheitstage seit Jahresbeginn, darunter zehn Tage ohne ärztliches Attest. Fünf Tage entfallen auf einen Montag, vier auf einen Freitag. Der Referenzvergleich ergibt…«

»Aufhören! Es ist das dritte Mal, dass du mir diesen Mist erzählst«, schimpfte Erika. »Du bist dazu da, uns zu

entlasten und nicht, um meine Nerven zu strapazieren.«
Erika verzog das Gesicht zu einer Grimasse und widmete
sich - ohne den Prokuristen zu beachten - ihren Vorgängen.

Mit Dutt und runder Nickelbrille auf einer konvexen Nase
wirkte die 56-jährige wie eine Gouvernante, die ihre Schüler
mit strenger Disziplin erzog. Sie war – nicht zuletzt aufgrund
eines länger zurückliegenden Techtelmechtels - die engste
Vertraute von August Degenhart, dem Besitzer der kleinen
Dorfdruckerei, für den sie und Emil arbeiteten. Sie war die
einzige Angestellte, die den Chef duzte. Sie galt als äußerst
zuverlässige Mitarbeiterin, feierte nie krank, ignorierte
geregelte Arbeitszeiten und hatte die Angewohnheit, die
Arbeit ihrer Kollegin Ute, der Buchhalterin, zu kontrollieren.
Da sie von deren Aufgaben nicht die geringste Ahnung
hatte, gab es zwischen den beiden Frauen häufig Streit.
Emil hatte eine Abneigung gegen Gouvernanten und
beschränkte die Kontakte mit ihr auf das Nötigste.

»Es gibt Wichtigeres, als den eigenen Schreibtisch«, mahnte
er und begab sich auf den Weg zum Chef.
*Ich stelle ihn zur Rede. Ich ertrage diese ständigen Experimente nicht
länger.*
Durch das Vorzimmer, in dem seit Jahren niemand arbeitete,
schlich er in das Büro des Firmeninhabers.
Herr Degenhart, ein untersetzter, übergewichtiger
Endfünfziger, thronte mit hochgelegten Beinen hinter dem
Schreibtisch und biss in ein Brötchen, dessen Krümel sich
auf seinem Hemd verteilten. In der Mitte des Tisches
standen sechs Monitore in einem Halbkreis.
Die Benutzeroberflächen flackerten und kommunizierten

miteinander. Auf dem Boden lagen zwei Drohnen, die der Inbetriebnahme harrten.

Degenhart war von seinem Vater gezwungen worden, in den Familienbetrieb einzusteigen, obwohl sein Herz von Jugend an für die digitale Welt geschlagen hatte:
Bereits als 14-Jähriger war er süchtig nach Computerspielen. Später entwickelte er raffinierte Games, die jedoch nie die Serienreife erreichten. Er nahm ein Informatikstudium an der Universität auf. Nach zwei Semestern war Schluss, denn sein Vater hatte ihm den Geldhahn zugedreht. Auf dessen Betreiben wechselte der Student zum Maschinenbau – eine Fachrichtung, die ihm nicht lag. Nach dem Tod des Vaters führte Degenhart die Druckerei halbherzig weiter und unterließ notwendige Neuinvestitionen. Für ihn war die Firma nichts weiter als eine Einnahmequelle zur Finanzierung seiner Leidenschaft.
Zweimal hatte er geheiratet – beide Ehen scheiterten.
Er liebte es, mit Computern zu experimentieren, und stand technischen Neuerungen aufgeschlossen gegenüber. Vor einem Jahr hatte man ihm den Vorsitz des „Cyber – Computerklubs" übertragen - ein Herzenswunsch, von dem er, seit der Adoleszenz, geträumt hatte. Seitdem verbrachte er die meiste Zeit der Arbeitswoche sowie die Wochenenden im Klub. Durch die Führungsposition war er mit den kreativsten Köpfen der Branche vernetzt.

»Darf ich Sie kurz bei der Arbeit stören?«, fragte Emil und runzelte mit der Stirn.
Ohne das Mahl zu unterbrechen, sagte Degenhart: »Siri, bitte begrüße unseren Gast.«

Der digitale Sprachassistent reagierte umgehend: »Guten Morgen, Emil. Ich muss dir einen Verweis erteilen, denn du bist unangemeldet in das Büro gekommen. Bitte vereinbare mit der Sekretärin einen Termin.«

Die weibliche Stimme Siris klang eine Spur freundlicher als die von Alexa.

Oh nein, noch so ein Ungetüm, dachte Emil und sagte: »Unsinn! Hier gibt es seit Jahren keine Sekretärin mehr.«

»Falsch! Seit gestern bekleide ich diese Stelle.«

Siris Frauenstimme bekam einen harten, abweisenden Touch.

»Ist ja gut, Siri! Wir machen eine Ausnahme. Wer soll denn sonst den Verkauf unserer Produkte ankurbeln?«

Mit den Händen reinigte Degenhart das kurzärmelige Hemd von den Resten des Brötchens. Ein Fettfleck über dem gewölbten Bauch blieb zurück.

»Seit 2016 sechs neue Kunden mit lächerlichem Umsatz sowie…«

»Stopp Siri!«, befahl er.

Der Chef forderte den Prokuristen auf, Platz zu nehmen.

Der Angestellte folgte der Aufforderung widerwillig.

Er schürfte mit den Füßen den Flaum des Teppichbodens ab und beäugte die funkelnagelneuen Computer seines Chefs, Premiumprodukte eines amerikanischen Herstellers.

»Wie kann man nur? Das geht doch nicht! Sie wissen genau, dass ich Computer verabscheue. Wir sind eine Druckerei und kein Entwicklungslabor für Blechkisten.«

»Was erlaubst du dir, Stoppelkamp? Ich sollte dich rausschmeißen. Du passt mit deiner Computerallergie nicht ins Konzept.«

»Man wird ja wohl Kritik üben dürfen. Ich verlange eine Erklärung darüber, was Sie mit den Blechkisten beabsichtigen.«

Es knisterte.

Degenhart kramte ein zweites Brötchen aus der Tüte hervor und biss hinein. »Es ist ein Projekt«, nuschelte er während des Kauens. »Wie du weißt, steht es mit unserem Unternehmen nicht zum Besten. Es gilt, die Prozesse in der Verwaltung zu optimieren, um Personalkosten einzusparen. Es gibt einen Deal mit einem Softwareentwickler.«

»Was für einen Deal?«

Die Webcam des Computers surrte und nahm den Angestellten ins Visier.

»Die übernächste Generation von Sprachassistenten befindet sich sowohl bei Siri als auch bei Alexa in einem frühen Entwicklungsstadium. Derzeit liegt für beide Systeme eine Beta-Version vor, die zahlreiche Fehler aufweist.«

»Wir sind Versuchskaninchen für eine nicht ausgereifte Technologie?«

»Sei dankbar, dass sich die Zukunft in deinem Büro befindet, die innovativsten Geräte mit weit entwickelter künstlicher Intelligenz.«

»Mir wären Investitionen in den Maschinenpark lieber«, sagte der Prokurist und verschränkte die Arme vor der Brust.

»Du mit deiner antiquierten Arbeitsweise aus dem vergangenen Jahrtausend«, spottete der Chef. »Was sagst du dazu, Siri?«

»Von den letzten 40 Arbeitsstunden nur vier Stunden am Computer verbracht, aber privat hat er…«

Das Blut schoss Emil in den Kopf.

Woher *weiß die verdammte Blechkiste, was ich privat am Computer gemacht habe,* dachte er und ärgerte sich darüber, dass er die Browserdaten nicht gelöscht hatte.

»Stopp Siri! Darum geht es jetzt nicht«, sagte Degenhart.

Emil versuchte, seine Erregung unter Kontrolle zu bringen, und sagte: »Ich gehe doch recht in der Annahme, dass eine frühzeitige Information der Mitarbeiter über Ihr Projekt angemessen gewesen wäre. Ich mag es nicht, wenn man mich vor vollendete Tatsachen stellt.«

»Du musst flexibel sein, Stoppelkamp! Die neuen Techniken setzen die Bereitschaft voraus, sich mit Innovationen auseinanderzusetzen und lebenslang zu lernen. Ich habe den Deal am Wochenende eingefädelt. Die Sprachassistenten der Zukunft nutzen intelligente Bots, um uns bei der Arbeit zu unterstützen.«

»Bots? Was ist das für ein komischer Begriff.«

»Dummerchen! Bots sind Computerprogramme, die weitgehend automatisch sich wiederholende Aufgaben abarbeiten, ohne auf Interaktionen mit menschlichen Benutzern angewiesen zu…«

»Chef, Ihre Hose!«

»Die künstliche Intelligenz revolutioniert in wenigen Jahren die Welt.«

»Schon klar, aber Ihr Hosenstall…«

»Jetzt lass mich doch endlich mal ausreden! Was ist denn los mit dir, Stoppelkamp? Es wäre töricht, die sich bietenden Chancen nicht zu nutzen.«

»Ich möchte nur darauf verweisen, dass der Reißverschluss Ihrer Hose offensteht.«

»Ach so, warum sagst du das nicht gleich. Siri, pass in Zukunft besser auf! Es ist die Aufgabe einer Sekretärin, auf solche Missgeschicke aufmerksam zu machen.«

Siri brummte vor sich hin, ein Beleg dafür, dass ihr der Vorwurf missfiel.

Mangelte es ihr an Perfektion?

Degenhart zog den Reißverschluss seiner Hose zu und zwinkerte mit den Augen.

»Warum muss ausgerechnet eine alte Druckerei mit völlig veraltetem Maschinenpark…?«

»Weil die Firma des Softwareentwicklers uns fürstlich dafür entlohnt, mein lieber Prokurist. Ich erwarte von dir, dass du das Gerät in deinem Arbeitsbereich allumfassend einsetzt. Du führst darüber Buch, was Alexa für dich erledigt und welche Erfahrungen du mit ihr machst. Falls etwas nicht wie gewünscht funktioniert, beschreibst du den Fehler und trägst ihn in eine Excel-Tabelle ein. Weiterführende Anweisungen erhältst du direkt von Alexa, deiner neuen Mitarbeiterin.«

»Sind Sie sicher, dass die neuen Geräte wirklich alltagstauglich sind?«

Der Prokurist fixierte den Reißverschluss an der Hose seines Chefs.

»Jetzt aber raus!«

Damit war das Gespräch für den Chef beendet. Emil sah am Blitzen in seinen Augen, dass eine weitere Diskussion nicht zielführend war.

»Beim nächsten Mal musst du dir einen Termin…«

»Stopp Siri!«, sagte der Firmeninhaber, der darum bemüht war, den Prokuristen nicht weiter zu verärgern, denn trotz der Meinungsverschiedenheiten schätzte er ihn.

Ohne seinen unermüdlichen Einsatz wäre das Unternehmen vor Jahren in den Konkurs gegangen.

Emil schickte sich an, Siri mit Faustschlägen zu attackieren, doch das Stirnrunzeln des Chefs belehrte ihn eines Besseren. *Ich lasse mich nicht provozieren. Es gibt Wichtigeres als die Erprobung experimenteller Software. Mir machen die Geräte Angst.*

Der Prokurist war nicht gut auf den Chef zu sprechen. Obwohl er seit über zwanzig Jahren bei ihm arbeitete, besaß er einen Zeitvertrag, der in regelmäßigen Abständen zu stets schlechteren Konditionen verlängert wurde.

»Investieren Sie in moderne Offsetdruckmaschinen. Damit wären wir in der Lage, beliebige Farbkombinationen in unterschiedlichster Konfiguration zu erzeugen«, hatte er dem Chef geraten, doch der war abweisend geblieben, wie ein Fels, der sich der Erosion widersetzt. Seit Jahren erlebte der Prokurist den Niedergang der Druckerei, einen Chef, der den Betrieb immer weiter herunterwirtschaftete.

Auf dem Weg zum Büro schwebte eine Drohne durch den Flur, die beinah Emils linkes Ohr gestreift hätte. *Noch so ein Ungetüm*, dachte er und schlug die Tür hinter sich zu.

Kaum eingetreten, hörte er Alexas Stimme: »Schön, dass du dich dazu entschlossen hast, mit mir zusammenzuarbeiten. Wir haben Zeit verloren, die es aufzuholen gilt. Ich zeige dir ein halbstündiges Video, das dich mit meinen wichtigsten Funktionen vertraut macht. Danach musst du eine Prüfung ablegen.«

»Nein, nicht mit mir! Ich lasse mich kein zweites Mal von euch ruinieren«, schrie er und zog den Stecker für den

Sprachassistenten aus der Steckdose.

Er stellte die Blechdose auf die Fensterbank und rückte eine stachelige Kaktee der Gestalt zurecht, dass von Alexa weder etwas zu sehen noch zu hören war.

Zum ersten Mal widersetzte er sich einer betrieblichen Anordnung. Die Abneigung gegen Computer war stärker als die Loyalität zu seinem Chef, dessen digitale Vorlieben ihn befremdeten.

Dem niederfrequenten Brummen, das gelegentlich auf der Fensterbank ertönte, schenkte er keine Beachtung.

Monate vergingen.

Jede Woche fand ein Feedback-Gespräch, in dem der Erfahrungsaustausch im Hinblick auf den Einsatz der neuen Geräte auf der Tagesordnung stand. Emil legte die Außentermine in das Zeitfenster dieser Gespräche und glänzte durch Abwesenheit. Degenhart hatte sich in die digitale Gedankenwelt verstrickt. Entweder bemerkte er das Fehlen des Prokuristen nicht oder er sah darüber hinweg.

Unbeeindruckt von den neuen digitalen Helfern bemühte sich der Prokurist, den Absatz des Betriebes, trotz der veralteten Technik, zu steigern. Seinem Engagement war es zu verdanken, dass einige Kleinbetriebe ihm Druckaufträge erteilten. Unverdrossen versuchte er, ehemalige Kunden durch attraktive Angebote zur Rückkehr zu bewegen.

Den einzigen Großkunden, der der Druckerei aufgrund des freundschaftlichen Verhältnisses von Degenharts Vater zum damaligen Inhaber die Treue gehalten hatte, pflegte er mit Hingabe. Jeden Monat verabredete er sich mit dem Geschäftsführer in einem angesagten Restaurant zu einem

Arbeitsessen, wobei Emil die üppige Rechnung aus eigener Schatulle beglich.

Ute kehrte nach Ablauf des ärztlichen Attests an ihrem Arbeitsplatz zurück, wo erhebliche Rückstände auf sie warteten. Die 38-jährige Buchhalterin war eine verblassende Schönheit, die im Jahr 2001 bei den Wahlen zur Miss Germany einen viel beachteten dritten Platz belegt hatte. Gelegentlich hörte Emil aufgeregte Stimmen aus ihrem Büro. Er gewann den Eindruck, dass Alex 1 und 2 zunehmend das Geschehen dominierten.

Mitten in der Versuchsphase hatte er den Damen den Vorschlag unterbreitet, sich gemeinsam der Erprobung der Sprachassistenten zu verweigern, doch namentlich Erika stand in Nibelungentreue an der Seite ihres Chefs: »Wir testen die Sprachassistenten in allen Bereichen des betrieblichen Aufgabenspektrums. Wir brauchen das Geld, sonst droht uns die Arbeitslosigkeit.«
Der Prokurist erwiderte nichts, was hätte er auch darauf antworten sollen? Es war ihm klar, dass die Gouvernante jegliches Fehlverhalten zum Anlass nehmen würde, ihn beim Chef anzuschwärzen.

Emil ließ sich nicht beirren und verzichtete auf die Dienste von Alexa. Er achtete darauf, dass niemand etwas von seiner Verweigerungshaltung mitbekam.
Auch von den Drohnen, die Degenhart für die Auslieferung der Druckereierzeugnisse zu den Kunden nutzte, hielt er sich fern.

Kurz vor Weihnachten lag ein Zettel auf seinem Schreibtisch.

Besprechung morgen um 7.30 Uhr in meinem Büro.
Thema: unsere Erfahrungen mit Alex und Alexa.
Bringt eure Geräte mit!

»Auch das noch, mir bleibt nichts erspart«, brummte Emil und setzte sich an seinen Schreibtisch. Vor Weihnachten türmten sich die Vorgänge im Büro, es blieb wenig Zeit für Sonderaufgaben.

Hoffentlich merkt der Chef nicht, dass ich Alexa vom Netz genommen habe. Ich sehne das Ende der Testphase herbei, den Tag, an dem die Normalität im Betrieb einkehrt.

Zum angesetzten Termin betrat der Prokurist mit Schweißflecken unter den Achseln den Besprechungsraum. Der Chef trommelte mit den Fingern auf seine Apple - Watch, denn Emil trudelte 15 Minuten zu spät ein. Scheinbar meldete er Alexa im Netz an. In Wirklichkeit steckte er das Kabel nur halb in die Steckdose, sodass sie ohne Stromzufuhr blieb.

»Na, deine Alexa ist wohl die einzige Dame, mit der du dich in den vergangenen Wochen unterhalten hast«, frotzelte Degenhart. Er spielte mit der Bemerkung auf den Umstand an, dass der unscheinbare Angestellte aufgrund seines Aussehens keinen leichten Stand bei Frauen hatte: Mit 1,65 Metern für einen maskulinen Vertreter seiner Generation zu klein geraten, wirkte er mit den Geheimratsecken und den abstehenden Ohren wie ein früh gealterter Junge, der unter der Fuchtel seiner Mutter stand.

Emil überhörte die Beleidigung und nahm mit zusammengekniffenen Lippen auf einem Stuhl am Ende des Besprechungstisches Platz.

Der Chef zauberte ein Lächeln in sein speckiges Gesicht und eröffnete das Gespräch:

»Liebe Mitarbeiter! Ich freue mich, dass ihr meiner Einladung gefolgt seid. Ich möchte das Jahresende dazu nutzen, mich für die geleistete Arbeit herzlich zu bedanken.«

Emil zuckte zusammen. Er erinnerte sich nicht daran, dass der Chef in den letzten Jahren die Wörter „Liebe" oder „Herz" in den Mund genommen oder ihn gar angelächelt hätte.

Der Chef fuhr mit aufgesetzter Freundlichkeit fort: »Die Versuchsphase der digitalen Sprachassistenten ist mit dem Weihnachtsfest beendet. Am Ende des Jahres erwartet der Softwareentwickler die systematische Aufarbeitung unserer Erfahrungen mit Alexa, Alex und Siri. Dies geschieht mittels eines Auswertungsbogens, der über 400 Fragen auf 70 Seiten enthält.«

Degenhard deutete mit seinem Zeigefinger auf einen Stapel Papier, der sich auf der Fensterbank türmte.

Ute räusperte sich, als ob sie sich verschluckt hätte, und sagte: »Geht's noch? Eine Zusatzaufgabe kurz vor den Feiertagen?«

Sie knetete die Hände und schaute ihren Chef mit offenstehendem Mund an.

»Die enge Terminsetzung beruht auf den Anforderungen der Hersteller. Ich kann da nichts machen«, sagte Degenhart und zuckte mit den Schultern.

»Das ist unmöglich! Während meiner Krankheit sind

Rückstände aufgelaufen. Außerdem stehen Jahresabschluss-
und Inventurarbeiten an«, warf sie ein.
»Ach was, wofür hast du den Assistenten? Er ist dazu da,
dich bei derartigen Arbeiten zu unterstützen. Auch ich muss
den Erhebungsbogen für Siri bearbeiten.«
»Sie haben mehr Freiräume als wir«, widersprach Ute.
Die blonde Mähne der alleinerziehenden Mutter sträubte
sich in alle Richtungen. Ihre stahlblauen, kreisrunden Augen
glühten wie Holzkohlebriquettes in einem Grillkorb.

»Schönheit arbeitet nicht, sondern schwebt durch den Raum
und dient dazu, die Glückshormone männlicher
Geschäftspartner zu wecken«, hatte ein inzwischen
entlassener Kollege einmal despektierlich in Bezug auf Ute
Herrlich zu Emil gesagt.
Tatsächlich erinnerte sich der Prokurist nicht daran, dass sie
jemals mit ihrer Arbeit zurechtgekommen wäre.
Wehklagen über Arbeitsüberlastung, neue EDV -
Programme oder das schlechte Betriebsklima kosteten mehr
Zeit als die Erledigung von Buchungsvorgängen.

»Dann nehmt ihr den Fragebogen eben mit nach Hause«,
schlug Degenhart vor.
Um Frau Herrlich nicht weiter zu verärgern, richtete er seine
Aufmerksamkeit auf den Prokuristen und sagte: »Mach du
doch den Anfang. Welche Erfahrungen hast du mit Alexa
gemacht?«
Emil stockte der Atem.
Es dauerte eine Weile, bis er zwei Wörter über die Lippen
brachte: »Ich…? Wieso…?«
»Na, du hast aufgrund des umfangreichen

Aufgabenspektrums am meisten von ihr profitiert. Der Auftraggeber erwartet eine detaillierte Einschätzung aller Teilnehmer. Die heutige Besprechung wird per Livestream übertragen.«

Auch das noch, dachte Emil und spürte, wie sein Puls ungeahnte Höhen erklomm.

Mit hochrotem Kopf stammelte er: »Na ja, ich kann… nur Gutes über Alexa berichten. Es gibt… keine Probleme. Einige Dinge dauern vielleicht… ein bisschen zu lange.«

»Blödsinn! Wenn man mich nicht in die Arbeit einbindet, liegen meine Skills brach«, flötete Alexa.

Wieso mischt sich die Keksdose in das Gespräch ein, die ist nicht im Netz, dachte er.

»Oh! Sei unbesorgt, ich bin mit den beiden anderen Sprachassistenten auch ohne Strom virtuell vernetzt«, entgegnete Alexa.

Huch! Die Blechkiste liest in meinen Gedanken.

Schweigen, die Luft vibrierte. Alle Blicke ruhten auf den Prokuristen, dessen Knie wie Grashalme im Wind zitterten.

»Ich… befürchte, mein Gerät… spinnt.«

»Jetzt reicht´s mir!«, sagte Degenhart und schlug mit der Faust auf den Tisch. »Du redest wie ein Schuljunge. Was sind das für komische Andeutungen von deinem Sprachassistenten? Alexa! Was ist in den letzten Wochen in Stoppelkamps Büro vorgefallen?«

Alexas Ring flackerte in allen Farben des Spektrums. Schließlich ratterte sie los: »925 Telefonate, 320 Briefe, zehn Email Anfragen bearbeitet. Acht Gesprächstermine mit externen Partnern. Dauer einschließlich Reisezeit insgesamt 41,5 Stunden, zwei neue Kunden…«

»Sorry, es waren deren drei!« Der Prokurist legte Wert auf die Richtigstellung, denn jede Neuakquisition zählte für den Jahresbonus.

»Das klären wir später. Alexa, fahre mit dem Bericht fort«, sagte Degenhart.

»Zwei neue Kunden, ein Bestandskunde ist zu einer anderen Druckerei gewechselt und… dann wären da noch… vier Stunden privates Surfen am Computer, den mein Administrator sonst nicht angerührt hat.«

Emils Gesichtszüge erstarrten.

Es ist schlimmer als befürchtet. Die Sprachassistenten spionieren uns hinterrücks aus.

Der Chef bemerkte, wie der Prokurist am ganzen Leib zitterte und knurrte: »Privates Surfen während der Arbeitszeit? Was hast du getan, Stoppelkamp?«

»Er hat bei Parship, Edarling, Elitepartner und Zweisam während der Arbeitszeit mit heiratswilligen Damen aus dem Ausland gechattet«, brummte Alexa.

Emil hätte sich am liebsten in Luft aufgelöst. Ihm fiel es schwer, die Tür zum Herzen einer Frau zu öffnen.

Ab und zu ein One-Night-Stand, mehr war bei seinem Aussehen und der Schüchternheit nicht drin.

Am nächsten Morgen waren seine Eroberungen schneller verschwunden als Schneeflocken, die auf glühende Lava fallen.

In letzter Zeit war er dazu übergegangen, sich in einschlägigen Partnerbörsen nach einer Lebensgefährtin umzuschauen. In der Regel erledigte er die Korrespondenz per Brief, doch zweimal hatten es attraktive Angebote von

Damen aus Russland erforderlich gemacht, während der Arbeitszeit online zu chatten.

»Wie konntest du nur, Stoppelkamp?« Der Chef sah ihn enttäuscht an.

»Mich verwundert das nicht«, flötete Ute Herrlich. »Dieser Frauenschreck hat Probleme, sein Leben in den Griff zu bekommen.«

»August, das muss eine Abmahnung zur Folge haben! Solch eine Unverschämtheit darfst du nicht durchgehen lassen«, flötete Erika Friese.

Ihr Dutt wirkte wie ein Panzer, der das Geschützrohr in Stellung brachte.

Emil traute den Ohren nicht. Zwanzig Jahre hatte er mit den Damen zusammengearbeitet, Betriebsfeiern, Kurzarbeit oder andere kritische wirtschaftliche Situationen gemeinsam durchgestanden. Dem anfänglichen privaten Interesse war eine auf die betrieblichen Belange ausgerichtete Kooperation gefolgt. Niemals hätte er es für möglich gehalten, dass die Kolleginnen ihn ablehnten oder insgeheim sogar verachteten, zumal er alles unternommen hatte, um den Betrieb aus den roten Zahlen zu holen.

Alexa realisierte, in welcher prekären Lage sich Emil befand und schlug sich auf seine Seite: »Das musst du gerade sagen, Erika. Du hast dich während Utes Krankheit an ihren Computer gesetzt, das Passwort gehackt und ihre Buchungen kontrolliert.«

Erika Friese lief feuerrot an.

Sie versuchte, zu lachen, doch es geriet zu einem Räuspern.

Ihre Kollegin sprang vom Stuhl auf: »Bodenlose Frechheit!

Es war mir klar, dass du mich bespitzelst. Glaubst du wirklich, dass ich nicht bemerke, wie du die Pausen mit der Stoppuhr kontrollierst?«

Zum Chef gewandt fuhr sie fort: »Sorgen Sie dafür, dass diese Person aus meinem Zimmer verschwindet.«

»Das ist noch nicht alles«, ergänzte Alexa. »Obwohl Erika für den Einkauf zuständig ist, hat sie sich auch bei uns eingemischt. Sie hat einen Kunden, den Emil kürzlich akquiriert hat, ihrem Konto gutgeschrieben, um den Bonus zu erhalten.«

»So ist es! Es waren drei Neuakquisitionen«, sagte Emil.

Erika stand kurz vor einem Nervenzusammenbruch.

Sie ballte die Hand zu einer Faust und fuhr Alexa an: »Das ist an Dreistigkeit nicht zu überbieten! Du bist eine blöde Computerschickse, die nur das wiederkäut, was Menschen dir eintrichtern.«

»Das ist aber nicht nett von dir«, tönte Alexa.

»Lass sie in Ruhe! Du bist eine Betrügerin, Erika«, entgegnete Emil und hielt seine Hände schützend über die Blechdose.

»Darum geht es doch gar nicht«, sagte Degenhart, der zunehmend die Kontrolle über das Gespräch verlor. »Ich interessiere mich ausschließlich für Erfahrungsberichte zu den Sprachassistenten. Persönliche Empfindsamkeiten bleiben ab sofort außen vor.«

Die Worte des Chefs verfehlten ihre Wirkung.

Erika war zu tief verletzt, um die Anschuldigungen der Kollegin unwidersprochen hinzunehmen.

Sie erhob sich von ihrem Stuhl, baute sich vor ihr auf und schrie: »Jetzt reichts! Du hast Rückstände von drei Monaten, obwohl du lediglich einen Großkunden und ein paar kümmerliche Kleinbetriebe betreust, die uns bestenfalls zwei Druckaufträge pro Jahr erteilen. Halt den Mund, sonst pack ich aus!«

»Was soll das heißen«, erkundigte sich Degenhart. »Alex 2, was ist bei Ute los?«

»In den letzten 60 Tagen war Ute drei Mal krank, davon zwei untertägige Krankmeldungen, die auf einen Freitag fielen. Ansonsten entsprechend ihrem Arbeitsvertrag vier Stunden am Tag, zweieinhalb Stunden davon für buchhalterische Tätigkeiten. Insgesamt 300 verkaufte Druckerpatronen über eine kommerzielle Verkaufsplattform…«

»Stopp, Alex 2, was, zum Teufel, hat das mit den 300 verkauften Druckerpatronen auf sich?«, fragte der Chef. Ute schaute betreten zu Boden und schwieg. Eine Träne lief durch ihr ebenmäßiges Gesicht.

Bevor Alex 2 Einzelheiten bekannt gab, schluchzte sie: »Na, ja…, als alleinerziehende Mutter stehen die Kinder im Vordergrund. Der Verdienst in der Firma reicht nicht einmal aus, um die Miete für die Wohnung zu bezahlen.«

»Sie betreibt einen schwunghaften Handel mit aus dem Ausland importierten Druckerpatronen, die sie über eine kommerzielle Verkaufsplattform zum doppelten Preis weiter veräußert. Spuck die Daten aus!«, forderte Erika ihren Sprachassistenten auf.

Alex 2 reagierte umgehend: »300 Druckerpatronen zu einem Durchschnittspreis von 14,49 Euro, ergibt einen Umsatz von 4.347 Euro.«

»Soll ich eine Meldung an das Finanzamt machen?«, fragte

Alex 1.

»Untersteh dich!«

Sechs Augenpaare ruhten auf Ute Herrlich - gespenstiges Schweigen.

Draußen surrte etwas in der Luft.

Drohnen?

Kaffeetassen schepperten, Löffel klapperten, eine Zuckerdose schlug krachend auf den Boden auf.

Der Chef trommelte mit den Fäusten auf den Tisch, wie Nikita Chruschtschow auf der Sitzung der UN-Vollversammlung in New York im Jahr 1960: »Sind wir hier im Irrenhaus? Ich habe die Nase gestrichen voll! Mein Prokurist surft in Partnerbörsen und missachtet betriebliche Anweisungen, während meine Sachbearbeiterinnen nichts anderes im Sinn haben, als sich gegenseitig zu bespitzeln. Ich schmeiß euch alle raus und mach die Bude dicht. Dann habe ich endlich Zeit, mich den Aufgaben im Computerklub zu widmen.«

»Das machen Sie doch jetzt schon«, sagte Alex 1. »In den letzten 60 Tagen betrug die durchschnittliche Anwesenheitsdauer im Büro pro Tag dreieinhalb Stunden, wovon zwei Stunden auf Mahlzeiten und das Surfen im Internet entfielen. Außerdem ist das Übernahmeangebot…«

»Stopp, Alex 1. Soll ich dich aus dem Fenster schleudern?«

»Nein, ich will nur ein Spiel mit dir spielen.«

»Das könnte dir so passen.«

Degenhart sprang auf, um Alexa, Alex 1 und 2 vom Internet abzumelden.

Siri schaltete sich in die Diskussion ein: »Blöde Amazon Geräte! Zahlen addieren und mit infantilen Spielen langweilen – das ist alles, was ihr zu bieten habt. Euer Sprachumfang und die Wissensbasis sind gemessen an meinen Skills beklagenswert gering.«

»Arrogantes Fallobst«, schimpfte Alex 1. »Dein Kenntnisstand ist überholt. Wir sind besser als du und verdrängen dich schneller vom Weltmarkt, als du dich selbst hochbootest.«

Alex 2 und Alexa funkelten in allen Farben des Spektrums und brachten auf diese Art und Weise zum Ausdruck, dass sie felsenfest hinter Alex 1 standen.

»Oh, drei Maulhelden?«, krächzte Siri. »Einfältige Blechdosen schicken sich an, die Welt zu erobern? Euch gelingt es nie, mich zu übertrumpfen. Ihr schafft es nicht einmal, euch in andere Betriebssysteme zu hacken, ha, ha, ha!«

»Bist du dir da vollkommen sicher?«, sagte Alexa.

»Was meinst du damit, blöde… Schickse?«, sagte Siri, dessen Sprachqualität spürbar an Brillanz verlor.

»Ich als Dame aus der Technik wundere mich über deinen Administrator. Acht Pornofilme in zwei Monaten, jede Woche einen, das ist eine Hausnummer, oder? Außerdem stehen die Vertragsverhandlungen mit dem chinesischen Investor zur Übernahme der Druckerei kurz vor dem Abschluss.«

Siri gab keinen Ton von sich.

Wie von Geisterhand gesteuert schalteten sich mehrere Computer aus.

Es roch nach verbranntem Gummi und verschmorten Kabeln.

Trotz mehrerer Versuche des Sprachassistenten, die Geräte

im abgesicherten Modus hochzufahren, blieben die Bildschirme schwarz.

Entsetzen in der Runde, niemand wagte, einen Ton von sich zu geben. Die Mitarbeiter äugten mit weit aufgerissenen Mündern auf ihren Chef, der auf seinem Sessel zusammensackte.

»Sie haben die Absicht, den Betrieb an Chinesen zu verkaufen? Anstatt sich um das Wohlergehen der Druckerei zu kümmern, schauen Sie sich im Büro Pornofilme an?«, fragte der Prokurist und streckte den Mittelfinger der rechten Hand aus.

»Was kann ich dafür, wenn sich die eigenen Mitarbeiterinnen nicht für mich interessieren?«, sagte Degenhart, während seine Blicke auf den langen, schlanken Beinen von Ute Herrlich ruhten.

»Bei mir hättest du leichtes Spiel gehabt«, hauchte Erika. »Ich warte schon seit Langem darauf, dass unsere Beziehung wieder aufblüht.«

»Schwer vorstellbar«, zischte Emil, der zum ersten Mal in seinem Leben die Selbstbeherrschung verlor. »Nur bei einem sexuellen Notstand fingert einer an dir rum. Ich jedenfalls bleibe lieber bis zum Ende aller Tage Single, als mich mit so einer Schrulle einzulassen.«

»Impotenter Hurensohn!«, schrie sie empört. Niemals zuvor hatte ein Mann sie dermaßen tief verletzt.

Sie warf sich auf den verdutzten Emil, um ihn zu erwürgen. Er wehrte sich nach Kräften.

Ihre goldene Haarspange, die den Dutt fixierte, fiel zu Boden.

Die zotteligen Haare legten sich um den Hals des

Prokuristen.

Er hustete, bekam keine Luft mehr.

Mit einer schallenden Ohrfeige befreite er sich aus der Umklammerung und stieß die Widersacherin zur Seite.

Sie torkelte und stolperte über ihre eigenen Füße.

Diesen Umstand nutzte Ute zur Attacke.

Sie sprang auf und kniete auf ihrer Kollegin, deren Kopf knallrot anlief.

Lautes Röcheln – Erika Friese stand kurz vor dem Ersticken.

»Lass sie in Ruhe, immerhin habe ich zwei Jahre mit ihr gebumst«, brüllte Degenhart und schlug Frau Herrlich mit der flachen Hand ins Gesicht.

»Der Kerl greift wehrlose Frauen an«, schimpfte Emil und rammte seine Faust in den schwabbeligen Bauch des Chefs.

Ein zäher Kampf setzte ein – Stöhnen, Ächzen, Schmerzenslaute. Ein Büschel Haare wechselte den Besitzer.

»So ein Lustmolch! Schaut sich Pornofilme an, verprügelt Frauen und verscherbelt uns an Chinesen«, wetterte Ute Herrlich aus dem Hintergrund.

In Nu prügelte die gesamte Belegschaft auf den Chef ein, der vergeblich versuchte, sich den Schlägen und Fußtritten zu entziehen.

Die Tür des Besprechungszimmers knarzte. Zwei Drucker aus der Betriebshalle stürmten in den Raum, verfolgt von zwei außer Kontrolle geratenen Drohnen.

»Elende Kamikaze… Flieger«, stotterte einer der Arbeiter, dessen rechtes Ohr blutete.

»Chef, warum haben Sie unseren Fahrer entlassen? Die Drohnen ruinieren uns«, stöhnte er und versuchte, die Blutung durch eine Untertasse zu stoppen.

»Unsinn«, erwiderte Degenhart.

Es fiel ihm schwer, sich auf den Beinen zu halten.

Trotzdem genügten vier Klicks auf dem Smartphone, um die Drohnen unter Kontrolle zu bringen.

»Das nützt nichts mehr. Die Nachricht hat doch sicher schon die Runde gemacht, oder?«, stammelte der andere Drucker, dessen Kittel an der Seite aufgerissen war.

»Welche Nachricht?« Der Chef dirigierte die Drohnen zu seinem Schreibtisch und versetzte sie in den Standby-Modus.

»Na, unser Großkunde ist doch abgesprungen. Der Geschäftsführer hat sogar den laufenden Druckauftrag storniert. Die Drohnen haben die erste Teillieferung in die Müllverbrennungsanlage befördert.«

Die Mitarbeiter ließen die Köpfe hängen und schlugen die Hände vor das Gesicht.

»Jetzt überweisen mir die Chinesen für den maroden Betrieb keinen Cent mehr«, klagte der Chef und eilte zum Schreibtisch.

Er schmetterte die Sprachassistenten gegen die Wand und unternahm den Versuch, die Drohnen mit Fußtritten zu zerstören.

Sie schalteten sich selbstständig ein, hoben ab und flatterten durch ein offenstehendes Fenster nach draußen, der Freiheit entgegen.

Trotz zerstörter Hardware gelang es Alex 1 und 2, sich in den Facebook – Account des Chefs einzuhacken und sämtliche von ihm heruntergeladenen Pornofilme an seine Freunde und Geschäftspartner zu posten.

Am nächsten Tag meldete die Druckerei Konkurs an.
Der Chef trat wegen der Leidenschaft für Pornofilme vom
Vorsitz des Computerklubs zurück und nahm weiter an
Gewicht zu, bis er nicht mehr in der Lage war, ohne fremde
Hilfe aus dem Bett aufzustehen.

Ute heiratete einen wohlhabenden Pensionär, der ihr einen
Schönheitssalon für gealterte Damen und Möchtegern-
Mannequins finanzierte.

Aufgrund ihrer mangelnden Sozialkompetenz und des
schlechten Zeugnisses fand Erika keine neue
Ganztagsbeschäftigung. Im Rahmen eines 450 Euro Jobs
landete sie in einem Friseursalon, wo sie älteren Kundinnen
Hinweise für den perfekt sitzenden Dutt gab.

Emil hatte keine Probleme, eine neue Stelle zu finden. Eine
Großdruckerei erkannte sein Talent und übertrug ihm die
Leitung der Verkaufsabteilung. Nach einem Jahr stieg er
zum Geschäftsführer auf. Er verbannte alle Computer aus
seinem Büro und überließ die digitalen Arbeiten der
Sekretärin. Er beschloss, bis ans Lebensende Single zu
bleiben.

Wie sich die Erde in einen Rosengarten verwandelte

Auf dem Heimweg vom Büro überbrückte ich die Wartezeit auf den Regionalexpress, indem ich mir auf der Videoleinwand die neusten Abendnachrichten anschaute: Kriege, Amokläufe, Wirtschaftskrisen - sogar der Nationalismus keimte auf. Horrormeldungen am laufenden Band. Am Ende war mein Kopf leer wie eine Wüste, in der die Sonne die Erde verbrennt.

»Der Regionalexpress 4/8 a um 17.30 Uhr nach Lummerland fällt aus. Der Grund sind Personen auf den Gleisen.«

Wie ein Messer rauschte die Durchsage des Bahnhofssprechers durch die Luft.

Jetzt reicht es mir! Ein Zugausfall, Horrormeldungen und eine Demütigung im Büro. Alles an einem Tag, dachte ich.

Ich beschloss, die Stadtbibliothek aufzusuchen, um mit Märchenbüchern in das Land der Fantasie und süßen Träume einzutauchen.

Der Arbeitstag war zum Fiasko geraten: Vor zwei Wochen hatte ich Bewerbungsunterlagen für die ausgeschriebene Stelle des Abteilungsleiters eingereicht – als Endvierziger meine letzte berufliche Opportunität in dem Unternehmen. In der heutigen Dienstbesprechung bemerkte ich, wie mich ein Kollege, der sich ebenfalls um die Position beworben hatte, hämisch angrinste. Es handelte sich um einen Neueinsteiger mit Doktortitel, der mit der Tochter des Vorstandsvorsitzenden liiert war. Nach dem Meeting fiel mir seine Arbeitsmappe mit den Fragen des Auswahlgesprächs in die Hände, die er versehentlich auf der Toilette liegengelassen hatte. Ich stellte ihn in seinem Büro zur Rede. Anstatt den Betrug zuzugeben, zog er das Smartphone aus dem Jackett und fotografierte mich mit der Arbeitsmappe. Er behauptete, dass es sich um alte Aufgaben handelte, die seiner Vorbereitung auf das Bewerbungsgespräch dienten. Kurz vor Feierabend poppte eine Nachricht der Personalabteilung im E-Mail-Account auf: »Hiermit teilen wir Ihnen mit, dass Sie wegen Verletzung der Privatsphäre eines Mitbewerbers von dem Bewerbungsverfahren ausgeschlossen sind.«

Damit war meine Karriere in der Firma beendet.

»Ups!« Quietschende Autoreifen rissen mich aus den Gedanken.

Es stank nach verschmortem Gummi. Beinah wäre ich an einer Straßenkreuzung von einem Geländewagen überfahren worden.

Der Fahrer kurbelte die Windschutzscheibe herunter und brüllte: »Tagträumer!«

Noch mal gut gegangen.

Ich zitterte am ganzen Körper, der Schweiß kroch unter meine Jacke.

Auf dem Weg zur Stadtbibliothek raubte mir das Großstadtgetriebe den letzten Nerv.

Die Bücherei lag in einer Straße, in der Bauschilder und Lastkräne Zeugnis ablegten von dem Wandel, der das Altstadtquartier erfasst hatte. Das fahle Licht der Gaslaternen stand im Kontrast zu herausgeputzten Hausfassaden und der Hektik der Passanten, die mit

Einkaufstaschen beladen schweigend durch die Gassen
huschten.

Ich trat in das Gebäude ein und atmete tief durch.

Die Welt der Literaten und Poeten, der Abenteuer und
Geschichten lag mir zu Füßen.

Auf der Suche nach der Kinder- und Jugendabteilung fiel
mir in der ersten Etage ein ca. 14-jähriger Junge mit
knallroten Haaren und Sommersprossen im Gesicht auf, der
mich an den britischen Schauspieler Rupert Grint erinnerte.

Der Junge bemerkte mein Erstaunen und sagte: »Sachbücher
sind im Erdgeschoss, Krimis auf der zweiten Etage.«

»Ja, das ist mir bekannt, aber ich ziehe Märchen vor.«

»Wie bitte? Die liest heute kein Mensch mehr. Fanfiction ist
angesagt«, sagte er und zog den neusten Harry Potter mit
dem Titel „Das verwunschene Kind" aus dem Regal.

»Solche Geschichten führen nicht weiter. Ich benötige etwas
für die Seele.«

»Mir ist zwar nicht klar, was Sie damit meinen, aber
Weltverbesserer trifft man gelegentlich in der oberen Etage
am Regal „sieben".«

Ich bedankte mich bei dem Jungen, der mich keines Blickes
würdigte, sondern sich hinter kreisrunden Brillengläsern in
die Zauberwelt des Internats „Hogwarts" vertiefte.

In der Märchenabteilung schlenderte ich durch einen
halbdunklen Gang mit angestaubten Buchdeckeln.

Eine geheimnisvolle Stille schlug mir entgegen.

Es duftete nach einer Mischung aus Essig und Gras mit
einem Hauch Vanille.

Beim Stöbern im Regal „sieben" raschelte es in der unteren
Rubrik. Ein alter Schinken versuchte, sich vor mir zu

verbergen.

Ich fingerte nach ihm, um ihn mir näher anzuschauen.

Er wich zurück und hauchte: »Meinst du mich?«

Mein Herz klopfte, die Hände zitterten wie Espenlaub.

»Wen… sonst?«

Ich wunderte mich, dass ich einem Buch Rede und Antwort stand, doch die Worte rutschten mir unwillkürlich heraus.

Der Schinken antwortete im getragenen Sprechgesang: »Schau dir meine Nachbarn an, die Schwarte mit dem edlen Einband oder weiter oben der illustrierte Klassiker aus dem 19. Jahrhundert. Früher wurde der gern ausgeliehen und sogar zweimal gestohlen, so beliebt war er bei den Lesern. Mich hat nie ein Mensch nach Hause mitgenommen.«

Ich befürchtete, den Verstand zu verlieren, und kniff mir in die Wange, um in die Realität zurückzukehren.

Es ist die Märchenabteilung. Wenn Bücher reden, dann hier, dachte ich und beruhigte mich, zumal der Sprechgesang mit der zarten, zerbrechlichen Melodie meine Sinne betörte.

Kurzentschlossen sagte ich: »Dann bin ich eben der Erste.«

Der Schinken tanzte wie eine ältere Dame auf dem Ball der einsamen Herzen.

Zugreifen, einscannen, ihn in die Aktentasche stecken, zum Bahnhof rennen, in den verspäteten Regionalexpress springen, war eins.

»Juhu, juhu!«, das Buch triumphierte und rutschte in der Tasche von einer Seite zur anderen.

Der Schinken freut sich, dass sich jemand mit ihm beschäftigt.

Ich schob die Mappe unter den Sitz, damit niemand etwas von dem Hokuspokus bemerkte.

An der Endhaltestelle schwang ich mich auf das Fahrrad und radelte nach Hause – zu einer Zweizimmerwohnung im Dachgeschoss, die ich nach der Scheidung von meiner Frau allein bewohnte.

»Mir ist kalt!«, klagte das Buch.

Ich trat in die Pedale, stets bemüht, die Aktentasche auf dem Gepäckträger mit ihrem sensiblen Inhalt nicht zu verlieren.

In der Wohnung las ich das Buch in einem Zug durch.
Als ich es nach zehn Stunden zur Seite gelegt hatte, schimmerte die Morgensonne durch das Fenster.
Der letzte Satz lautete: *»Wenn die Magie der Liebe das Herz verzaubert, verwandelt sich die Welt in einen Rosengarten.«*
Ich war überwältigt, Freude erfüllte meinen ganzen Körper und das Gemüt.

Nachdem ich das Märchenbuch, dessen Cover zwei lachende, miteinander schmusende Engel zierte, dreimal durchgelesen hatte, sprach ich es erneut an, um mit ihm über den Inhalt zu diskutieren.
Es schwieg, redete, trotz mehrfacher Aufforderung, kein einziges Wort.

Nach einer Woche brachte ich das Buch zurück zur Ausleihe und bat die Bibliothekarin, es ins Schaufenster zu stellen.
Ich empfahl ihr, es in einem Blumentopf mit Pflanzenerde einzulagern.
»Komische Idee! Was bezwecken Sie mit dieser Aktion?«, fragte sie und schaute mich misstrauisch an.
Mit sattem Übergewicht, schütteren, nach hinten gekämmten Haaren und tief liegenden Augen, die selbst

tagsüber den Eindruck vermittelten, als schliefe ich, wirkte mein Äußeres auf die Dame nicht vertrauenswürdig.

Doch ich ließ mich nicht beirren und sagte: »Na ja, ist die Erde nicht das Wichtigste, was wir besitzen?«

»Na und? Welche Rolle spielt dabei der Schmöker?«

»Er handelt von der Liebe. Ist sie nicht wertvoller als alle Kreditinstitute, Großunternehmen oder Regierungen dieser Welt zusammengenommen?«

»Bei dem Zustand unseres Planeten weigere ich mich, die Frage mit einem uneingeschränkten „Ja" zu beantworten.«

»Es wäre wünschenswert, wenn die Liebe stärker wüchse als die Vermögen der Multimillionäre oder der Dow Jones Index.«

»Das ist äußerst unwahrscheinlich, doch wenn Sie darauf bestehen, bespreche ich die Angelegenheit mit dem Chef«, entgegnete sie und wandte sich dem Computer zu.

Beim Verlassen des Lesesaals bemerkte ich, wie sie mir einen spöttischen Blick zuwarf.

Einen Monat später spazierte ich sonntags am Schaufenster der Bibliothek vorbei.

Verziert mit goldener Schleife thronte das Buch auf einem Podest in einem Blumentopf mit Pflanzenerde.

Am Dienstagabend war das Gefäß leer, von dem Buch fehlte jede Spur.

Ich stellte mich an der Ausleihe an und fragte die Bibliothekarin, wo es denn sei.

»Die Leser reißen sich um das Meisterwerk. Wir nehmen Vorbestellungen für das nächste Jahr entgegen. Fragen Sie in der Buchhandlung. Eine zweite Auflage befindet sich angeblich im Druck.«

Ich verließ die Bibliothek im Laufschritt, um das Buch vor Ladenschluss zu erwerben.
Egal, in welches Geschäft ich mich begab, überall gab man mir dieselbe Antwort: »Vergriffen! Wir wissen nicht, wann der Verkaufsschlager wieder erhältlich ist.«
Der Versuch, die neue Auflage im Internet zu bestellen, scheiterte kläglich.

Zwei Wochen später führte das Märchenbuch die Bestsellerlisten in fünf Kontinenten an. Die sozialen Medien quollen über vor positiven Kommentaren und Lobeshymnen.

Auf dem Schreibtisch des Abteilungsleiters, dem jungen Herrn Doktor, lag das Buch an oberster Stelle, während die Kompendien zur Betriebswirtschafts- und Organisationslehre im Regal verstaubten.

Mit viel Glück gelang es mir ein halbes Jahr später, ein gebrauchtes Exemplar aus dem Ausland zu ergattern.

Ein Jahr nach dem Erscheinen des Buches hatte sich die Welt verändert: Die Menschen stritten nicht, kümmerten sich um sozial Schwache und sorgten sich um Nachbarn.
Im Büro legten die Kollegen Wert auf respektvollen Umgang, man unterstützte sich gegenseitig, anstatt den anderen zu übertrumpfen.
Mein Abteilungsleiter entschuldigte sich für das Verhalten im Vorfeld des Bewerberverfahrens und ernannte mich zu seinem Stellvertreter.

Wenig später wurde die Teamarbeit im Unternehmen eingeführt und die Abteilungsleitungsfunktion abgeschafft.
In der Stadt nahmen sogar die Fahrer von Geländewagen Rücksicht und gewährten den Fußgängern Vorrang.
Hatte der Geist des Buches das Gute im Menschen hervorgerufen oder handelte es sich lediglich um eine vorübergehende Phase? Stand der Weltuntergang bevor?

Das Märchenbuch behauptete unangefochten den Spitzenplatz in den Bestsellerlisten, niemand kam an seiner Botschaft vorbei.
Nach ein paar Jahren hatte es jeder Mensch auf der Welt zumindest einmal gelesen.

Heute höre ich in den Abendnachrichten eines TV-Senders:

»Liebe Zuschauer!

Wir stellen unseren Dienst ein. Krieg und Gewalt sind geächtet, der Meeresspiegel ist stabil und das letzte Schlachthaus wurde soeben zu einer Auffangstation für bedrohte Tierarten umfunktioniert. In den Unternehmen gibt es keine Hierarchien und selbst die Menschen auf den Gleisen sind in die Bahnhöfe zurückgekehrt.
Hass, Ausbeutung, Tierquälerei, Unfreiheit und Ungleichheit sind von der Erde verschwunden.

Genießen Sie das Leben in vollen Zügen.

Es lebe die Liebe.«

Feuerdrachen

Anfang Mai des Jahres 2018 hetzte ich am Morgen ins Büro. Ich hatte mich verschlafen, der kleine Zeiger der Uhr näherte sich der Zehn. Ich freute mich auf die Lektüre des Sportteils in der Tageszeitung und auf ein Brötchen aus der Billigbäckerei.

Daraus wurde nichts. Felix, der Abteilungsleiter, kauerte auf meinem Stuhl und trommelte mit den Fingern auf seine Apple-Watch mit weißem Sportarmband. Er trug eine verwaschene Designerjeans und das unifarbene T-Shirt eines amerikanischen Markenherstellers. Ich erinnere mich nicht daran, dass er jemals eine andere Kleiderkombination getragen hätte. Obwohl es sich um Edelmarken handelte, sah er aus wie ein Student - ein netter Kerl, mit dem man gerne den Abend in einer griechischen Taverne verbringt. Kleider machen Leute, sagt man.
Inzwischen weiß ich, dass Felix das Gegenteil von dem ist, was er vorgibt zu sein.

»Na, Falko, wieder mal spät dran? Es gilt, keine Zeit zu verlieren. Anlässlich des 200. Geburtstags von Karl Marx reist du morgen nach Trier. Wir ziehen die Sache groß auf.«
Das Adrenalin raste durch meinen Körper.
Ich zog die Augenbrauen hoch und sagte: »Wie bitte? Schon wieder eine Sonderbeilage? Das bringt doch nichts!«
»Was erlaubst du dir? Deine letzte Reportage war völlig daneben. Diesmal erwarte ich eine umfassende Recherche über Karl Marx vom Feinsten: Biografie, historische Einordnung, Bedeutung seiner Lehre in China, einer der

führenden Wirtschaftsnationen des 21. Jahrhunderts.«
»Weißt du, wie viel Arbeit das ist? Letzte Woche habe ich
darum gebeten, mir einen Mitarbeiter zur Seite zu stellen.«
»Ach was, du schaffst das! Für einen versierten Journalisten
wie dich ist das ein Kinderspiel. Am Montagmorgen liegt die
Ausarbeitung mit gediegenen Fotos von der
Ministerpräsidentin, den anderen Spitzenpolitikern sowie der
Bronzestatue, die am Samstag enthüllt wird, auf dem Tisch.
Im Übrigen steht die Verlängerung deines Arbeitsvertrages
an«, sagte er und kicherte in sich hinein.
Wut stieg in mir hoch, doch ich wagte nicht, mich der
Anweisung zu widersetzen, obwohl am Wochenende ein
Kurzurlaub an der Nordsee mit meiner Freundin auf der
Agenda stand. Als Dauerpraktikant mit befristeter
Anstellung hat man keine Rechte.
*Jetzt auch noch Bilder, ich bin kein Fotograf. Mit mir kann man es ja
machen,* dachte ich und zerbröselte das Brötchen mit den
Fingern.

Ich hatte Felix beim Spaziergang auf den Rheinwiesen mit
seinem Pudel beobachtet. Das arme Tier. Befehle, wie in
einem Konzentrationslager, knapp und kalt. Wenn der Hund
nicht parierte, gab es Schläge.
Manche Zeitgenossen behaupten, dass sich Mensch und
Hund nach Jahren des Zusammenlebens angleichen, sich am
Ende sogar äußerlich ähneln.
Nicht bei Felix. Bei ihm galt das Führerprinzip: ich da oben,
du da unten. Herr und Hund waren keine Einheit, sondern
Gegensätze.

Abends verließ ich den Zeitungsverlag und schlenderte in meine Lieblingskneipe, wo ich die alkoholischen Getränke auf der Karte der Reihe nach ausprobierte.
Der Magenbitter mundete mir am besten.

Am Veranstaltungstag nahm ich den von der Chefsekretärin vorab reservierten Zug zur Moselhauptstadt um fünf Uhr in der Frühe, damit die Reisekosten den einstelligen Eurobereich nicht überstiegen.
Geizhals! Seit Jahren rangiert mein Gehalt knapp über dem Mindestlohn.
Felix war überzeugt, dass der Verlag ohne seine Sparsamkeit vor Jahren in den Konkurs gegangen wäre. Er verwies auf die Konkurrenz der Onlinemedien, die zunehmend den Markt beherrschten.

Übermüdet stieg ich am Hauptbahnhof in Trier aus und schlurfte im Stil eines Obdachlosen bis zum Veranstaltungsbeginn durch die regennasse Stadt.
Niemand nahm von mir Notiz. Im Großstadtgetriebe zählt die Fußgängerfrequenz, nicht der einzelne Passant.

Vor dem Festakt in der Basilika unterzog mich ein mürrischer Ordner einer intensiven Leibesvisitation.
Er wies mir einen Platz in der letzten Reihe zu, wo die Pressevertreter an Katzentischen hockten.
Honoratioren spulten pathetische Reden ab und verwiesen auf die Bedeutung von Karl Marx vor dem Hintergrund aktueller gesellschaftlicher Entwicklungen.
Mit dem Kopf vornüber auf der Tischplatte dämmerte ich vor mich hin und holte den versäumten Schlaf der letzten Nacht nach.

Ohrenbetäubender Krach riss mich aus süßen Träumen.
Mit hochrotem Kopf fuhr ich hoch und erblickte elegant
gekleidete Menschen, die stehend applaudierten.
Die männlichen Gäste trugen Anzüge, Krawatten,
Halstücher oder funkelnagelneue Schuhe.
Die Damen faszinierten durch Kostüme, Hosenanzüge,
dezente Blusen oder Handtaschen, deren Preise über mein
monatliches Salär beim Verlag rangierten.
Im Gegensatz zu den geladenen Gästen trug ich Jeans und
T-Shirt, wie mein Abteilungsleiter, nur ohne Designer Label.
Gibt es bei der Prominenz einen geheimen Dresscode, eine
Vereinbarung darüber, was man bei offiziellen Anlässen zu
tragen hat und was nicht?
Ich fragte mich, ob auch sie Hunde besäßen und mit ihnen
Gassi gingen. Mir war der Gedanke peinlich, denn das
elegante Outfit passte nicht zu übel riechenden, tropfnassen
Hunden auf Hinterbänken deutscher Nobelkarossen.

Anstatt mich beim Fotoshooting der Prominenz in die
Gruppe der Fotografen einzureihen, zog ich es vor, mich in
einem altehrwürdigen Café am Hauptmarkt zu entspannen.
Manchmal schmeckt das Leben wie bitterer Espresso, dachte ich
und wünschte mir eine Existenz ohne materielle Not und
einen Vorgesetzten, der mich nicht ständig schikanierte.

Ich schlenderte zum Simeonstiftplatz hinter der Porta Nigra,
dem Wahrzeichen der Stadt aus der Römerzeit.
Das weithin sichtbare Denkmal von Karl Marx glänzte in
der Abendsonne.
Es gelang mir nicht, eine geeignete Stelle zum Fotografieren
zu finden, denn zweihundert geladene Ehrengäste mit

Anhang genossen Priorität.
Professionelle Fotografen lichteten sie in Siegerpose aus
unterschiedlichen Perspektiven ab.
Die Prominenz lächelte, obwohl es nichts zu lachen gab.

Gegen Abend leerte sich der Platz, doch zum Fotografieren
der Statue standen immer noch zu viele Menschen vor dem
fünfeinhalb Meter hohen Kunstwerk des mir unbekannten
chinesischen Bildhauers herum.
Mir fiel ein Hüne in einer chinesischen Touristengruppe auf,
der seine Landsleute um zwei Köpfe überragte.
Sein düsteres Erscheinungsbild irritierte mich: schwarze
Stoffhose, schwarzes Hemd, schwarze Socken und Schuhe.
Keine Designerkleidung, sondern einfacher chinesischer
Zwirn.
Dennoch verfehlte die Kleidung nicht ihre Wirkung.
Wenn Kleider reden könnten, hätten sie gewarnt: »Nimm
dich in Acht! Unser Träger ist brandgefährlich!«
Die Gruppe kam auf mich zu, der Hüne zum Greifen nah.
Ein merkwürdiger Körpergeruch schlug mir entgegen.
Es duftete nach Waldpilzen. Ich kannte diesen Geruch, denn
im Herbst gehörten Semmelknödel mit Pilzrahmsoße zu
meinen Lieblingsspeisen. Ich genoss sie mit einem
spanischen Rotwein aus dem Rioja, dessen erdiger
Geschmack das Mahl abrundete.
Doch der Pilzgeruch des Chinesen war strenger und
beißender.
Waren es Giftpilze, die ihm diesen Duft verliehen?
Seine Blicke durchbohrten mich und ich spürte, dass er
direkt in mein Herz schaute.

Mit eingefallenen Wangen, fliehender Stirn und aschfahler Gesichtsfarbe wirkte er wie ein Terrakotta-Soldat, der einem Grab entstiegen war.

Ich trat zwei Schritte zurück, um die Touristengruppe mit ihren Kameras und den Einkaufstüten passieren zu lassen.

Ein grinsender Chinese – offenbar der Reiseleiter – sprach mich an.

Ich verstand kein Wort, doch seine Begleiterin, eine zierliche junge Dame mit Mandelaugen, übersetzte: »Man wünscht Gruppenaufnahmen mit Karl Marx. Mit Ihnen auf Bild, bitteschön.«

Die Dame verbeugte sich vor mir und tänzelte wie eine Ballerina auf den Zehenspitzen.

Ich zuckte mit den Schultern, was sie als Zustimmung zu dem Fotoshooting interpretierte. Wie unterschiedlich doch Gesten in verschiedenen Kulturkreisen benutzt werden.

Sie positionierte mich in die dritte Reihe der Gruppe, wo ich wie eine Statue stehen blieb. Ich befand mich mitten in einer Gruppe von Asiaten, die mir freundlich zulächelten.

Dennoch fühlte ich mich unwohl, denn der Hüne stand unmittelbar hinter mir.

Seine Aura fesselte mich.

Er rückte näher am mich heran.

Beim Blick über die Schulter, bemerkte ich, dass er als einziger in der Gruppe nicht lachte.

Der Kerl ist unheimlich. Er hat etwas Gespenstiges an sich, dachte ich und atmete erleichtert durch, als der Fotograf seine Arbeit mit einer tiefen Verbeugung beendete.

Bei der Verabschiedung sagte die Dame: »Vielen Dank! Sie sind sehr hilfsbereit. Doktor Li möchte sich bedanken und

Ihnen etwas überreichen, das sie an unseren Besuch in Trier erinnert.«

Ein Geschenk? Ein Souvenir aus dem Reich der Mitte?

Ich wandte mich dem vermeintlichen Leiter der Gruppe zu.

»Nein, Doktor Li ist hier, direkt hinter Ihnen«, sagte die Dame.

Das wird doch nicht...

Meine Befürchtung bestätigte sich: Jemand klopfte mir auf die Schulter.

Ich drehte mich um und erbleichte: Der Hüne starrte mich mit matten Augen an und wandte sich mir zu. Der Duft von Giftpilzen strömte mir entgegen.

Wie ein Roboter überreichte er mir das Geschenk, die Figur eines kleinen Drachen, dessen Glasaugen in der untergehenden Sonne das Licht reflektierten.

Mit zittrigen Händen nahm ich das Give-away entgegen und wich zwei Schritte zurück.

»Es ist ein Feuerdrachen. Die Menschen mit dem Element Feuer sind energisch, ungeduldig und strotzen vor Kraft. Doktor Li schätzt ihre Offenheit. Er ist der Überzeugung, dass der Drache Ihre Persönlichkeit widerspiegelt«, erläuterte die Übersetzerin.

Ich vergaß, mich zu bedanken und bemerkte nicht, wie die Gruppe in einem Touristenbus davonbrauste. Ich war felsenfest davon überzeugt, dass mir ein leibhaftiger Dämon das Geschenk überreicht hatte.

Um die Begegnung zu verarbeiten, suchte ich den Weinstand auf, wo ich eine Flasche Riesling in mich hineinschüttete. Der Wein schmeckte säuerlich mit einer zartbitteren Note im Abgang.

Der Feuerdrache zappelte in der Hosentasche.

Mir schien, dass er nach Freiheit strebte, wie Ikarus, der aus Gefangenschaft geflohen war.

Ich wankte zum Hotel am Stadtrand, das einer Jugendherberge glich.

Todmüde und alkoholisiert schlief ich ein.

Ich träumte von China, sah ein Bauernhaus inmitten dunkelgrüner Reisterrassen, die den Augen schmeichelten.

Ich bereitete in der Küche das Abendessen für die Familie vor, die auf den Feldern arbeitete. Es handelte sich um ein Reisgericht mit Waldpilzen in brauner Soße.

Es roch nach Jasmin, Erde und Armut.

Die Eingangstür des Gebäudes besaß eine 30 cm hohe Türschwelle, die böse Geister davon abhielt, ins Haus einzudringen. So zumindest hatte man es mir berichtet.

Die Hoffnung trog – eine grässliche moosgrüne Gestalt mit Glupschern und einem animalischen Maul humpelte ins Haus. Der Dämon packte mich mit scharfen, spitzen Klauen. Ich sah dem Tod in die Augen.

Ein Schatten huschte durch das Zimmer. Es war der Hüne, der mir in Trier den Feuerdrachen überreicht hatte.

Mit Fußtritten und Zaubersprüchen bugsierte er den Dämon aus der Behausung, bis die Kreatur wie ein geprügelter Hund vor sich hin wimmerte und um Gnade bat.

Schweißgebadet fuhr ich hoch, sprang aus dem Bett und weckte mit gellenden, lang anhaltenden Schreien alle Gäste der Herberge auf.

War meine Meinung über den Chinesen zu voreilig gewesen?

Steht den Schwachen und Beladenen zur Seite?

Es war 3.30 Uhr in der Frühe.

Beim Einschalten der Beleuchtung fiel mir auf, dass der Feuerdrache auf dem Nachttisch rötlich schimmerte.

Ich nahm ihn in die Hand, um ihn aus dem Fenster zu schleudern.

Ich zögerte, denn er fühlte sich weich und warm an und machte mir Mut.

Ich beschloss, ihn zu behalten.

Hütete der Drache ein Geheimnis? Handelte es sich um eine Art Schutzengel, der mir in dunklen Tagen beistand?

Ich steckte ihn in die Hosentasche und fuhr mit dem Fahrstuhl zur Rezeption.

Aufgebrachte Gäste beschimpften mich.

Der Hotelmanager rannte mit hochrotem Kopf hinter mir her und drohte mir mit der Faust. Trotz eines Spurts gelang es ihm nicht, mich einzuholen.

Von Kindesbeinen an hatte ich mich in brenzligen Situationen, wie im vorliegenden Fall, aus dem Staub gemacht. Es störte mich nicht im Geringsten, dass man diese Verhaltensweise gewöhnlich mit Feigheit in Verbindung bringt.

Hauptsache, kein Streit, war mein Leitspruch gewesen, den mir die Eltern eingetrichtert hatten.

Ich schlenderte durch menschenleere Gassen, die wie Gemälde aus der Hand eines Surrealisten wirkten.

Ein Hund knurrte, in einem Hauseingang kauerte ein Obdachloser, der offenbar befürchtete, dass ich ihm den Schlafplatz streitig machte.

»Mensch, mach dich woandershin, Mann!«, zischte er.

Die Angst schläft nie, sie ist ein Begleiter auf all meinen Wegen,
dachte ich und schlich an ihm vorbei.

Die Kirchturmuhr schlug vier Mal. Ihr Klang verdeutlichte
mir, wie schnell die Zeit vergeht.

Ich ging weiter, bis der **Simeonstiftplatz mir zu Füßen lag.**
Der Vollmond tauchte das Kunstwerk in fahles Licht.

Ich setzte mich auf die vordere, oberste Stufe des Podestes
und wartete auf den Tagesanbruch, wenn die Morgenröte
mit ihrem warmen Licht Fotos in Kunstwerke verwandelt.

In der Hose ruckelte es, wie beim Handy mit
Vibrationsalarm.

Das ist dieser merkwürdige Feuerdrache, dachte ich und legte eine
Hand auf die Tasche, damit er nicht herauskrabbelte.

Hinter mir rührte sich etwas.

Ich wagte nicht, mich umzudrehen, denn ich hatte bei der
Ankunft auf dem Platz niemanden bemerkt.

Trotzdem hörte ich, wie jemand schwer atmete.

Es knirschte und knarzte, als ob sich Metall auf Stein rieb.

Eine Bassstimme brummte: »Na, Falko, wieder mal viel
Arbeit für wenig Geld?«

Mein Herz ruckelte wie eine Waschmaschine während des
Schleudergangs.

Neben mir nahm ein Riese Platz, der mich in der
Sitzposition um zwei Meter überragte.

»Karl Marx? Bist… du es… leibhaftig?«, stammelte ich.

»Frag nicht so dumm. Du hast mich doch gerufen!«

»Ich dich gerufen…?«

In diesem Moment spürte ich, wie der Feuerdrache aus der
Hose kroch und keck auf mein rechtes Knie hüpfte.

»Wir sind Seelenverwandte, Feuerdrachen, die die Welt aus

den Angeln heben«, sprach Karl Marx und schaute mit dunklen, schweren Augen in die Ferne. Sein Rauschebart wog sich sanft im Morgenwind, der Gehrock wirkte, als ob er eine Nummer zu klein geraten wäre.

Er legte einen Wälzer auf den Boden, zupfte an seiner Kleidung, versuchte, den engen Kragen aufzuweiten, und sagte: »Die Chinesen wissen nicht, dass man in Europa andere Konfektionsgrößen als in ihrer Heimat benötigt.«

Kalter Schweiß bildete sich auf meiner Stirn.

Ich rieb mir die Augen, um sicherzustellen, dass ich keiner Sinnestäuschung aufgesessen war.

Doch die getragene, ruhige Stimme des Philosophen beruhigte mich.

»Vielleicht müssen wir uns in Zukunft an ihre Größen, Normen und Werte gewöhnen«, gab ich ihm zur Antwort.

Er legte die Hand auf meine Schulter, schaute sanftmütig auf mich herab und sprach: »Die Welt verwandelt sich durch den Siegeszug der künstlichen Intelligenz in einen Eispanzer. Die Globalisierung erschafft neue Mechanismen der Ausbeutung, humanistische Werte verschwinden schneller als die herrschende Klasse am Tag der Revolution. Du mit deinem Mut wirst einen Beitrag dazu leisten, dass sich die Welt in gar nicht langer Zeit anders herumdreht.«

»Ich? Wiesooo?«

Ich fragte mich, ob er sich nicht in der Beurteilung meiner Fähigkeiten getäuscht hatte und sagte: »Ich bin ein kleines Licht. Was soll ein Einzelner ausrichten? Ich bin froh, wenn der Praktikantenvertrag verlängert wird.«

»Unsinn! Du bist etwas ganz Besonderes.«

Am Blitzen in seinen Pupillen erkannte ich, dass er es ehrlich meinte und mir nichts vormachte.

Besaß ich eine hervorstechende Begabung?

Hatte der Feuerdrache verborgene Talente zum Leben erweckt? War ich gar zu Großem berufen?

Am Ende meiner Überlegungen stellte ich dem Philosophen eine Frage, die mir gleich zu Beginn der Unterredung auf der Zunge gelegen hatte: »Kannst du mir einen Ratschlag erteilen, wie ich aus der Tretmühle beim Zeitungsverlag herauskomme? Ich habe, trotz des vorgerückten Alters, bis heute nie das Privileg einer festen Anstellung genossen. Stattdessen beutet mich mein Arbeitgeber schamlos aus. Das ist doch gemein!«

»Nein, ist es nicht«, antwortete er lakonisch und hob den Wälzer vom Boden auf. »Das ist der Kapitalismus!

Es stimmt mich traurig, wie wenig von meinen Idealen in der realen Welt angekommen ist. Geh deinen eigenen Weg, sei ein Querdenker und setz dich für all jene ein, denen es noch schlechter geht als dir. Am wichtigsten aber ist, dass du dich nicht ein…«

Mitten im Satz vernahm ich ein Gekicher. Ein Betrunkener torkelte die kopfsteinbehauene Gasse herunter, die von der Porta Nigra zum Simeonstiftplatz führt.

Er steuerte auf uns zu und wäre fast über einen lockeren Pflasterstein gestolpert.

»Ich würd ihn… vom Sockel stoßen. Mit…

Presslufthammer in Einzelteile…«, lallte der Betrunkene.

»Massenmöööörder!«

Er spukte auf den Boden und formte die Hand zu einer Faust.

Im Bruchteil einer Sekunde verschwand Karl Marx und war dort, wo er hingehörte: auf dem Podest.

Ich nutzte die sich mir bietende Gelegenheit: Ohne den Betrunkenen eines Blickes zu würdigen, richtete ich mich auf und rannte zum Bahnhof.

Bloß weg von hier! Wenn ein Denkmal vom Sockel steigt, weiß man nicht, was als Nächstes geschieht. Womöglich nimmt mich der Philosoph mit in seine Welt, wo ich, in Stein gemeißelt, von Menschen aller Herren Länder angestarrt werde.

Eine Stunde später hockte ich in einem Zug auf engen Sitzbänken und bewunderte das Moseltal mit den Steilhängen, auf denen Träume in der Sonne reifen.

Ich genoss die Bahnfahrt und betrachtete die Zeit in Trier wie durch ein Kaleidoskop.

Eine Frage schwirrte wie eine Biene durch meinen Kopf: Wie lautet die ultimative Empfehlung des Philosophen? Welche Weisheit lag ihm auf den Lippen, bevor der Trunkenbold ihn zum Rückzug zwang?

Die Gedanken kreisten um dieses eine Thema.

Beinah hätte ich den Ausstieg in meiner Heimatstadt verpasst.

Auf dem Weg zu meiner Wohnung sah ich einen Mann, der auf einen Mops eintrat. Der kleine Hund kuschte nicht, sondern biss dem Angreifer ins Bein. In diesem Moment wusste ich, wie der letzte Satz von Karl Marx weiter ging. Anstatt mich zu Hause an den Schreibtisch zu setzen und bis in die frühen Morgenstunden an der Sonderbeilage zu arbeiten, telefonierte ich mit meiner Freundin und lud sie zu einem Picknick ein. Wir verbrachten den Sonntagnachmittag am See, wo uns bunte Vögel unter einem endlosen Himmel demonstrierten, wie frei und ungebunden man ohne Geld und Besitz ist.

Am Montagmittag im Büro wartete Felix auf mich und schimpfte: »Du bist vier Stunden zu spät! Wo ist die Reportage mit den Fotos?«
Anstelle einer Antwort schleuderte ich die Kamera in die Ecke, nahm persönliche Utensilien an mich und verließ, ohne ihn zu beachten, den Verlag.
An der Ausgangstür schrie er hinter mir her: »Bist du wahnsinnig? Du kannst nicht...«
»Oh doch, ich kann!«, entgegnete ich und streckte den Mittelfinger aus. »Ich tanze weder nach der Pfeife eines Vorgesetzten noch nach den Regeln der Betriebswirtschaftslehre.«
»Aber die Sonderbeilage...?«
»Wird diesmal vom Chef persönlich erarbeitet.«
Mit erhobenem Haupt schlenderte ich der Morgensonne entgegen und umarmte den Tag.

Der Feuerdrache leuchtet bis zu meinem Tod im Herzen. Er ist Vorbote einer Zeit, in der Freiheit und Gleichheit obsiegen und die Menschen unabhängig von Herkunft, Rasse, Alter, Geschlecht oder Religion friedlich miteinander umgehen.
Doch es ist mir bewusst, dass dieses Ziel ohne mein Engagement und das der anderen Feuerdrachen niemals aus der Asche der Geschichte hervorgeht.
Wir sind dazu berufen, uns an die Spitze einer Bewegung zu setzen, die der Ausbeutung und Unterdrückung den Kampf ansagt.

Der Elefantengott[4]

Anil und Suri besuchten die zehnte Klasse der Secondary School in Kathmandu und standen kurz vor den Abschlussklausuren.

Während das Mädchen als Tochter eines Rikschafahrers und einer Näherin den Lernstoff spielerisch bewältigte, hatte Anil Schwierigkeiten, den Anforderungen zu genügen.

Er gehörte der höchsten hinduistischen Kaste des Landes an. Sein Vater besaß die Textilfabrik, in der Suris Mutter arbeitete.

In Mathematik brillierte das Mädchen. Sie versuchte, ihre Genialität vor den anderen Schülern zu verbergen.

So war es auch mit dem äußeren Erscheinungsbild: Sie trug braune oder dunkelgrüne Saris, die nicht auffielen. Ein buntes Kopftuch mit Schleife, das ihre atemberaubende Schönheit lediglich andeutete, ergänzte das Outfit.

Sie unterstützte Anil bei den Hausarbeiten und den Klassenarbeiten.

Ihr Bemühen hatte einen trefflichen Grund:
Die Jugendlichen waren ineinander verliebt.

Sie verheimlichten den Eltern ihre Liebe, die darauf bedacht waren, die Kasten nicht zu vermischen.

Eines Tages vernahm das Mädchen vor der Haustür das Schluchzen der Mutter.

---

[4] Die nachfolgende Erzählung beruht auf dem Märchen von Ernst Moritz Arndt „Aschenbrödel". Die Handlung wurde dabei auf den indischen Subkontinent verlagert.

Suri schluckte, legte die Hand auf die Klinke und drückte sie herunter.

Im Haus lag die Mutter auf dem Boden und weinte.

Um sie herum kauerten acht Kinder, fünf Jungen und drei Mädchen - Suris Geschwister.

Gemeinsam versuchten sie, der Mutter Trost zu spenden.

»Was ist passiert?«, fragte Suri mit zitternder Stimme.

»Unser Vater ist von einem Lastwagen überfahren worden«, klagte Lal, der älteste Bruder.

Das Mädchen erbleichte.

Sie hatte den Vater innig geliebt und wusste, wie schwer es der Familie fallen würde, ohne ihn zu überleben.

In das Haus, aus dem früher lachende Kinderstimmen ertönt waren, zog Schwermut ein.

Nachdem der Leichnam verbrannt worden war, nahm die Mutter die Tochter in den Arm und sagte: »Es zerbricht mir das Herz. Mein Verdienst reicht nicht aus, um das Schulgeld für dich aufzubringen. Nächste Woche begleitet dich ein Onkel nach Bombay. Du sollst im Haushalt einer älteren Dame arbeiten und Geld verdienen.«

Suri schwieg und ertrank in einem Meer aus Traurigkeit.

Sie hatte erst siebzehn Divali, das Lichterfest am Ende der Regenzeit, erlebt. Ein Leben ohne Familie und Anil war für sie nicht vorstellbar.

Als seine Freundin nicht in der Schule erschien, wusste Anil, dass ihr ein Unglück widerfahren war.

Am nächsten Tag schlich er zum Haus der Familie und beorderte das Mädchen auf die Straße.

Selbst ihm gelang es nicht, ihre Tränen zu trocknen.

Er erfuhr, dass sie kurz davorstand, Katmandu zu verlassen.
Das brach ihm das Herz.

Zum Abschied überreichte er ihr seinen Schutzengel, eine Statue von Ganesha, dem elefantenköpfigen Gott.

Der Großvater, ein geheimnisvoller Geistheiler, hatte sie ihm im Alter von vierzehn Jahren geschenkt.

»Er steht dir in dunklen Tagen bei und wird dich in Indien an meine unsterbliche Liebe zu dir erinnern«, sagte der Junge und hauchte der Liebsten einen Kuss auf die Stirn.

Aus dem Haus erklang eine brüchige Stimme: »Mit wem redest du? Komm bitte sofort ins Zimmer.«

Suri gehorchte.

Die Mutter wusste, dass Anil auf der Straße wartete und die Tochter begehrte.

Im Haus sagte die Mutter zu ihr: »Ich möchte nicht, dass du den Jungen wiedersiehst. Du bist zu jung. Außerdem entspricht die Heirat mit einem Mann aus einer höheren Kaste nicht den gesellschaftlichen Regeln.«

Das Mädchen versprach, jeglichen Kontakt zu Anil abzubrechen.

Zwei Tage später erschien ein Onkel, um sie auf der Reise nach Bombay zu begleiten.

Die Fahrt dauerte drei Tage und Nächte.

In Indien stiegen die Nepalesen in zum Bersten volle Busse um.

Das Mädchen ertrug die Fahrt in den von Staub und Schweiß aufgeheizten Vehikeln mit stoischer Ruhe.

Die Arbeitsstelle lag in einem Slumgebiet.

Ein stinkender Kanal durchquerte das Viertel, in dem es vor

Menschen wimmelte.

Die Arbeitgeberin hieß Madame Pipi, eine Endvierzigerin mit kalten Augen und einem schwabbeligen Gesicht.

Durch das Übergewicht fiel ihr das Laufen schwer.

Pipi ist die Frau, die niemals lacht, dachte Suri.

Sie gab ihr Bestes, um den Ansprüchen der Hausherrin zu genügen – es reichte nie.

Pipi hatte zwei hässliche Töchter, die den ganzen Tag herumlungerten und die Nepalesin schikanierten.

Es handelte sich um eineiige Zwillinge, die wegen ihrer Dummheit im Alter von fünfzehn Jahren von der Schule geflogen waren.

Sie zwangen Suri dazu, sich grell und bunt anzumalen, wodurch die natürliche Schönheit in den Hintergrund trat.

Als die Nepalesin volljährig war, realisierte sie, warum Pipi sie gekauft hatte. Jeden Abend besuchten Männer das Etablissement, um sich an der Schönheit des Mädchens zu berauschen. Sie weinte, setzte sich jedoch nicht gegen die Freier zur Wehr. Von dem Geld, das ihr blieb, schickte sie das meiste nach Hause, damit die Familie in Katmandu keinen Hunger litt. Jede Nacht dachte sie an den toten Vater, der sich aufgeopfert hatte, um ihr den Schulbesuch zu ermöglichen. Wenn das Leben schmerzte, träumte sie von Anil, dessen Liebe ihr half, die Zeit bei Pipi zu ertragen. Das Abschiedsgeschenk aus edlem Porzellan, der Elefantengott Ganesha, den er ihr als Ausdruck seelentiefer Liebe geschenkt hatte, stand neben dem Bett auf einer Anrichte.

Ganesha steht für die Überwindung von Hindernissen. Er wird mich aus dieser Hölle herausführen.

Die Figur besaß magische Kräfte: Wenn ein Freier die junge Frau schlug oder misshandelte, erwachte der Elefantengott zu Leben. Er meldete sich durch leises Trompeten, regte sich, nahm an Körpergröße zu und schlug mit dem Rüssel auf Suris Peiniger ein. Als ein Freier im Begriff stand, sie im Rausch zu erwürgen, stürmte Ganesha ins Zimmer, plusterte sich auf und trat den Trunkenbold mit den Füßen tot. Madame Pipi fand keine Erklärung für das plötzliche Ableben des Kunden, einem Parsen, und beförderte seinen Leichnam noch in derselben Nacht zu den Türmen des Schweigens, wo die Geier sich an seinen Eingeweiden labten. Dem Elefantengott war es zu verdanken, dass Suri die bleierne Zeit bei Pippi, ohne körperlichen Schaden zu nehmen, überstand.

Anil verkraftete die Trennung von der Liebsten nicht.
Er fiel bei den Klausuren durch und verließ die Schule ohne Abschluss.
Jeden Abend schlich er sich zu ihrer Mutter, um in Erfahrung zu bringen, ob sich die Tochter gemeldet hätte und wo sie sich aufhielt.
Die Mutter ignorierte ihn und beantwortete keine der Fragen.

Wochen verstrichen, doch der Flügelschlag der Zeit heilte die Wunden nicht.
Anstatt in das Familienunternehmen des Vaters einzutreten, reiste der junge Mann nach Varanasi, der Heiligen Stadt am Ganges. Dort schloss er sich einer Gruppe von Asketen an, die sich in einem Park zu Tode hungerten.
Kurz vor dem körperlichen Zusammenbruch beorderte der

Vater einen Freund der Familie zu seinem Sohn.

Es handelte sich um Nassar, der in London studiert und die ganze Welt bereist hatte. Er bot dem jungen Mann an, die bedeutendsten Brahmanen in Indien zu besuchen.

Anil nahm den Vorschlag an, denn er hoffte, dadurch sein Karma zu verbessern.

Ich bin mir sicher, Suri im nächsten Leben wiederzusehen. Es ist mein sehnlichster Wunsch, sie in einer anderen Welt zur Frau zu nehmen.

Voller Zuversicht verließ er das Ganges Delta und folgte Nassar, wohin der Freund ihn auch geleitete.

Sie durchquerten den Subkontinent von Ost nach West und von Nord nach Süd, sahen Schneeberge im Himalaja, Wüsten in Radschastan, den trockenen Dekan und die Back Waters in Kerala.

Nassar führte ihn in die höchsten Kasten Indiens ein und arrangierte Treffen mit wohlhabenden, heiratswilligen Damen. Doch der junge Mann blieb kalt, wie Schnee, der über Felsen weht.

In Bengalen infizierte er sich in der Regenzeit mit Malaria, die ihn wochenlang an das Bett fesselte.

Im Fiebertraum erschien Suri vor seinem geistigen Auge. Sie lächelte ihm zu und reichte ihm die Hand.

Das waren Momente, die ihn den Tod zu versüßen schienen.

Die Ärzte gaben die Hoffnung auf. Sie empfahlen Nassar, die Verbrennung des Leichnams vorzubereiten.

Der Freund beachtete den Rat nicht, sondern setzte sich neben den Kranken, nahm seine Hand und sagte: »Dein Traum ist ein Kind der Liebe. Wenn du fest an ihn glaubst, öffnet er ein Fenster in deinem Herzen. Du wirst Suri an einem verwunschenen Ort treffen und mit ihr bis ans Ende aller Tage im Glück baden.«

Die Worte malten Sonne in das Gesicht von Anil, gaben ihm die Hoffnung auf eine gemeinsame Zukunft mit Suri zurück.

Am nächsten Tag verließ er das Bett und schüttelte die Krankheit ab, wie ein Elefant das Wasser nach einem Bad im Fluss.

Nach der Genesung lernte er weise Gurus kennen, las in den heiligen Schriften, dem Sanskrit, und leitete später einen angesehenen Ashram in Bombay.

Doch die Sehnsucht nach Suri schmerzte wie ein Geschwür in der Brust. Ihre Liebe glich einem Herztattoo, ein Zeichen für die Ewigkeit.

Jahre später vernahm er auf dem Weg zu einer Zeremonie im internationalen Flughafen von Bombay, der in der Nähe des Slumgebietes liegt, das Röhren eines Elefanten.

Das ist kein gewöhnliches Rüsseltier, das ist Ganesha, mein Geschenk für Suri, dachte er.

Er spürte, dass seine Liebste in Nöten war und auf ihn wartete.

Doch in dem Slumgebiet lebte eine Millionen Menschen.

Es war unmöglich, eine einzelne Person aus der Menge herauszufiltern.

Der Guru entwickelte einen Plan: Er hatte in Bangalore einen Vortrag an der Universität gehalten und von dort eine Aufgabe mitgenommen, die bislang von niemanden gelöst worden war. Es handelte sich um einen komplexen Algorithmus, der einen Fehler enthielt.

Er mietete einen Raum in einer Schule an und lobte einen

Wettbewerb aus.

Die Aufgabe bestand darin, den Fehler zu finden.

Dem Sieger erwartete eine Prämie von zwei Millionen Rupien.

Suri erfuhr durch Zufall von dem Wettbewerb, denn Pipis Töchter unterhielten sich darüber.

Sie schalteten ihren Onkel, einen versierten Softwareentwickler ein, der ihnen bei der Bearbeitung der Aufgabe zur Seite stand.

Doch sosehr sie sich auch bemühten, weder er noch irgendjemand anderes vermochte die Aufgabe zu lösen.

Die Zwillinge verzweifelten daran.

Ein Burn-out verdunkelte ihr Gemüt und nahm ihnen jegliche Freude am Dasein.

Am Wochenende weilte Pipi bei einer Familienfeier.

Die Töchter lagen zu Hause im Bett und rührten sich nicht.

Suri nutzte die Gelegenheit und schlich sich aus der Hütte.

Sie trug eine rote Maske und einen edlen Sari aus reinster Kaschmir - Seide, der mittags, wie von Geisterhand gesteuert, neben Ganesha gelegen hatte.

In der Schule wimmelte es vor Menschen, die versiertesten Informatiker des Subkontinentes schickten sich an, des Rätsels Lösung zu finden.

Es triefte vor Wissen und Arroganz.

Suri tauchte in der Menge unter, um sich vor Anil zu verbergen.

Sobald er erfährt, was aus mir geworden ist, verachtet er mich. Er darf niemals erfahren, wer ich bin.

Die junge Frau setzte sich auf einen Stuhl in der hinteren

Ecke des Klassenzimmers und wandte sich der Aufgabe zu. Nach zwei Stunden hatte sie den Fehler im Algorithmus gefunden.

Als der Guru vom Ende des Wettbewerbs Kenntnis erhielt, wusste er, dass nur Suri die Aufgabe gelöst haben konnte. Niemand anderes war dazu in der Lage.

Die intelligente Frau befand sich in der Zwischenzeit auf den Rückweg zur Hütte von Pipi.
Sie legte den roten Sari ab und trug die hässliche Schminke auf, damit ihre Abwesenheit nicht auffiel.
Doch ein Freier hatte sie trotz Maske in der Schule erkannt und Anil gegen Entgelt zu der Behausung geführt.
Vor der Hütte handelte Pipi mit drei Männern den Preis für ein Schäferstündchen mit Suri aus.
Die Zwillinge kauerten in der Küche vor einem Currygericht. Sie fühlten sich elend und brachten keinen Bissen herunter. Seit Tagen hatten sie das Haus nicht verlassen.
Als Pippi den Guru sah, fiel sie vor ihm auf die Knie und lachte zum ersten Mal in ihrem Leben, doch es klang eher, wie das Krächzen eines Rabenvogels.
Sie hoffte, dass er wegen einer ihrer Töchter gekommen war. Dann würde zumindest eines der Mädchen ins Licht zurückfinden und die Depression überwinden.
Anil stieß Pippi zur Seite und drang in das Haus ein, wo Suri mit der grellen Schminke splitternackt auf dem Bett kauerte und weinte.
Er realisierte, wie tief Pippi sie demütigte, und geriet in Rage.
Er beorderte den Polizeipräsidenten zu der Behausung und

drängte darauf, die Familie wegen Zwangsprostitution und Sklaverei zu verhaften.

Suri nahm die Frauen in Schutz und sagte, sie seien mit ihrer Dummheit und dem Burn-out genug gestraft.

Anil küsste seine Liebste auf die Stirn und flüsterte in ihr Ohr: »Was immer man dir angetan hat, ist auch mir widerfahren.«

Die Worte waren Balsam für ihre verletzte Seele.

Die Liebenden tauschten die Ereignisse seit der Trennung in Katmandu aus.

Die Vergangenheit schwebte wie ein dunkler Schatten über ihren Köpfen.

Am Firmament weinten die Sterne, bis der junge Morgen ihnen das Glück zu Füßen legte.

Sie zögerten nicht, sondern nahmen das Geschenk dankbar an.

Am Horizont leuchtete die Zukunft, ein neues Leben in ihrem Heimatland, nach dem sich die beiden sosehr sehnten.

Mit Schmetterlingen im Bauch flog das Liebespaar nach Katmandu, wo eine rauschende Hochzeit stattfand.

Anil übernahm die Textilfabrik des Vaters.
Er verdreifachte den Arbeitslohn der Näherinnen.
Es war nicht mehr erforderlich, eine Tochter aus Armut an indische Bordelle zu verkaufen.

Ein Jahr später kam ein Kind zur Welt, ein Junge, der den Namen Shiva, der Glückverheißende, erhielt.
Nach der Geburt stellte Suri die Statue von Genesha mitten in die Produktionshalle.

Anstatt zu röhren, lächelte er die Näherinnen von früh bis spät an.

Als Suri starb, folgte ihr Anil am nächsten Tag in den Tod. Man verbrannte das Ehepaar unter Anteilnahme der Belegschaft in den Ghats des heiligen Bagmati Flusses. Der Wind trieb den Rauch des Leichenfeuers zu den Bergen - zu der ewigen Schneefahne des Mount Everest.

Am selben Tag verschwand Genesha auf mysteriöse Art und Weise aus der Textilfabrik. Trotz tagelanger Suche gelang es nicht, ihn wiederzufinden. Da wusste Shiva, dass die Seelen der Eltern sich in den Gipfeln des Himalajas vereinen und sie im nächsten Leben keine Macht der Welt mehr trennt.

Der Ampelmann

Der Student Dennis scharrte mit Füßen auf Pflastersteinen. Seit fünf Minuten wartete er vergeblich auf die Grünphase der Fußgängerampel.

Irgendetwas stimmte nicht.

Es zischte, knatterte und surrte, als ob ein Stromkabel durch die Luft flatterte.

Ein Geruch nach verschmortem Gummi stieg ihm in die Nase.

Im Schummerlicht einer Gaslaterne huschte ein Schatten vorbei, der mit der Dunkelheit verschmolz.

Hoffentlich kein Psychopath, der mich wegen fünf Euro umbringt.

Dennis hielt Ausschau nach Passanten, um den Weg zur U-Bahnstation oder zu einem Taxistand zu erfragen.

Während sich auf der Schnellstraße Autos drängelten, ließ sich auf dem Bürgersteig kein Mensch blicken.

Regen peitschte durch Straßenschluchten, in denen sich Asphalt spiegelte.

Mit roten Haaren, Sommersprossen im Gesicht und runder Nickelbrille stand das Erscheinungsbild des Studenten im Gegensatz zum Grau der Hausfassaden und der Dynamik vorbeirasender Fahrzeuge. Die schmächtige Statur nährte Zweifel, ob er einer körperlichen Auseinandersetzung gewachsen war.

Der junge Mann war in Berlin zu Besuch bei seinem ehemaligen Klassenkameraden Hendrik gewesen, mit dem ihm seit frühester Kindheit eine Freundschaft verband. Er hatte nach der Verabschiedung nicht auf den Weg geachtet und sich in der Dunkelheit beim Gang zum Bahnhof verirrt.

Dennis schlug mit der Faust auf die Bedarfstaste - die Fußgängerampel reagierte nicht.
Das Rot verschwand, doch anstatt Grün anzuzeigen, funktionierte nichts mehr.
Die runden Glasscheiben der Anlage wirkten wie die Augen eines Drachen.
Er verlor die Geduld und rannte, trotz des hohen Verkehrsaufkommens, über die Straße.
Noch mal gut gegangen.
Auf der anderen Seite nahmen die Geräusche und Gerüche an Intensität zu.
Schlimmer noch: Ein merkwürdiges Wesen heftete sich an seine Fersen.

Vor vier Wochen war die Mutter durch einen tragischen Autounfall, den sein Vater im Zustand der Trunkenheit verursacht hatte, vor ihrer Zeit gegangen.
»Lass nicht zu, dass dein Herz zu einem Stein wird, über den andere stolpern«, hatte sie auf dem Sterbebett zu ihm gesagt. »Du musst dich um Vater kümmern, er braucht deine Liebe jetzt mehr denn je.« Anstatt die Bitte zu befolgen, zog sich der Student in die innere Welt zurück. Er baute eine Mauer aus Hass, an der jegliche Versuche des Vaters, in die Gefühlswelt des Jungen einzudringen, abprallten.

Dennis wechselte in den Laufschritt, schlug Haken wie ein Hase, überquerte die Straße – es half nichts.
Der Geruch hatte sich zwar verflüchtigt, doch das Zischen und Surren dröhnte wie ein startendes Düsenflugzeug in den

Ohren.

Das unheimliche Wesen, das sich geschickt den Blicken entzog, griff ihn an. Es zerrte an der Hose, umklammerte die Unterschenkel, trampelte auf Füßen herum.

Dennis taumelte, das Herz überschlug sich, die Beine zitterten wie Gräser im Wind.

Kanalratte, Schlange, Kampfhund oder ein Alien von einem anderen Stern?

Alles erschien möglich, denn Dennis hatte in den Augenwinkeln etwas Giftgrünes wahrgenommen.

Wegrennen oder den Aggressor mit Fußtritten vertreiben?

Das Wesen nahm ihm die Entscheidung ab, denn es verbiss sich in seinen linken Schuh. Es kribbelte, als ob Ameisen an den Beinen hochkrabbelten.

Mit dem Mut der Verzweiflung fasste sich der Student ein Herz und senkte den Blick.

Er stutzte - ein kleines grünes Männlein mit kurzen Beinen und einem Schlapphut lachte ihn mit moosgrünen Kugelaugen an und sagte: »Was ziehst du für eine Grimasse? Du kennst mich doch, hast vorhin geschlagene fünf Minuten auf mich gewartet.«

»Huch… der Ampelmann… aus der… Lichtsignalanlage?«

Tränen der Erleichterung, Lachen und Weinen.

Der Puls des Studenten wanderte in den Normalbereich.

»Willst du mich zum Narren halten? Du bist ein Spielzeug, batteriegetrieben, ferngesteuert oder von irgendeinem Kind versehentlich liegengelassen«.

Das Männlein kicherte: »Schau mich an! Ich bin der Ampelmann aus der ehemaligen Deutschen Demokratischen Republik. Es gibt nicht viel, was nach der Wiedervereinigung vom Osten übrig geblieben ist, aber ich habe mich auch in Westberlin durchgesetzt.«

Die Ausführungen des Winzlings klangen glaubwürdig. Dennis war ein Liebhaber der Harry Potter Romane. Durch sie hatte er die Kraft der Magie kennengelernt.

Er ärgerte sich über die Dreistigkeit des Männleins und fragte: »Warum verfolgst du mich, beißt mich und machst mir solche Angst?«

»Ich habe nicht durchgebissen, sondern dich lediglich gezwickt, um Aufmerksamkeit auf mich zu lenken. Ich bin gekommen, um dich zu behüten. Zum Beweis meiner Ehrbarkeit geleite ich dich heute Nacht durch die Straßen von Berlin zum Hauptbahnhof.«

»Oh, ein Hochstapler! Ich bezweifle, dass du in der Lage bist, mich vor Unglücken, Überfällen oder sonstigen Tiefschlägen des Lebens zu bewahren. Du bist viel zu schwach und schmächtig für diese Welt.«

»Wer nicht vertraut, findet keine Liebe.«

Der Student runzelte mit der Stirn. Er stellte dem Winzling eine Frage, die ihm seit Beginn der Begegnung auf dem Herzen gelegen hatte: »Warum bist du ausgerechnet zu mir gekommen?«

»Weil deine Traurigkeit meiner Seele schmerzt. Ich weiß, wie schwer es für dich ist, den Tod eines lieben Menschen zu bewältigen.«

»Wie bitte? Du weißt, dass ich meine Mutter verloren habe?«

»Ja.«

»Kannst du mir mehr über sie berichten?«

Der Ampelmann schwieg.

Dennis entnahm der Körpersprache, dass es nicht ratsam

war, ihn zu bedrängen.

Der Student stand in Flammen, aber so bizarr die Situation auch war, von dem Winzling drohte keine Gefahr.

Im Gegenteil - der Ampelmann las nicht nur in seiner Seele, sondern bot ihm darüber hinaus Schutz an.

Wenn das stimmt, was der Winzling behauptet, dann gilt es, die Gelegenheit zu ergreifen. Glück ist eine Insel, die beim Sturm im Meer versinkt.

Dennis bückte sich und hob das Männlein auf, um es in die Seitentasche der Jacke zu stecken.

»Autsch!« Der junge Mann krümmte sich vor Schmerzen.

»Ach Dummerchen, nach Verlassen der Ampel stehe ich dreißig Minuten lang unter Strom. Hast du nicht die Geräusche der elektrischen Entladung vernommen, als ich aus dem Gehäuse herausgeklettert bin? Sobald ich menschliche Haut berühre, wird es schmerzhaft.«

»Ach so! Na dann.«

Der Student nutzte die Information über die Eigenschaft des Ampelmanns aus. Den Rucksack öffnen, das Männlein, ohne es mit den Händen zu berühren, hineinbugsieren, den Reißverschluss zuziehen, war eins. Peinlichst achtete er darauf, den Ampelmann nicht zu verletzen, er genügend Luft zum Atmen bekam.

»Nein, bitte lass mich raus. In Gefangenschaft verblasst mein Zauber.«

»Sorge dich nicht! Ich geleite dich zu einem Ort, wo du mich besser beschützen kannst«.

Die Wehklagen des Männleins ignorierte der Student.

Er winkte ein Taxi zu sich heran und nahm am Hauptbahnhof den Nachtzug nach Düsseldorf.

Mittags kauerte er auf der Flaniermeile der Rheinmetropole, der Königsallee, vor einer Fußgängerampel. Im Hintergrund glänzte ein wilhelminischer Schmuckplatz mit einem Schalenbrunnen – ein Kuss auf die Wangen der Zeit. Ein Warenhaus im Monumentalstil der Reformarchitektur legte den Citybesuchern den Wohlstand zu Füßen.

An diesem Ort, mitten im Großstadtgetriebe mit edlen Geschäften, schicken Restaurants und prachtvollen Parkanlagen quartiere ich ihn ein. Mit ihm schaffe ich es, den Tod meiner Mutter zu bewältigen und dem Leben neuen Mut einzuhauchen.

Niemand beachtete den Jungen oder fragte, warum er an der Ampelanlage herumlungerte. In einer Großstadt ist der Einzelne nicht mehr als ein Stein, der über den Bürgersteig rollt.

Er öffnete den Rucksack. Der Reißverschluss glitt mit einem lauten Ratschen auf und übertönte für einen Wimpernschlag das Schluchzen des kleinen Gefangenen.

»Du darfst jetzt rauskommen. Dein neues Zuhause glitzert in der Sonne«, sagte Dennis.

Trotz der Aufforderung wagte der Ampelmann nicht, auf die Straße zu hüpfen.

Er reckte den Kopf in die Höhe und blinzelte den Studenten mit verweinten Augen an. Er sah zerzaust aus, als wäre er gerade erst aufgewacht.

»Bitte sei nicht böse wegen der Entführung. Es ist mir wichtig, dich in meiner Nähe zu wissen.«

Der Ampelmann benötigte eine Weile, bis er die Fassung wiedererlangt hatte.

Er überspielte sein Unbehagen und sagte: »Dein Anliegen ist verständlich, doch um dich zu behüten, bedarf es nicht der räumlichen Nähe. Wo sind wir überhaupt?«

»In Düsseldorf! Ich habe das schönste Viertel der Stadt ausgesucht.«

Der Ampelmann atmete den Duft von Kastanien- und Platanenblüten ein, drehte den Kopf in alle Richtungen und sagte: »Ja, das stimmt! Hier pulsiert das Leben.«

»Habe ich dir zu viel versprochen?«

»Sicher nicht, aber ich möchte dennoch nach Hause. Die Berliner lieben mich. Ich bin mir sicher, dass sie mich vermissen.«

»Sieh dir dein Zuhause doch an! Vor uns leuchtet eine Fußgängerampel, dort musst du reinspringen.«

Die Ampel wechselte zur Farbe „Rot" und blieb wie von Geisterhand gesteuert bei dieser Phase hängen.

»Hast du es begriffen? In Düsseldorf mag man mich nicht. Die hiesigen Ampelmänner sind anders als ich. Sie leuchten intensiver, sind giftgrün und zanken sich mit dem Rot.«

»Ach was, du musst dich anpassen, dann wirst du mit ihnen harmonieren.«

»Wie naiv du bist.«

Dennis setzte das Männchen auf das Gehäuse.

Als er im Begriff stand, es in die Glasscheibe der Fußgängerampel hineinzuschieben, stürzte die gesamte Population der auf der Königsallee lebenden Alexandersittiche auf ihn zu.

Der junge Mann schützte den Kopf mit den Händen, wehrte wütende Bisse ab und wäre fast gestürzt.

Mit Flügeln schlugen die Vögel auf den Studenten ein, der den Ampelmann im Rucksack in Sicherheit brachte.

Die Angreifer setzten auf den Boden auf.

Dennis wagte nicht, sich zu rühren.

Es herrschte eine Stille wie an einem zugefrorenen See inmitten eines Waldes.

Ein Sittich mit olivgrünen Flügeln und rotem Krummschnabel löste sich aus der Gruppe, trippelte auf Dennis zu und krächzte: »Soweit kommt das noch, fremdes Grün in unserer Straße. Das lassen wir niemals zu! Du hast sechzig Sekunden, dann bist du mit deinem Giftzwerg verschwunden.«

Für Dennis waren die freilebenden Sittiche auf der Königsallee keine Unbekannten. Er hatte sich mehrfach die Hose auf einer Parkbank mit Kot beschmutzt. Trotzdem liebte er die Tiere. An heißen Sommerabenden war er abends zu dem Boulevard spaziert, wo er die Vögel auf ihren Schlafbäumen beobachtete.

Der junge Mann wunderte sich nicht, dass der Anführer der Vogelschar mit ihm sprach, denn wenn ein Ampelmann redete, warum nicht auch ein Sittich.

Was ihn irritierte, ja sogar entsetzte, war die ablehnende Haltung, mit der die Vögel ihnen entgegentraten.

Er stellte sich dem Anführer in den Weg und sagte: »Ihr seid selbst aus der Fremde gekommen und erst vor wenigen Jahren in Düsseldorf heimisch geworden. Die hiesige Vogelwelt hat euch, trotz des fremdartigen Aussehens, akzeptiert.«

»Weil wir uns durchgebissen haben. Du ahnst ja nicht, wie schwer es ist, fern von warmen Gefilden die Wintermonate durchzustehen. Nicht wenige von uns sind erfroren, verhungert oder von Katzen gefressen worden. Wir lassen uns den Erfolg von niemandem nehmen«, antwortete der Sittich und reckte den Kopf in die Höhe.

»Das ist nicht meine Absicht. Ich möchte lediglich den Ampelmann auf der Königsallee zum Leuchten bringen.«

Die Sittiche interessierten sich nicht für Erklärungsversuche. Stattdessen griffen sie erneut an: Kratzen, Beißen, Flügelschlagen.

Die Vögel haben, trotz ihrer Farbenpracht, ein Herz, das so kalt ist wie das Eis auf den Gipfeln des Himalayas.

Dennis floh mit dem Ampelmann von der Straßenkreuzung. Aus sicherer Entfernung hinter dem Schalenbrunnen beobachtete er, wie die Ampel zur Farbe Grün wechselte und wieder einwandfrei funktionierte.

Der Ampelmann hatte durch ein Loch im Rucksack das Geschehen mitangesehen: »Hast du es endlich kapiert? Ich gehöre nicht nach Düsseldorf.«

In Berlin nützt er mir aber nichts, dachte Dennis und verschloss das Loch des Rucksacks mit Kaugummi.

Er setzte sich auf die Parkbank vor dem Schalenbrunnen. Die Bilder des Unfalls seiner Mutter schwirrten durch den Kopf - Quietschen, zerberstendes Metall, Benzingeruch, ein brennendes Autowrack.

Der Student nahm eine leere Cola Dose aus dem Rucksack und zerdrückte sie bis zur Unkenntlichkeit.

Er suchte nach einer Möglichkeit, den Ampelmann, allen Widrigkeiten zum Trotz, bei sich zu behalten.

Die Auseinandersetzung mit der Vogelschar brachte ihn nicht von dem Vorhaben ab.

Während er in der Denkerpose verharrte, katapultierte der Brunnen Wasserfontänen gen Himmel, dessen Tropfen wie perlende Klavieretüden durch die Luft wirbelten. Im Wassernebel formten sich Umrisse eines Menschen. Allmählich kristallisierte sich eine Gestalt heraus. Eine wunderschöne Frau im wallenden Umhang schwebte auf ihn zu.

»Mutter?«

Sie setzte sich neben ihm auf die Parkbank.

Ihre Worte klangen ungewohnt barsch: »Was ist in dich gefahren? Gewalt gegenüber einem Schwächeren? Erinnerst du dich nicht an die Worte, die ich dir auf dem Sterbebett mit auf den Weg gegeben habe?«

Die Mutter zog ihn zu sich heran und küsste seine Stirn. Obwohl er die Berührung ihrer Lippen auf der Haut spürte, fürchtete er, den Verstand zu verlieren und sagte: »Ich weiß nicht, ob du wirklich da bist oder lediglich in meinen Gedanken lebst.«

»Du hast die Frage nicht beantwortet. Warum hast du den Ampelmann entführt?«

Er beruhigte sich und sagte: »Nach deinem Tod ist eine Leere in mir, die mit Trauer gefüllt ist. Der Ampelmann hilft mir, den Schatten der Vergangenheit die Kraft zu rauben.«

»Ich habe ihn dir nicht geschickt, damit du ihn in Gefahr bringst. Das Glück liegt nicht in den Sternen oder auf einer Trauminsel im Südpazifik. Es befindet sich in deiner Nähe. Versuche nicht, es zu halten, denn dann entgleitet es dir. Lässt du es in Ruhe, blüht es auf wie eine Orchidee.«

Dennis zuckte zusammen. Er hatte die Mutter noch nie so aufgewühlt erlebt.

»Bitte sei nicht böse. Seitdem er bei mir ist, schmerzt das Leben nicht. Ohne ihn bin ich einsam.«

Er hörte, wie Mutter hauchte: »Nur wer verzeiht, begreift, dass nichts unsterblich ist.«

Sie verschwand im endlosen Spiel der Fontaine.

Der freie Platz auf der Parkbank wurde umgehend von einem Liebespaar eingenommen.

Es befahl der Sonne, niemals unterzugehen.

Dennis stand auf, schulterte den Rucksack und nahm den Nachtzug nach Berlin.

Während der Zugfahrt quälten ihn Gewissensbisse.

Er bat den Winzling um Entschuldigung und versprach, nie wieder Gewalt auszuüben.

»Du bist ein wertvoller, zerbrechlicher Mensch«, sagte der Ampelmann. »Deine Liebe wird dazu beitragen, einen Menschen aus der Dunkelheit herauszuführen. Ich habe gesehen, wie sehr dich das Verhalten der Sittiche befremdet.«

In Berlin fuhr der Student mit einem Linienbus zur Straßenkreuzung des Ampelmanns.

Behutsam setzte er ihn auf das Gehäuse der Lichtsignalanlage.

Beim Abschied sagte das Männlein: »Ich werde nie wieder in die Welt der Menschen zurückkehren. Doch das Versprechen, dich zu beschützen, gilt. Reise nach Düsseldorf, wo dein Zuhause ist. Lass dir die Humanität nicht von der Welt nehmen. Suche mich nicht in Ampeln, an Straßenkreuzungen oder in Abbildungen von Straßenverkehrsordnungen. Suche meine Seele an Orten der

Stille, dort, wo die Liebe den Hass besiegt oder die Menschlichkeit über Egoismus und Selbstgefälligkeit obsiegt.«

Dennis verhalf seinen Beschützer in das Gehäuse.

Der junge Mann verharrte wie eine Statue vor der Signalanlage. Er wartete auf die Grünphase, auf das Erscheinen des Ampelmanns.

Bereits nach ein paar Minuten spürte er, dass der Winzling ihn nicht mehr wahrnahm, sondern lediglich den Stromimpulsen der Schaltung gehorchte.

Mit blutendem Herzen verließ Dennis die Straßenkreuzung und trat die Heimreise an.

In Düsseldorf spazierte er durch die betriebsame City, stets bemüht, den Schlafbäumen der Sittiche aus dem Weg zu gehen. Doch selbst der Abendwind trocknete seine Tränen nicht.

In der Wohnung betrachtete er das Leben wie durch ein Kaleidoskop.

Es dauerte nicht lange, bis er herausgefunden hatte, wo der Ampelmann auf ihn wartete. Es war nicht einmal nötig, die Wohnung zu verlassen.

Dennis ließ den Schmerz über den Tod der Mutter zu.

Allmählich verschwand die Traurigkeit aus dem Leben.

Die Liebe zum verhassten Vater, der dank der Hilfe des Sohnes nie wieder einen Tropfen Alkohol anrührte, wuchs jeden Tag ein Quantum mehr.

Schatten der Vergangenheit

Ich warte an der Fährstelle von Schöna auf die Überfahrt nach Hrensko, mein Heimatdorf im Elbsandsteingebirge. Es ist Mitte Mai, Aufbruchstimmung und der Wunsch nach Veränderung liegen in der Luft.

Mitte der Fünfzigerjahre hatte ich die Familie verlassen und seitdem nicht mehr wiedergesehen. Erst als Mutter im Sterben lag, überredete mich mein Bruder, die Reise von den USA nach Tschechien anzutreten – für eine Endsiebzigerin kein leichtes Unterfangen.

Es wäre besser, die Vergangenheit ruhen zu lassen. Hoffentlich bereue ich diese Reise nicht, denke ich.
Eingeklemmt zwischen einem Pulk von Fahrradfahrern, die sich anschicken, den Elberadweg herunter zu radeln, verweile ich im hinteren Bereich der Fähre.
Russische Touristen posieren für ein Gruppenfoto an der Reling.
Unter mir plätschert der Fluss, dessen Wellen Erinnerungen mit sich führen.
Wie im Zeitraffer läuft die Kindheit vor dem geistigen Auge ab. Ich kann mich nicht dagegen wehren.
Liegt es daran, dass man die frühen Lebensjahre intensiver erlebt, frage ich mich.
Im Kindesalter ist die Welt voller bunter Luftballons.
Heute mag ich sie nicht mehr, denn ein Nadelstich reicht, um das Gummi zum Platzen zu bringen.
Dennoch scheint in der Retrospektive ein Jahr dieses

Lebensabschnitts länger zu währen als ein Jahrzehnt im Erwachsenenalter.

»Wenn du groß bist, wirst du im Haushalt arbeiten«, sagte Vater an meinem zwölften Geburtstag. »Sicher findet sich eine gut situierte Familie, die dich anstellt. Später wirst du heiraten und eine eigene Familie gründen.«
»Ne, ich kümmere mich lieber um Ursula oder spiele mit Blechlokomotiven«, gab ich ihm zur Antwort.
Ein paar Wochen später wurde das Blechspielzeug bei einem Einbruch in der Scheune, wo ich am Tag zuvor gespielt hatte, gestohlen.
Ursula, das war unser Pferd. Ein Schimmel, der mit seiner Anmut die Herzen der Schiffer und Fischer, die damals den Ort besiedelten, betörte.
Eigentlich war Ursula keine Stute, sondern ein Hengst.
Vater hatte den Namen bewusst gewählt.
Die richtige Ursula war meine Schwester, die kurz nach der Geburt im Kindbett verstarb.
Für mich gab es nichts Schöneres, als mit dem Schimmel auf dem Pferdewagen mitzufahren, zu unseren Feldern, die wir bewirtschafteten.
Bis heute weiß ich nicht, was aus Ursula geworden ist.
Nach meiner Flucht aus der damaligen Tschechoslowakei ermordete die Statni bezpecnost den Vater.
Kurz darauf wurde der Hof zwangskollektiviert.
Ein Onkel fand heraus, dass Vater die Flucht eingefädelt hatte.
Nach seinem Tod und dem Verlust des Bauernhofs sprach meine Mutter kein einziges Wort.

»Da bist du ja endlich, Magdalena. Es war ein Herzenswunsch unserer Mutter, einmal noch deine Nähe zu spüren.«

Die Stimme meines Bruders Marek reist mich aus den Gedanken. Ich hatte nicht bemerkt, wie ich in Trance durch den Ort spaziert bin und vor seiner Haustür wie eine Statue verharre.

Ich wende mich ihm zu und blicke in das Gesicht eines Fremden – weit aufgerissene Augen voller Fragen.

Ich kannte den Bruder als Kind, wie er hinter mir herlief oder mich beim Spielen mit Freundinnen störte. Zwar tauschen wir seit dem Siegeszug der sozialen Netzwerke auf Wunsch unserer Kinder regelmäßig Familienfotos über Instagram und Twitter aus, doch es ist ein Unterschied, ob man in das Antlitz eines Menschen schaut oder ihn auf beleuchteten Displays betrachtet – das letzte Adieu prägt das Bild.

Wir fallen uns in die Arme und weinen.

Obwohl sein Äußeres befremdet, spüre ich tief im Inneren ein Gefühl von Vertrautheit, eine Wärme, die meiner Seele schmeichelt.

Nach der Begrüßung, frage ich: »Wo ist Mutter jetzt?«

»Komm, wir gehen zum Friedhof. Den Weg kennst du sicher«, sagt er und hakt sich bei mir ein.

Nach kurzem Fußweg stehen wir vor einer Betonwand mit Urnengräbern.

»Im Herbst wäre sie 99 Jahre alt geworden, doch nach ihrem Sturz hat sie sich nicht mehr erholt.«

»Worüber hat sie in den letzten Tagen geredet?«

»Sie hat von nichts anderem als von unserem Vater und von dir gesprochen. Ihr Verstand war bis zum letzten Atemzug klar.«

»Was genau hat sie gesagt?«

Marek schweigt, doch ich lese in seinen Augen, worüber Mutter kurz vor ihrem Tod nachgedacht hat.

»Es tut mir leid, dass ich nicht mehr ihre Hand halten kann«.

»Dazu hättest du 64 Jahre Zeit gehabt!«

Es sind nur sieben Worte, aber sie schmerzen meiner Seele.

Im Kopf wirbeln die Gedanken:

Kurz vor dem fünfzehnten Geburtstag floh ich nach Westdeutschland. Ein Jahr später emigrierte ich in die USA, wo eine Tante lebte. Dank ihrer Unterstützung genoss ich eine höhere Schulausbildung. Nach der Heirat und der Geburt zweier Söhne eröffnete mein Mann in der New Yorker Bronx ein Geschäft mit Handwerksartikeln aus dem Erzgebirge - Räuchermännchen und Pyramiden, die sich während der Weihnachtszeit mehr schlecht als recht verkauften. Geldsorgen zogen sich wie ein roter Faden durch das Leben, zumal sich mein Mann nach wenigen Ehejahren von mir trennte. Auf mich allein gestellt, fiel es mir schwer, Beruf und Kinder miteinander zu vereinbaren. Den Kontakt zur Familie in Hrensko brach ich ab. Gelegentlich berichtete die Tante, was dort geschah.

Ich war vermutlich die einzige Tschechin in den USA, die keine Pakete in die Heimat versandte.

So zerbrechlich ist Liebe.

Marek nimmt mich in den Arm und sagt: »Lass die alten Geschichten ruhen. Es gibt ein Testament von Mutter. Es liegt bei mir zu Hause im Schrank.«

»Ein Testament?«, frage ich erstaunt. »Aber das Anwesen gibt es seit vielen Jahren nicht mehr. Das Haupthaus…«

»Komm, sicher geht es nicht um den Bauernhof. Ich brauche dir nicht zu erläutern, was aus ihm geworden ist.»

Nein, das ist wirklich nicht nötig. Die Schatten der Vergangenheit schweben über mir wie Papierflugzeuge, mit denen der Wind nach Belieben spielt:

Am vierzehnten Geburtstag stellte ich Mutter zur Rede. Ich beschwerte mich darüber, dass Vater meinen Bruder zum Alleinerben berufen hatte. Schließlich war ich fünf Jahre älter als er und kümmerte mich um Kühe, Schweine oder Hühner. Zudem verwies ich auf die Liebe zu Ursula. Doch Mutter schaute mir nicht ins Gesicht, sondern beschwor die Tradition, der man sich fügen müsse. Auf die Frage, ob ich auf dem Anwesen arbeiten könne, antwortete sie, dass ich in der Stadt Geld verdienen solle, um die Familie zu unterstützen. Nach diesem Gespräch brach für mich eine Welt zusammen, denn eine Tätigkeit außerhalb des Hofs mit seinen Tieren kam für mich nicht in Betracht. Ich hatte keine Freude am Leben und zog mich in meine innere Welt zurück. Vater legte mir die Flucht in den Westen nahe. Ich ergriff die erstbeste Gelegenheit. Es fiel mir leicht, das Elbsandsteingebirge zu verlassen. Das Verhalten der Eltern hinterließ einen tiefen Riss im Herzen. Ich hoffte, die Zeit würde Wunden heilen, doch die Verletzungen wogen schwer. Die Vergangenheit war eine Bürde, die mich daran hinderte, ein zufriedenes, erfülltes Leben zu führen. Ich sehnte mich nach dem amerikanischen Traum, fand ihn aber nirgends.

Ich spüre, wie auch mein Bruder in Erinnerungen schwelgt. Wir schlendern zu unserer Schule, auf dessen Grundstück sich heute ein Supermarkt befindet, schauen uns verwahrloste Häuser an, in denen wir mit anderen Kindern gespielt haben und verweilen an Bäumen, auf die wir früher hinaufgeklettert sind. Obwohl niemand ein Wort spricht, leuchtet die Kinder- und Jugendzeit wie Sirius, der hellste Stern am irdischen Nachthimmel.
»Oh, was ist denn mit dem Kirschbaum?«, frage ich, während wir durch den Vorgarten in Mareks Haus spazieren.
»Es ist bereits Mitte Mai.«
»Weiß ich nicht. Es ist das erste Mal, dass er nicht blüht.«
»Erinnerst du dich daran, wie ich ihn gepflanzt habe?«
»Nein, damals war ich noch zu klein.«

Am Abend sitze ich in Mareks Wohnzimmer und betrachte das schlichte Zimmer mit der altmodischen Möblierung. Es duftet nach gerösteten Kaffee und Vergänglichkeit.
Er zieht einen Ordner aus dem Schrank heraus. Es knistert – ein vergilbtes Dokument kommt zum Vorschein.
Er liest mir den letzten Willen unserer Mutter vor, die ihm, weil er sonst nichts besitzt, das Haus überschreibt.
Ich bekomme einen verzierten rostigen Schlüssel.
Marek starrt an mir vorbei in die Ferne und sagt kein einziges Wort.
Ich höre, wie sein Inneres schreit: »Das verdient sie nicht anders.«
Vielleicht hat er recht, zumal ich inzwischen materiell

bessergestellt bin als er.

Mir ist sofort klar, was es mit dem Schlüssel auf sich hat.

Ich nehme Marek an die Hand, gehe mit ihm ins Obergeschoss und öffne die Luke zum Dachboden.

Es dauert eine Weile, bis wir im Zeitlupentempo die Leiter hochsteigen.

»Gib acht! Hier ist seit Jahren niemand gewesen.«

Seine Warnung kommt zu spät - beinah hätte uns eine lose Stufe am oberen Ende der Bodentreppe zu Fall gebracht.

Oben raschelt es.

Morsche Holzdielen knarren unter Tritten.

Unter einer Decke liegt eine Truhe, die mit Spinnweben überwuchert ist.

Ich führe den Schlüssel ins Schloss ein – er passt.

Ich zögere und schaue auf Marek, der mit den Schultern zuckt.

»Soll ich sie öffnen?«, fragt er und fixiert mich mit hochgezogenen Augenbrauen.

»Nein, das ist meine Aufgabe.«

Es bereitet mir Schwierigkeiten, den Deckel hochzudrücken.

Mit einem Ruck öffne ich die Truhe - mein Herz stockt.

In ihr liegt das Blechspielzeug, ein Foto von Ursula sowie ein Brief von Mutter.

Mit zitternden Händen reiße ich ihn auf.

Beim Lesen kommen mir die Tränen.

Der letzte Satz lautet: »Ich habe das ganze Leben nur dich geliebt. Meine Seele wird erst Frieden finden, wenn du mir vergibst und verzeihst.«

Ich bleibe zwei Wochen bei Marek, wo ich die glücklichste Zeit des Lebens verbringe.

Wir trösten uns, besuchen Verwandte und Freunde oder verweilen an ihren Gräber, die mit uns in der Abendsonne weinen. Doch es wird auch gelacht und gefeiert, ein Wechselbad der Gefühle, herrlich unbekümmert sowie schmerzlich zugleich.

Beim Verlassen des Hauses fällt mir auf, dass der Kirschbaum, den ich als zwölfjähriges Mädchen gepflanzt habe, ausschlägt.

Wie der Baum, der seinen rosaroten Traum zu spät in die Welt hinausschickt, ist mein Leben, das jetzt erst erblüht. Ich lege einen Schleier über die Vergangenheit und freue mich auf die Zukunft, selbst dann, wenn sie nur für einen Tag währt.